ullstein

Das Buch

In den einsamen Nächten im Zoo waren die Geschichten vom Alten Australien, wo alles noch so ist wie früher, Alberts einziger Trost. Albert ist sich sicher, dass das der Ort ist, an den er wirklich gehört, denn ganz bestimmt leben dort auch andere Schnabeltiere. Und er wäre endlich nicht mehr der Einzige seiner Art. Leider weiß er nicht, wo das Alte Australien liegt. Und leider fällt ihm das erst mitten in der Wüste auf. Zum Glück trifft er bald auf Jack den Wombat, der ihn vor dem Verdursten rettet und ihn auch später noch mehr als einmal aus einer brenzligen Situation befreien wird. Und er begegnet anderen Tieren. Die einen werden zu Freunden, die anderen wollen ihn lieber am nächsten Baum aufknüpfen. Alberts Reise führt ihn quer durch die Wüste, zum »Tor der Hölle« und ins Land der Dingos, wo er schließlich auf Muldoon trifft, einen Tasmanischen Teufel und eine Legende unter den Wüstenbewohnern. Ob der ihm helfen kann, den Ort zu finden, an den er wirklich gehört?

Der Autor

Howard L. Anderson hat schon einiges erlebt: Er arbeitete auf einem Fischereiboot in Alaska, in den Stahlwerken von Pittsburgh, als Lastwagenfahrer in Houston und als Drehbuchautor in Hollywood. Er studierte Jura, und gegenwärtig vertritt er als Strafverteidiger Mexikaner, denen Straftaten auf amerikanischem Boden vorgeworfen werden.

Howard L. Anderson

Albert –
Ein glorreiches Schnabeltier

Roman

Aus dem Amerikanischen
von Georg Deggerich

Ullstein

Besuchen Sie uns im Internet:
www.ullstein-taschenbuch.de

MIX
Papier aus verantwortungsvollen Quellen
FSC® C014496

Ungekürzte Ausgabe im Ullstein Taschenbuch
1. Auflage September 2014

Titel der amerikanischen Originalausgabe: Albert of Adelaide
(Twelve, New York, 2012)
Umschlaggestaltung: ZERO Werbeagentur, München,
unter Verwendung einer Vorlage von Rudolf Linn, Köln
Titelabbildung: © Rudolf Linn, Köln
Karte und Abbildungen auf S. 9: © Jim McMahon
Satz: Pinkuin Satz und Datentechnik, Berlin
Gesetzt aus der ITC Galliard
Papier: Pamo Super von Arctic Paper Mochenwangen GmbH
Druck und Bindearbeiten: GGP Media GmbH, Pößneck
Printed in Germany
ISBN 978-3-548-28626-6

Es erscheint passend, dieses Buch einem australischen Soldaten zu widmen, den ich vor vielen Jahren in einer Bar in Sydney getroffen habe. Ich weiß nur noch, dass er eine üble Narbe von einem Bajonett hatte, die von einem Einsatz in Malaysia stammte, und dass er mir vergeblich das Bahnnetz von New South Wales zu erklären versuchte, bis er umkippte.

VORWORT

Von Melbourne im Süden bis ins fünfhundert Meilen entfernte Sydney erstreckt sich ein grüner Küstenstreifen voller Bäume und Koppeln. Auf den Farmen entlang der Küste grasen Schafe auf den Feldern, und Füchse fressen die Kaninchen, die ihrerseits den Salat in den Gärten fressen. Die Schafe, die Füchse und die Kaninchen leben nicht anders als ihre Vorfahren in England vor wenigen Generationen.

Die Tiere und Menschen, die einst an der Küste lebten, bevor der Busch Farmland wurde, kommen nur noch selten in diesen Teil Australiens. Kängurus und Wallabys haben sich recht gut arrangiert, die übrigen wurden in die Wüsten zurückgedrängt oder überleben in Zoos als Relikte der Vergangenheit. Tasmanische Teufel huschen schnuppernd über den Betonboden ihrer Käfige gleich neben Pandabären aus China. Kasuare, prächtig behelmte Laufvögel, leben in umzäunten Gehegen gemeinsam mit afrikanischen Kudus.

Die ursprünglichen Bewohner Australiens sind zu seltenen Schaustücken geworden, deren Los es ist, zusammen mit anderen unwilligen Kreaturen von fernen Kontinenten begafft zu werden. Die Zeiten an der Küste haben sich gewandelt, und es ist kein Platz mehr für die, die früher hier lebten. Die Tiere in den Zoos erinnern sich, dass Australien einmal ihnen gehörte, und wie die meisten Emigranten fern der Heimat träumen sie von den guten Zeiten, die lange vorüber sind.

Die Tiere reden von einem fernen Ort in der Wüste, wo sich nichts geändert hat und das Leben noch so ist wie früher. Wie in den meisten Geschichten siegt mit jedem Erzählen die Hoffnung über die Wahrheit, und zuletzt lässt sich Wahres und Unwahres nur dadurch trennen, dass man an die Wurzel der Geschichte zurückgeht.

Die Mitwirkenden

Albert das Schnabeltier hat genug vom Leben im Zoo und macht sich auf die Suche nach dem Ort, an den er wirklich gehört.

Roger der Bandicoot ist stets mit seinem Kumpel **Alvin** unterwegs. Die beiden würden für einen Drink ihren besten Freund verraten – was sie dann auch tun.

»Bis jetzt waren noch alle **Wallabys** Arschlöcher«, sagte Roger. Faire Einschätzung? Wir werden sehen.

Dingos sind keine großen Redner, sondern Krieger. Jemand wie Albert ist ihnen noch nie begegnet, aber sie erkennen einen wahren Kämpfer, wenn sie ihn vor sich sehen.

TJ der Waschbär, Kleinkrimineller und treuer Helfer in der Not, stieg in San Francisco aufs falsche Schiff und landete in Australien.

Jack der Wombat rettet Albert mehr als einmal aus einer brenzligen Situation. Er ist klaustrophobisch und pyroman, was nicht nur Vorteile hat.

Das **Possum Theodore** leitet gemeinsam mit dem Wallaby **Bertram** das *Tor zur Hölle*. Das ist auch schon das Netteste, was man über die beiden sagen kann.

Muldoon der Tasmanische Teufel ist eine lebende Ringer-Legende. Lange Jahre zog er mit Jack durch die Wüste, doch dann passierte etwas Schreckliches, und ihre Wege trennten sich. Bis Albert die beiden wieder zusammenbringt.

Sing Sing O'Hanlin das Känguru ist eigentlich ein feiner Kerl, es sei denn, jemand brennt seine Kneipe nieder. Dummerweise passiert genau das.

I

DURCH DIE WÜSTE

Eine alte Bahnlinie verbindet Adelaide im Süden Australiens mit Alice Springs im Northern Territory. Über viele Jahre warfen Reisende auf der eintausend Meilen langen Fahrt zwischen den beiden Städten ihre Bierflaschen einfach aus den Waggonfenstern in eine Landschaft, die ihnen reizlos vorkam. Die Flaschen sammelten sich entlang des Gleisbetts, und die Strecke von Adelaide nach Alice Springs wurde zu einem glitzernden Band aus Glassplittern.

Von Alice Springs ziehen sich die Gleise in einer schnurgeraden Linie von Süden nach Norden und durchschneiden die Städte Tennant Creek und Katherine. Parallel zur Bahnstrecke verläuft eine Straße, die vor vielen Jahren ausgebaut wurde, um Kriegsmaterial von Alice Springs ins Landesinnere und nach Darwin an der Nordküste zu schaffen. Von Darwin aus zog der Krieg in seiner Endphase in andere Teile des pazifischen Raums, und der Verkehr auf der Straße kam fast zum Erliegen. Es dauerte beinahe ein weiteres Menschenalter, die letzten neunhundert Meilen der Bahnstrecke von Alice Springs bis an die Küste zu verlängern. Nördlich von Alice Springs verschwindet die Bahnlinie in einer Kette von Bergzügen, die quer durch den Kontinent verläuft.

Jenseits der Berge breitet sich eine rote Wüste aus. Sie erscheint endlos, besitzt aber bei genauerem Hinsehen eine erstaunliche Vielfalt. Die vereinzelten Felsklüfte sind ebenso rot wie die Erde und der Sand, die weite Teile des Wüstenbodens bedecken. Die Farbe passt gut zum Blau des gewöhnlich wolkenlosen Himmels, der den trockenen Flussbetten nur gelegentlich Wasser bringt.

Der Wüstenboden wird von kümmerlichen Grasbüscheln bedeckt, die in der roten, staubigen Erde vorübergehend Halt gefunden haben. Zwischen dem Sand und dem Gras wachsen vereinzelte Grevilleabüsche, die in der baumlosen Ebene wie Riesen wirken. An einigen Stellen stehen die Büsche dicht beieinander, und kleine Vögel hüpfen zwischen den Zweigen umher. Sie singen nicht, und das einzige Geräusch, das die Stille der Wüste unterbricht, ist hin und wieder das Flattern ihrer Flügel.

Am Boden sind schmale Pfade zu sehen, auf denen Tiere das spärliche Gras zertreten haben. Diese Pfade haben, anders als die Eisenbahntrasse, keine bestimmte Richtung. Sie verlaufen unbekannten Zielen entgegen kreuz und quer über die Ebene und die Uferbänke hinauf und hinunter. Es ist unmöglich zu sagen, wie lange sie schon existieren, denn das Gras wächst nur langsam in dieser Gegend Australiens.

An einem Tag lange nach dem Krieg lief früh am Morgen ein kleines Wesen langsam einen der gewundenen Pfade östlich von Tennant Creek entlang. Bei näherer Betrachtung unterschied sich das Wesen nicht von anderen Exemplaren seiner Art. Es war etwa zwei Fuß hoch und hatte kurzes braunes Fell. Sein kurzer dicker Schwanz schleifte über den Boden, wenn es aufrecht ging, und dort, wo bei anderen Tieren die Nase sitzt, hatte es eine Art Entenschnabel.

Das Einzige, was Albert von allen anderen Schnabeltieren unterschied, war die leere Limonadenflasche, die er mit sich herumtrug. Das Mitführen einer Flasche und die Tatsache, dass er Hunderte von Meilen von der nächsten Wasserquelle entfernt war, machten ihn zu etwas Besonderem.

Drei Nächte zuvor war Albert im Bahnhof von Tennant Creek vom Zug gesprungen und hatte sich auf den Weg durch die Wüste gemacht. Am ersten Tag war er die Gleise entlangmarschiert. Am späten Nachmittag war ein Zug vorbeigekommen, und Albert hatte sich hinter einem Busch neben dem Gleisbett versteckt. Niemand hatte ihn gesehen, aber beinahe hätte ihn eine halbvolle Flasche Melbourne Bitter aus einem Zweite-Klasse-Abteil getroffen. Danach hatte Albert sich von den Gleisen ferngehalten und war an den anderen beiden Tagen parallel zum Schienenstrang in nördlicher Richtung gelaufen, weil er ohne einen Orientierungspunkt hoffnungslos verloren gewesen wäre. So war er allenfalls durcheinander.

Das Problem war, dass Albert weder wusste, wohin er unterwegs war, noch, wonach er suchte. In den Erzählungen hatte es kaum mehr als Andeutungen gegeben … *irgendwo in der Wüste … ein Ort, an dem das alte Australien noch existierte … immer in Richtung Norden … das Gelobte Land.* In Adelaide hatten solche Beschreibungen verlockend geklungen, aber in einer Wüste, wo es in alle Himmelsrichtungen gleich aussah, war damit wenig anzufangen.

Die Flucht aus Adelaide und die Fahrt nach Tennant Creek waren einfacher als erwartet gewesen. Die Sicherheitsvorkehrungen für kleinere Tiere waren minimal. Es war nur eine Frage der Zeit gewesen, bis ein nachlässiger Wärter vergaß, die Tür zum Gehege zu schließen. Er hatte lediglich um Mitternacht durch den menschenleeren Zoo eilen und den Torrens durchschwimmen müssen, um in die City zu gelangen.

Einige der größeren Tiere waren mit dem Zug nach Adelaide transportiert und mit Lastwagen zum Zoo gebracht worden. Sie hatten ihm von den Zügen erzählt und ihm den Weg zum Bahngelände beschrieben. Zu dieser späten Stunde herrschte nur wenig Verkehr in der City, und Albert war unentdeckt bis zum Bahnhof gelangt, indem er sich vor den wenigen vorbeifahrenden Fahrzeugen hinter Abfallkörben versteckt hatte. Anschließend war er mit einem Güterzug nach Alice Springs und mit einem weiteren Zug nach Tennant Creek gefahren, alles mit freundlicher Unterstützung der South Australian Railways.

Mit den ihm zur Verfügung stehenden bescheidenen Mitteln hatte Albert sich auf die Reise vorbereitet. Bei jeder Fütterung hatte er einen Teil zurückgelegt und in einer Popcornschachtel gesammelt, die er in einem unbeobachteten Augenblick in seinen Käfig gezerrt hatte. Die gestohlene Limonadenflasche hatte er mit Wasser aus seinem Napf gefüllt. Seine Pläne hatten ihn bis nach Alice Springs und weiter in die Wüste bei Tennant Creek geführt. Jetzt war er ohne Nahrung, ohne Wasser und ohne irgendeinen Plan.

Er hatte die Flasche in der Nacht aufgefüllt, als er in Tennant Creek vom Zug gesprungen war, aber es war nur ein spärlicher Vorrat. Das Wasser war tags zuvor ausgegangen, und Albert wusste, wenn er an diesem Tag keines finden würde, müsste er sterben. Ein Schnabeltier verbringt sein ganzes Leben im oder nahe beim Wasser und kann ohne es nicht überleben. Albert hatte dies von Anfang an gewusst und war trotzdem aufgebrochen. Ihn kümmerte weniger der Tod als die Sorge, nicht lange genug durchzuhalten, um ans Ziel seiner Reise zu gelangen, jenen Ort, an dem es keine Menschen und keine Zoos gab.

Albert setzte seinen Weg in Richtung Norden fort. Er hatte beschlossen, bis zu seinem Ende möglichst weit von Adelaide fortzukommen. Seine Augen waren von der Sonne rot gerändert, und sein Fell war vom rötlichen Staub des Weges ganz verfärbt. Er hatte es aufgegeben, die kaum erkennbaren Fußspuren zu deuten, die hin und wieder seinen Weg kreuzten. Albert drückte die leere Limoflasche an seine Brust, setzte einen Schwimmfuß vor den anderen und bewegte sich langsam auf den fernen Horizont zu.

Später am Tag begann Albert zu halluzinieren. Träume von Wasser vermischten sich mit der flirrenden Hitze, und Albert konnte den Murray River sehen. Er spürte, wie er den Abhang vor seinem Bau hinunterglitt und ins kühle Wasser eintauchte. Er brauchte sich nur mit der Strömung treiben und die grünen Uferböschungen an sich vorbeiziehen lassen. Genau in dem Augenblick, als er sicher war, dorthin zurückgekehrt zu sein, wo er geboren war, verschwand der Fluss, und er blickte in lauter Gesichter, die mit Zuckerwatte verschmiert waren und in deren Mundwinkeln Popcorn klebte. Die Gesichter lachten und Finger ohne Hände stießen durch den Maschendraht nach ihm. Die Bilder versetzten Albert so sehr in Schrecken, dass er zu zittern begann, worauf die Gesichter verschwanden. Stattdessen schoben sich die Leere der Wüste und die Hitze des Tages zurück in Alberts Bewusstsein, und er zwang sich dazu, seinen Weg fortzusetzen.

Im Verlauf des Tages wurde der Bewuchs dichter, und die Wüste verwandelte sich in eine Buschlandschaft. Die meisten Büsche waren höher als Albert, so dass er den Horizont und die Bahngleise nicht mehr sehen konnte. Und da auch die Sonne am Himmel ihre Position veränderte, wurde es immer schwieriger zu sagen, in welche Richtung er ging.

Nachdem er wieder einmal von Halluzinationen heimgesucht worden war, bemerkte Albert etwas in einem Salzbuschgestrüpp einige Meter abseits des Weges. Das Ding war rechteckig und stand mitten im Gebüsch. Unbekümmert um Kratzer und Schrammen, zwängte Albert sich durch das Dickicht, bis er unmittelbar vor einem verwitterten Schild mit der Aufschrift stand:

EIGENTUM DER
SOUTH AUSTRALIAN RAILWAYS
ZUTRITT VERBOTEN
ZUWIDERHANDLUNGEN
WERDEN BESTRAFT

Der Bahnvorstand

Im nächsten Moment kam Wind auf, und Albert wusste, es würde nicht sein Tag.

Er kämpfte sich aus dem Gebüsch heraus und setzte seinen Weg in vermeintlich nördlicher Richtung fort. Der Wind wurde stärker und wirbelte Staubwolken auf. Mühsam bahnte sich Albert seinen Weg durch den Staub. Mehrere Male stolperte er in Büsche und versuchte rein intuitiv die Richtung zu halten. Der Staub wurde immer dichter, und die Welt verschwand hinter einem braunen Schleier. Kurz darauf hatte Albert vollständig die Orientierung verloren.

Als ihm bewusst wurde, dass er womöglich gar nicht mehr nach Norden ging, blieb er stehen. Er befürchtete, in die genau entgegengesetzte Richtung zu laufen, und er wollte auf keinen Fall näher an Adelaide sterben als nötig. Albert sah undeutlich eine üppige Grevillea und kämpfte sich gegen den Wind dorthin vor. Er zwängte sich darunter und legte sich auf den Boden. Der Strauch hielt den Wind ein wenig ab, und es schien ruhiger. Albert schloss die Augen und drückte die Limoflasche an seine Brust. Er musste lachen bei dem Gedanken, dass die South Australian Railways ihn niemals würde belangen können.

Während Albert unter dem Busch lag, wurde er allmählich unter rotem Sand begraben. Er begann zu träumen, der Sand wäre das Wasser des Murray und er wäre unterwegs nach Hause. Über ihm zerrte der Wind an den Zweigen des Buschs.

Und dann fing der Strauch an zu singen. Ganz leise, so dass Albert nur die Wörter »Frühling« und »Pracht« und ein wenig später »am Seeufer Einzug hält« verstand. Er hatte das Lied noch nie gehört und konnte sich nicht erklären, warum ein Busch es ihm vorsingen wollte.

Albert mochte den Gesang nicht. Er vertrieb das Bild seines heimischen Flusses und holte ihn zurück in die Wüste. Er zwängte sich noch näher an die Wurzeln des Strauchs und versuchte an zu Hause zu denken, aber das Lied ließ ihm keine Ruhe.

»Einmal erzählte er mir vom Kampf gegen den Großen Muldoon.«

Warum sollte sich ein Busch etwas von jemandem erzählen lassen? Wer war Muldoon, und warum war er groß? Albert lag auf dem Boden und rätselte. Der Busch traf nur selten den richtigen Ton, und der schräge Gesang ärgerte Albert. Es ist schwer, sich zum Sterben niederzulegen, wenn einem jemand auf die Nerven geht. Langsam rollte er unter dem Busch hervor und stellte sich in den Wind. Dann reckte er den Kopf und lauschte.

»Wo ist das Mädchen mit den traurigen Augen,
Mit dem ich so glückliche Stunden verbracht?
Sie hat mich verlassen für einen anderen,
Der ihr jeden Tag schöne Augen macht.«

Der Wind verwehte die Zeilen in die umliegenden Büsche. Er schlug ständig um, und jedes Mal kam der Gesang aus einer anderen Richtung.

Albert blinzelte in den Sandsturm, der die Wüste verhüllte. Er konnte nicht mehr als einige Fuß weit sehen, so dass wenig Aussicht bestand, den Sänger ausfindig zu machen. Dennoch war es eine Chance, die es vorher nicht gegeben hatte. Albert klemmte die Flasche unter den Arm und stemmte sich in den Wind.

Der Sand in der Luft stach auf seiner Haut und zwang

ihn dazu, die Augen geschlossen zu halten. Mühsam stolperte er umher und lief immer wieder in Büsche. Das Lied wehte mit dem Wind über Albert hinweg wie die Wellen des nicht existierenden Flusses.

»Der Krähenwürger steigt in den Himmel hinauf,
Singt sein Lied hoch über der Welt.
Heißt den Frühling willkommen,
Der in all seiner Pracht
Unten am Seeufer Einzug hält.«

Mit jedem Schritt wurde der Gesang lauter. Er versuchte schneller zu gehen. Er war sich sicher, hinter dem nächsten oder übernächsten Busch würde er auf dessen Urheber stoßen. Eine einzige Liedzeile noch, doch es blieb stumm.

Albert blieb vor einem großen Salzbusch stehen und lauschte, aber er hörte nur den Wind und das Rascheln der Zweige. Der Hoffnungsschimmer und die letzte Verbindung zum Murray verschwanden, und zurück blieb die Gewissheit, dass dies das Ende war.

Doch dann roch Albert Rauch und hörte eine raue Stimme sagen: »Wenn das der Frühling in all seiner Pracht ist, kann ich verdammt noch mal drauf verzichten.«

Albert sprang beim Geräusch der Stimme zur Seite. Wenn er nicht so erschöpft gewesen wäre, wäre er geradewegs darauf zugerannt. So hatte er gerade genug Energie, um den Busch herumzugehen.

Und dort, in der Mitte einer Lichtung, brannte ein kleines Feuer. Der Wind trieb Funken und Asche in alle Richtungen. Über dem Feuer stand ein eiserner Dreifuß, und daran hing ein verbeultes Feldgeschirr. Unter dem schmalen Aufsatz, der als Deckel diente, stieg Dampf empor.

Auf der anderen Seite der Lichtung, halb verdeckt vom Staub und der umherfliegenden Asche, lag eine ausgebreitete Decke unter einem Eukalyptusbaum. Die Decke flatterte im Wind, und einzig ein schwerer Rucksack verhinderte, dass sie fortflog.

Über der Decke, mit dem Rücken zu Albert, stand eine massige Gestalt, die einen langen Staubmantel und einen grauen Schlapphut trug und damit beschäftigt war, eine schmutzige Zeltplane zwischen dem Baum und einem einige Fuß entfernten Salzbusch zu spannen. Jedes Mal wenn sie es fast geschafft hatte, fuhr der Wind in die Zeltbahn und riss ihr das Seil aus der Hand. Nach jedem fehlgeschlagenen Versuch brummelte die Gestalt: »Frühling, pah!«, und setzte ihre Bemühungen mit verstärkter Anstrengung fort.

Nach zahllosen Versuchen hing die Zeltbahn endlich und bot Schutz vor dem Wind. Die Gestalt im langen Mantel wartete einen Moment, bis sie sicher war, dass die Knoten hielten, nickte dann zufrieden und drehte sich zum Feuer um. Jetzt konnte Albert sehen, um wen es sich handelte: einen großen Wombat mit einem grauen Walrossschnauzbart.

Der Wombat musste sich alle Mühe geben, dass ihm nicht der Hut vom Kopf geweht wurde, so dass er Albert am anderen Ende der Lichtung nicht bemerkte. Er ging zum Feuer und stellte sich mit dem Rücken zum Wind, der erneut gedreht hatte und jetzt aus Alberts Richtung kam. Dann ging der Wombat in die Hocke und schob kleine Zweige ins Feuer unter dem Geschirr.

Dabei begann er mit monotoner Stimme zu singen, die selbst gegen den Wind zu hören war.

»Mein Lager wollte sie nicht mit mir teilen
Hier draußen im Mondenschein …«

Der Wombat hörte mittendrin auf und fing an zu lachen.

»Das ist die verdammte Wahrheit … ganz egal, wie stark der Wind weht … ich bin nicht deshalb allein, weil ich meinen eigenen Kopf habe … es muss an etwas anderem liegen … was könnte es nur sein? Ich kann einer Frau schöne Augen machen … das kann es nicht sein … es muss am Waschen liegen … wahre Liebe verlangt Wasser und Seife … da will ich erst gar nicht mit anfangen.«

Der Wombat lachte noch einmal und pfiff die Melodie vor sich hin, genauso schief wie zuvor sein Gesang.

Wenn er nicht sicher gewesen wäre, dass in dem Geschirr über dem Feuer Wasser war, wäre Albert zurück ins Gebüsch gekrochen und hätte die Begegnung mit einem singenden Wombat in einem Staubmantel jemandem überlassen, der noch verzweifelter war als er.

Stattdessen holte er tief Luft und wollte laut »Entschuldigung« sagen. Doch aus seinem Mund kam nur ein unverständliches Zischen. Seit Beginn seiner Reise hatte Albert kein Wort mehr gesprochen und hatte nicht bemerkt, wie ausgetrocknet seine Kehle war. Der Wind war für einen Moment abgeflaut, so dass der pfeifende Wombat das zischende Geräusch bemerkte.

Der Wombat sprang hoch in die Luft und brüllte: »Schlange!« Dann schnappte er sich einen dicken

Stock, der neben dem Feuer lag, und schlug damit rund um die Stelle, an der er zuvor gekauert hatte. Nachdem er jeden Zentimeter Boden in Reichweite seines Stocks bearbeitet und dabei sein Feuerholz über die ganze Lichtung verteilt hatte, hielt er inne, sah sich um und bemerkte zum ersten Mal Albert.

Er starrte Albert einige Augenblicke an und lief dann auf ihn zu. Albert umklammerte den Hals seiner Limoflasche, fest entschlossen, sein Leben teuer zu verkaufen. Genau in dem Moment raschelte der Wind in einem Salzbusch neben der Zeltplane. Der Wombat drehte sich um, rannte zu dem verdächtigen Busch und rief in Alberts Richtung:

»Gott sei Dank, Verstärkung. Beeil dich und komm mit deiner Flasche. Hier ist irgendwo eine Schlange, aber ich habe sie in die Flucht geschlagen.«

Der Wombat hatte den Busch erreicht und prügelte wild darauf ein. Albert war zu erschöpft für die Jagd auf eine Schlange, deren Schöpfer er selbst war. Er ging zum Feuer und setzte sich.

Der Wombat hatte den Strauch kurz und klein geschlagen und stocherte mit dem Stock darin herum. Nach einer sorgfältigen Überprüfung drehte er sich zu Albert und sagte: »Hörst du irgendwas?«

Albert schüttelte den Kopf. Der Wombat sah noch einmal auf die Überreste des Grevilleastrauchs und horchte einen Moment, bevor er den Stock zu Boden warf.

»Verdammt, die ist entwischt. Da hat sie noch mal Glück gehabt.«

Der Wombat lief zurück zum Feuer, als sei nichts Ungewöhnliches passiert, und hob den Aufsatz vom

Geschirr. Er sah hinein, schnupperte und legte den Deckel zurück. »Tee ist fertig. Möchtest du einen?«

Albert nickte heftig.

»Hast du eine Tasse?«

Albert schüttelte den Kopf.

»Hab ich mir schon gedacht, wo du ganz nackt hier rumläufst.«

Albert trug keine Kleidung, aber er hatte ein Fell und war deshalb in seinen Augen alles andere als nackt. Er wollte den Wombat darauf hinweisen, aber dann fiel ihm ein, was bei seinem letzten Versuch zu sprechen passiert war, und er schwieg, um die Sache mit der Schlange nicht von vorne zu beginnen.

Der Wombat ging zum Rucksack auf der Decke und kramte darin herum, bis er zwei verbeulte Blechtassen gefunden hatte. Er rieb sie am Ärmel seines Mantels ab und kam damit zurück zum Feuer. Dann drückte er Albert eine in die Pfote und füllte beide Tassen mit Tee aus dem Geschirr.

Der Wombat machte Albert mit einer Kopfbewegung ein Zeichen und setzte sich auf die Decke hinter dem Windschutz. Albert stand auf und setzte sich neben ihn. Seine anfängliche Furcht vor dem Wesen war einem Gefühl von Dankbarkeit für den Tee gewichen.

Eine Weile saßen sie schweigend da. Albert verbrannte sich an dem heißen Tee in der Blechtasse die Pfoten. Aber er ignorierte den Schmerz und trank. Der Tee bestand größtenteils aus matschigen Teeblättern, Sand und Asche, aber er war nass, und das reichte.

Der Wombat trank den Tee in tiefen Schlucken, unbekümmert um den Sand, der unter der Zeltbahn hindurchwehte, und setzte nur ab, um Teeblätter auszuspucken. Nachdem er den Becher geleert hatte, ging er zum Feuer, nahm das Kochgeschirr vom Dreifuß und kam damit zurück zur Decke. Er füllte Alberts Tasse nach und stellte das Geschirr neben ihm ab, wobei er es sorgfältig mit dem Deckel verschloss, damit kein Sand hineinwehte. Dann setzte er sich auf die Decke und zog eine kurze Bruyèrepfeife hervor. Er stopfte sie mit Tabak aus einem Beutel, den er aus einer anderen Tasche zog.

Albert sah staunend zu. Er hatte noch nie ein Tier rauchen gesehen. Andererseits hatte er auch noch nie ein Tier in Kleidung gesehen. Vielleicht hatte er bereits den Ort erreicht, nach dem er suchte. Albert dachte angestrengt nach, während er eine Tasse Tee nach der anderen trank.

Der Wombat sagte kein einziges Wort. Er rauchte bloß seine Pfeife und starrte hinaus in den Sandsturm.

Albert wartete, bis er sicher war, seine Kehle genügend angefeuchtet zu haben, um mehr als ein Zischen herauszubekommen. Dann fragte er:

»Ist das der Ort?«

Der Wombat sah auf vorbeitreibendes Gestrüpp und nahm die Pfeife aus dem Mund. »Ich hoffe nicht.«

»Ich meine, ist das der Ort, wo sich nichts verändert hat und Australien noch so ist wie früher?«

Der Wombat dachte lange nach und sagte dann: »Wenn du damit meinst, dass dort Tiere ohne Kleidung herumlaufen und von Leuten mit Speeren und Bumerangs gejagt werden, lautet die Antwort nein. An einem solchen Ort würdest du dem alten Jack ganz bestimmt nicht begegnen.«

2

JACK DER WOMBAT

Der Wind hatte sich in der Nacht gelegt. Die Sonne stand hoch am Horizont und vertrieb die kühle Morgenluft. Im Busch rund um das Lager war es still. Das helle Licht weckte Albert. Er zog sich die Decke vom Gesicht und blinzelte auf die sonnenbeschienenen Spitzen der Büsche rings um die Lichtung.

Der Salzbusch hob sich hellgrün gegen das Blau des Himmels ab, und Schwebfliegen umschwirrten die gelben Blüten der Grevilleen.

Der Dreifuß stand immer noch in der Mitte der Lichtung als letzter Hinweis auf das Feuer, das der Wind irgendwann in der Nacht verweht hatte. Die Zeltbahn hatte sich längst vom Salzbusch losgerissen und hing schlaff am Eukalyptusbaum. Das Feldgeschirr stand halb von einer roten Sanddüne verdeckt neben Alberts Lager.

Ohne die ihn umgebenden Objekte hätte Albert Jack für eine weitere Halluzination gehalten, hervorgerufen durch den langen Marsch ohne Wasser. Seine vage Erinnerung, dass Jack ihn mit einer Decke zugedeckt hatte, verwischte mit Träumen, in denen er nackt war und von Speeren durchbohrt wurde.

Er konnte sich nur schwach daran erinnern, was passiert war, nachdem Jack ihm gesagt hatte, dass dies nicht der ersehnte Ort sei. Der Enttäuschung war die Erschöpfung auf dem Fuße gefolgt.

Albert blieb lange Zeit unter der Decke liegen und versuchte, die Ereignisse der Nacht zu rekonstruieren, allerdings ohne Erfolg. Die Sonne erhob sich über dem vom Wind zerzausten Lager und weckte die Hoffnungen eines neuen Tages. Zuletzt richtete Albert sich auf und sah mehrere Pfund Sand die Decke entlang auf seine Füße rutschen. Er wollte gerade aufstehen, als er Jacks gedämpfte Stimme hörte:

»Sardinen?«

Albert sah sich um. »Wie bitte?«

»Ich sagte: Sardinen.«

Jack krabbelte unter einer unter Sand begrabenen Decke hervor. Er trug immer noch seinen Staubmantel und hatte seinen Hut fest über beide Ohren gezogen. Er stocherte in den aufgeschütteten Sandhügeln herum, bis er den Rucksack gefunden hatte.

»Ich weiß nicht, was du so isst, aber ich habe Sardinen.«

»Sardinen sind prima.«

Jack zog einige Sardinenbüchsen aus dem Rucksack sowie einen zerknüllten Filzhut und einen Mantel, die beide reichlich abgenutzt waren. Er warf Mantel und Hut Albert zu.

»Zieh das an. Die Sonne der letzten Tage scheint dir nicht gutgetan zu haben.«

Albert hob die Pfote und fühlte seinen Schnabel. Er war voller Blasen, die schmerzten, wenn man sie berührte. Albert hatte gar nicht mitbekommen, wie böse ihn die Sonne auf seinem Marsch nach Norden verbrannt hatte. Er hatte sich mit anderen Dingen beschäftigt.

Albert setzte den Hut auf, der ihm über die Augen fiel. Als er den Mantel anzog, hatte er das Gefühl, er sei unter einem eingestürzten Zelt begraben. Albert schob den Hut nach hinten und rollte die Ärmel auf, bis seine Vorderpfoten nach einer Weile zum Vorschein kamen.

Jack sah ihn abschätzig an. »Eine Modenschau gewinnst du damit nicht, aber für den Augenblick sollte es reichen.« Er öffnete zwei Sardinenbüchsen, ging zu Albert und hielt ihm eine hin. »Gestatten, Jack.«

»Ich bin Albert. Schön, dich kennenzulernen.«

Jack setzte sich neben Albert und zog eine Sardine nach der anderen aus der Büchse, die er genüsslich verspeiste.

»Hier in der Gegend nennen mich alle Jack der Wombat, keine Ahnung, warum. Dabei gibt's hier gar nicht viele Wombats. Hab mal von einem gehört, der John hieß und weiter östlich wohnte. Wir sind uns aber nie begegnet.«

Albert verschlang hastig seine Sardinen. Er hatte gar nicht bemerkt, wie hungrig er war. »Dann wäre ich also Albert das Schnabeltier.«

Jack aß die letzte Sardine. Er inspizierte die Büchse, ob er auch keine vergessen hatte, und vergrub sie im Sand.

»Ich denke, Albert reicht. Ich habe noch nie ein Schnabeltier gesehen oder von einem gehört, und ich bin schon seit vielen Jahren hier.«

Alberts Zuversicht schwand. Er war nicht nur im falschen Australien gelandet, sondern obendrein noch zur Einsamkeit verdammt.

»Wir leben in Uferböschungen und lassen uns nur selten blicken«, sagte Albert.

»Ich habe überhaupt noch nie einen Fluss gesehen«, sagte Jack.

Albert setzte die Sardinenbüchse ab. Der Hunger war mit einem Mal verflogen.

»Isst du den Rest noch?«, fragte Jack. Albert schüttelte den Kopf, und Jack griff nach der Büchse.

»Darf ich fragen, was dich hierhergebracht hat?«

Albert dachte eine längere Weile nach und sagte dann: »Adelaide.«

Jack nickte weise. »Hab mir schon gedacht, dass eine Frau dahintersteckt.«

»Adelaide ist eine Stadt.«

Jack steckte sich eine Sardine in den Mund. »Ich würde drauf wetten, die haben sie nach einer Frau benannt.« Grinsend aß er die letzte Sardine und vergrub die Büchse. »Und wo willst du jetzt hin, Albert?«

»So weit habe ich noch nicht vorausgedacht.«

Jack fing an, die Decken einzusammeln. »Ich habe in Ponsby Station was zu erledigen. Wenn du willst, kannst du mitkommen.«

Albert zögerte. »Ich weiß nicht, ob das hier die richtige Gegend für mich ist.«

Jack legte seinen Kopf zur Seite und sah Albert an. »Mag sein, Albert, aber ich bin im Umkreis von einhundert Meilen überall gewesen, und da sieht es ganz genauso aus.«

Wenn Jack recht hatte, und Albert hatte keinen Grund, daran zu zweifeln, wäre ein einsamer Fußmarsch durch die Wüste sein baldiges Ende.

»Ich glaube, ich komme mit dir, Jack ... wenn du nichts dagegen hast.«

»Überhaupt nicht. Hilf mir beim Packen. Schnapp

dir deine Decke und hol den Dreifuß.« Jack fischte eine Feldflasche mit einem Schulterriemen aus seinem Rucksack und warf sie Albert zu. »Besser, wenn du dein eigenes Wasser hast, falls du dich wieder verirrst.«

Albert nahm die Flasche vom Boden und hängte sie über die Schulter. Dabei fiel ihm wieder die Limoflasche ein, die er mit ins Lager gebracht hatte. Er stocherte in den Sandwehen herum, bis er sie gefunden hatte, und steckte sie in eine Manteltasche. Die Flasche war der einzige handfeste Beweis für seine Reise von Adelaide, und Albert war sich nicht sicher, ob das nicht alles nur ein böser Traum war.

Er holte den Dreifuß und gab ihn Jack, der ihn außen am Rucksack festband. Nach einem kurzen Blick über die Lichtung setzte Jack den Rucksack auf und marschierte los. Albert folgte ihm, wobei er aufpassen musste, nicht über den Saum seines Mantels zu stolpern.

Sie liefen mehrere Stunden in nordnordöstlicher Richtung. Jack marschierte zügig, ohne viel zu reden. Hin und wieder zeigte er auf eine Pflanze und erklärte Albert, dass sie essbar sei oder heilende Kräfte habe. Albert war von seiner Reise von Adelaide immer noch erschöpft und konnte nur mit Mühe Schritt halten, aber er stapfte weiter und sagte kein Wort.

Langsam veränderte sich die Landschaft. Die Salzbüsche und Grevilleen lichteten sich, und der rote Sand wurde von großen Salzflächen abgelöst. Die Ebene wurde nur von einzelnen großen Steinformationen unterbrochen. In der Ferne waren flache Hügel zu sehen und dahinter Berge aus schroffem grauem Granit.

Die Mittagshitze zwang Jack dazu, bei einer der Sandsteinformationen zu rasten. Am Fuß des Felsens war eine kleine Höhle, die Sandstürme in den weichen Fels gegraben hatten. Die Höhle lag auf der Schattenseite. Jack ging hinein und stellte den Rucksack ab. Albert folgte ihm und setzte sich an der Rückwand auf den Boden. Der Sand hatte die Kühle der Nacht bewahrt und fühlte sich gut unter seinen Füßen an.

Jack saß eine Weile schweigend da. Dann zog er den Tabak aus seiner Manteltasche und begann, seine Pfeife zu stopfen. »Ich laufe nicht gerne in der Mittagshitze. Es ist besser, wir warten hier, bis die Sonne sinkt.«

Albert nahm einen Schluck aus seiner Feldflasche. Jack riss ein Streichholz unter seiner Fußsohle an und entzündete damit seine Pfeife.

»Wie lange hattest du mich gestern schon beobachtet, als du aus dem Gebüsch kamst?«, fragte Jack.

»Nicht sehr lange«, erwiderte Albert. »Ich war neugierig, woher der Gesang kam.«

»Ich weiß, dass du mich singen und reden gehört hast und wie ich mich von der Schlange habe ins Bockshorn jagen lassen«, sagte Jack betreten.

»Ich kann mich nur noch an wenig erinnern, Jack. Ich war hundemüde.«

»Ich glaube, du erinnerst dich an mehr, als du sagst, und ich weiß das zu schätzen.« Jack hielt erneut ein Streichholz an seine Pfeife und fuhr fort: »Ich bin lange Zeit allein gewesen, Albert, und Leute ohne Gesellschaft tun komische Dinge, weil sie sich unbeobachtet glauben. Ich versuche immer, mich nicht lächerlich zu machen … mein Stolz, denke ich … und ich hasse es, wenn es mir doch passiert.«

Albert wusste nicht recht, was er darauf sagen sollte, und schwieg lieber.

Jack zog eine Weile an seiner Pfeife und hing seinen eigenen Gedanken nach. Als er fertig war, schlug er den Pfeifenkopf an seiner Ferse aus und steckte die Pfeife zurück in die Tasche. Er öffnete den Rucksack und zog einen großen weißen Stein und einen alten Pepperbox-Revolver hervor. »Entschuldige mich kurz.«

Er stand auf und brachte den Stein nach draußen. Er legte ihn auf den Boden, trat einen Schritt zurück und feuerte einen Schuss auf ihn ab. Der Schuss hallte von der Rückwand der Höhle wider und ließ Albert fast ertauben.

Eine Rauchwolke und der Geruch von Schwefel trieben in die Höhle. Jack nahm den Stein vom Boden auf und untersuchte ihn sorgfältig. Dann legte er ihn zurück und feuerte ein zweites Mal auf ihn. Albert hatte gerade noch Zeit, schützend die Pfoten über seine Ohren zu legen.

Wieder hob Jack den Stein auf und untersuchte ihn. Er nickte zufrieden und kam in die Höhle zurück. Nachdem er den Revolver in die Manteltasche gesteckt hatte, nahm Albert die Pfoten von den Ohren.

»Das ist ein Stück weißer Quarz, das ich vor zwei Tagen gefunden habe. Ein hübscher Stein, allerdings nicht viel wert, es sei denn …« Jack deutete vor die Höhle. »Sieh ihn dir nur genauer im Licht an.«

Albert ging mit dem Stein ans helle Sonnenlicht und betrachtete ihn eingehend. »Da sind goldene Körnchen drin.«

»Ganz genau, und diese Körnchen machen den Stein ziemlich wertvoll.«

Albert kam mit dem Stein zurück in die Höhle und gab ihn Jack. »Ist das echtes Gold?«

Jack schüttelte den Kopf. »Nur ganz wenig. Das meiste ist Katzengold, das sieht nur so aus wie Gold. Ich nehme den alten Revolver und stopfe zwei Gramm Schwarzpulver, etwas Schießbaumwolle, eine Spur Gold und jede Menge Katzengold in zwei Kammern. Damit feure ich auf Quarzbrocken. Im Handumdrehen kann ich so jeden Stein in eine Goldader verwandeln.«

»Und was hast du damit vor?«

»Das weiß ich noch nicht, aber ich habe noch nicht erlebt, dass ein bisschen Gold die eigene Lage verschlechtert hätte.«

Jack legte den Stein und den Revolver zurück in den Rucksack und schob ihn an die Rückwand der Höhle. Dann streckte er sich aus, legte den Kopf auf den Rucksack und schloss die Augen. Albert hatte darüber nachgedacht, was Jack über das Alleinsein gesagt hatte.

»Ich war nur einmal in meinem Leben allein … nachdem meine Mutter gestorben war.«

Jack blinzelte mit einem Auge. Albert fuhr fort:

»Als ich noch klein war, hatte ich mich einmal zu weit von unserem Bau entfernt. Da wurde ich von einem Hund angefallen und … meine Mutter tat alles, um mich zu retten. Sie war nicht sehr kräftig, aber sie kannte keine Angst … Zuletzt war keine Angst zu kennen nicht genug.«

Jack öffnete beide Augen. »Deine Mutter hätte mir gefallen.«

»Für mich war sie etwas ganz Besonderes, auch wenn das alle von ihren Müttern denken.«

Nach einem kurzen Moment drehte Jack den Kopf und sah Albert an. »Was ist mit dem Hund passiert?«

»Ich weiß es nicht mehr«, sagte Albert.

3

SPRECHENDE STEINE

Einige Stunden vor Sonnenuntergang setzten sie ihren Weg fort. Die Temperatur war um ein paar Grad gefallen, aber es war immer noch heiß. Jack behielt sein zügiges Tempo bei, aber Albert konnte schon besser mithalten als am Vortag.

Albert hatte in der Höhle ein Nickerchen gemacht und fühlte sich so gut wie seit Tagen nicht mehr. Er wusste immer noch nicht, wohin die Reise ging oder wie er hierhergekommen war, aber er war unterwegs, und allein das zählte. Bis zu seiner Flucht aus Adelaide hatte er ein Leben hinter Gittern und mit den immer gleichen Gewohnheiten geführt.

Sein Leben am Murray war ihm nach so vielen Jahren wie ein Traum vorgekommen. Er hatte die Zeit vor dem Tod seiner Mutter in guter Erinnerung, als eine Zeit der Wärme und der Freiheit. Tatsächlich war sie nur sehr kurz gewesen, und einen Großteil davon hatte er in einem dunklen Bau am Flussufer verbracht. Seine Mutter und die Erde ringsum hatten ihn beschützt, und er war zu jung gewesen, um zu verstehen, wie groß die Welt dahinter war.

Albert hatte nur noch vage Erinnerungen an die Zeit zwischen dem Tod seiner Mutter und seiner Gefangennahme. Manchmal drängte sich eine Momentaufnahme aus diesen Tagen in sein Bewusstsein und ließ ihn tagelang nicht schlafen. Es waren immer nur einzelne Bilder ohne Ton oder Bewegung: ein toter Hund mit hochgezogenen Lefzen über blutigen Zähnen, ein kalter und leerer Bau, ein Netz in einer behandschuhten Hand.

Albert hatte das Gefühl, diese Erinnerungsfetzen seien trotz ihres Schreckens in gewisser Weise besser für ihn als die Erinnerungen an den Zoo. Jeder endlose Tag war ihm noch lebhaft im Gedächtnis.

Jeden Morgen wurde er um die gleiche Zeit mit Würmern und Süßwasserkrabben gefüttert. Danach wurde er durch einen Tunnel von seinem Schlafplatz in ein eingezäuntes Gehege gescheucht, in dessen Mitte sich ein Wasserbecken aus Beton befand. Der Tunnel wurde hinter ihm verschlossen. Eine Stunde später öffnete der Zoo, und die Besucher erschienen. Albert hatte die Tore nie gesehen – sie waren viel zu weit von seinem Käfig entfernt –, aber er stellte sich immer vor, sie wären überladen mit kunstvollen Abbildungen von Schnabeltieren, die von Dämonen gequält wurden.

Während der gesamten vierzehn Stunden, die der Zoo geöffnet hatte, wurde Albert von Leuten begafft. Nirgendwo in seinem Gehege konnte er sich vor ihnen verstecken. Sie zeigten mit dem Finger auf ihn, redeten über ihn, zogen Grimassen und warfen mit Gegenständen nach ihm, um ihn in das Wasserbecken zu scheuchen.

Das Becken war das Schlimmste. Entlang einer Seite hatte es eine Glasscheibe, durch die die Besucher ihm beim Schwimmen zuschauen konnten. Die Scheibe war von Algen überzogen, und das Wasser vergrößerte die Gesichter auf der anderen Seite. Riesige Münder gingen auf und zu, und große Augen blinzelten sich durch den blaugrünen Pelz auf dem Glas verschlüsselte Botschaften zu. Albert mied das Becken, so gut es ging.

Ein kühler Lufthauch vertrieb seine Gedanken an den Zoo in Adelaide und brachte ihn zurück in die Wüste. Nachdem die Sonne am westlichen Horizont untergegangen war, wehte ihnen eine kühle Brise von den knapp eine Meile vor ihnen liegenden niedrigen Bergen entgegen.

Jack deutete auf die Berge. »Ponsby Station liegt auf der anderen Seite. Wir schlagen hier unser Lager auf. Gegen morgen Mittag sollten wir dort sein.«

Jack suchte eine geeignete Lichtung für ihr Lager und setzte seinen Rucksack in der Mitte ab. Er kramte das Feldgeschirr und einige Sardinen hervor, und Albert versuchte sich nützlich zu machen, indem er Feuerholz sammelte.

»Pass auf Schlangen auf!«, bellte Jack ihm hinterher, während er den Dreifuß aufstellte.

»Mach ich, Jack.«

Schlangen machten Albert keine Angst. Da er selbst andere Tiere vergiften konnte, hatte er mit Schlangen immer eine gewisse Verwandtschaft gefühlt. Die Giftsporne an seinen Hinterläufen unterschieden ihn von anderen Tieren und gaben ihm ein Verständnis für all jene Arten, die Gift zur Nahrungsbeschaffung oder Verteidigung einsetzten.

Albert ließ einen Stapel Hölzer neben Jack fallen und verschwand wieder im Busch. Als er zum Lager zurückkehrte, hatte Jack ein Feuer entfacht und das Feldgeschirr darübergehängt.

Das Zwielicht wurde rasch von der Dunkelheit geschluckt, und die Wärme und das Licht des Feuers waren willkommen. Jack öffnete zwei Sardinenbüchsen, und sobald das Wasser im Geschirr kochte, goss er Tee in die Blechtassen. Schweigend aßen er und Albert die Sardinen und tranken ihren Tee. Die Nacht wurde kälter, und Albert zog seinen Mantel fest um seinen Körper. Nachdem Jack die letzte Sardine verspeist hatte, starrte er einen Moment auf die leere Büchse und warf sie dann in die Dunkelheit auf der anderen Seite des Feuers.

»Dich mag Adelaide in diese Wüste geführt haben, Albert, aber bei mir war es Klaustrophobie.«

Jack machte eine Pause, um Tee nachzugießen. »Ich weiß nicht, wie viel du über Wombats weißt, Albert, aber wir sind ein langweiliger Haufen, das kann ich dir sagen.«

»Ich habe einen oder zwei aus der Entfernung gesehen, aber du bist der erste, mit dem ich gesprochen habe«, erwiderte Albert.

»Wir leben in tiefen Höhlen und lassen uns nur früh am Morgen oder spät am Abend blicken. Dann essen wir ein paar Blätter und verkriechen uns wieder. Was ist das für ein Leben? Und es gibt nichts, worüber wir uns unterhalten können. Ganze Konversationen bestehen aus: ›Was hast du heute gemacht, Earl?‹ ›Ich habe ein paar Blätter verzehrt, Frank. Und du?‹ ›Ich habe etwas Gras gefressen und anschließend vierundzwanzig Stunden in einer dunklen Höhle geschlafen.‹ ›Und was machst du morgen, Frank?‹ ›Ich habe noch nicht drüber nachgedacht, Earl, aber vielleicht fresse ich ein paar Blätter.‹ Mein Gott, Albert, was für ein Leben ist das?«

Abgesehen von den Blättern kam es Albert gar nicht schlecht vor. »Ziemlich geruhsam.«

»Das kann ich dir sagen. Viel zu geruhsam für mich.« Jack spuckte ein Teeblatt ins Feuer. »Ich konnte die Dunkelheit nicht ertragen. Ich bin verrückt davon geworden, und dann habe ich meine Eltern auch verrückt gemacht. Sobald ich den Beutel meiner Mutter verlassen hatte, bin ich zum Licht gekrabbelt. Zuerst haben meine Eltern mich aufgehalten, vermutlich wegen dem Gerede der Nachbarn. Doch als ich größer wurde, haben sie es aufgegeben. Meine Mutter weinte manchmal, wenn ich loszog, aber das war's auch schon. Ich war den ganzen Tag unterwegs, und nachts schlief ich vor dem Eingang unserer Höhle, um die Sterne zu betrachten. Jeden Tag entfernte ich mich weiter von dem verdammten Erdloch, und eines Tages ging ich so weit, dass ich nicht mehr zurückfand.«

Jack hörte auf zu reden und starrte ins Feuer.

»Wie bist du hierhergekommen?«, fragte Albert.

»Ich bin einfach immer nur gelaufen, und dann war ich hier. Der Große Muldoon hat mir einmal erzählt, er glaube, jeder, der weit genug laufe, käme irgendwann hier an. Aber Muldoon hatte lauter verschrobene Vorstellungen, und ich habe nie viel darauf gegeben.«

»Aber wo sind wir hier?«, beharrte Albert.

»Das kann ich dir nicht sagen, Albert, weil ich es selbst nicht weiß. Ich kann dir aber versichern, dass dies ein ganz realer Ort ist und dass du umkommen kannst, wenn du nicht aufpasst.«

»Aber was ist mit den anderen Orten, dem Ort, wo alles so ist wie früher, oder dem Ort, wo die Männer mit Speeren und Bumerang leben?«

»Man hört hier alle möglichen Geschichten, Albert, wahre und falsche. Wenn du in eine andere Richtung gelaufen wärst, hättest du vielleicht einen dieser Orte gefunden. Du bist es aber nicht.«

Jack stand auf, nahm das Feldgeschirr vom Haken am Dreifuß und löschte mit den aufgeweichten Teeblättern das Feuer. »Man sagt, andere waren vor uns hier. Sie haben Felszeichnungen hinterlassen und behauptet, jeder Busch und jeder Stein hätte eine eigene Seele.«

Albert zog seine Decke aus dem Rucksack und hüllte sich darin ein. »Glaubst du daran?«

»Ich mache mir nicht viel aus diesen Geschichten. Dennoch habe ich an windigen Abenden manchmal das Gefühl, als würden die Steine mir etwas vorsingen. Dann zucke ich mit den Schultern und sage mir, dass ich langsam alt werde.«

»Was sagen sie?«

»Sie sagen überhaupt nichts. Es ist bloß die Einbildung dessen, der zu lange alleine in der Wüste ist.«

»Und was bildest du dir ein, dass sie sagen?«, hakte Albert nach.

»Sie sagen, dass alles keinen Sinn hat und dass jeder, der jemals auf ihnen gesessen hat, an ihnen vorbeigelaufen ist oder sie aufgehoben hat, aus dem Nichts kam und dorthin zurückgegangen ist. Sie kichern ein bisschen und bleiben lange Zeit still. Und dann fangen sie mit dem gleichen Lied wieder von vorne an.«

»Bist du sicher, dass es nur deine Einbildung ist? Vielleicht reden sie tatsächlich zu dir.«

Jack lächelte. »Gewöhnlich sind Steine nicht besonders intelligent.«

Er stand auf, lief zum Rand der Lichtung und begoss einen Busch, bevor er sich schlafen legte.

4
Ponsby Station

Der Pfad ins Zentrum von Ponsby Station folgte einem ehemaligen Wasserlauf, der eine flache Senke am Stadtrand ausgewaschen hatte. In unregelmäßigen Abständen waren rostige Blechstücke in die Wände der Senke gedrückt und boten den darunter befindlichen Erdlöchern Schatten. Neben den Löchern standen kümmerliche Blumen in alten Kaffeebüchsen oder angestoßenen Porzellantassen, die einzigen Farbtupfer in der ausschließlich aus Braun- und Gelbtönen bestehenden Landschaft.

Während Jack und Albert den Pfad entlangliefen, hörte Albert hin und wieder ein Pfeifen aus einem der Erdlöcher. »Wer wohnt hier?«

»Bandicoots, nehme ich an. Die schlafen tagsüber.«

Albert war überrascht. »Ich dachte, du warst schon mal hier?«

Jack brachte den Rucksack auf seinem Rücken in eine angenehmere Position. »Nicht dass ich wüsste. Ist aber auch egal. Die Ortschaften sind sowieso alle gleich: Bandicoots auf der einen, Wallabys auf der anderen Seite, und alle schieben Schichtdienst in einer weitgehend erschöpften Mine, um irgendwie über die Runden zu kommen.«

Zweihundert Meter weiter öffnete sich der Weg auf das Zentrum von Ponsby Station.

Ein großes windschiefes Gebäude erhob sich mitten auf einem ebenen Platz am Rande eines Minengeländes. Flache Abraumhalden ließen das Gebäude klein erscheinen, und auf einem rostigen Bahngleis, das in die Berge im Hintergrund führte, standen vereinzelte ausgemusterte Erzwaggons.

Das Gebäude hatte einmal einen weißen Anstrich besessen, aber jetzt war das Holz verwittert, und es waren nur noch einzelne abblätternde Farbkleckse übrig geblieben. An beiden Seiten waren Werbetafeln für Bier und Tabak festgenagelt, aber auch sie waren verwittert, und rostige Schlieren liefen über die aufgemalten Botschaften aus besseren Tagen.

Ein vorspringendes Blechdach überspannte die Holzveranda entlang der Vorderfront. Neben der Eingangstür standen zwei alte Bänke und ein Spucknapf. Die Tür war geschlossen, und die Bänke waren leer.

Auf dem Dach war ein großes verblichenes Schild mit der Aufschrift:

PONSBY STATION
GEMISCHTWAREN

»Qualitätsware zu fairen Preisen«
Sing Sing O'Hanlin, Eigent.

Jack blieb vor dem Gebäude stehen. Er sah zu dem Schild auf und lächelte. »Na, dann mal los, Albert. Mir nach.« Er kletterte auf die Veranda, öffnete die Ladentür und ging hinein. Albert folgte ihm.

Drinnen herrschte ein trübes Licht, das durch zwei Fenster auf der Rückseite und ein Deckenlicht über der Theke fiel, die die halbe Länge des Raums einnahm. Hinter der Theke waren Regale mit Konserven, Stoffballen, Haushaltswaren aller Art und diversen Kleidungsstücken. An einem Ende der Theke stand ein Gewehrständer mit einem rostigen Steinschlossgewehr und zwei Enfield-Karabinern. Vor dem Gewehrständer war eine Glasvitrine mit mehreren Perkussionspistolen.

Die hintere Ladenhälfte, deren Boden aus festgetretener Erde bestand, beherbergte eine Bar und einen Boxring. Die Bar war nicht mehr als zwei Bretter, die auf leeren Bierfässern ruhten. Der Boxring bestand aus einer freien Fläche und ein paar Holzbänken an der Wand gegenüber der Bar.

Auf einem der Bretter stand ein angezapftes Bierfass. Hinter dem Tresen befand sich ein breites Regal voller Whiskeyflaschen und Biergläser. Über dem Regal hingen ein zersprungener Spiegel und eine Reihe von Plakaten, die weit zurückliegende Preiskämpfe ankündigten. Auf jedem Plakat war ein Känguru in Shorts zu sehen. Die Kängurus hielten ihre Fäuste in die Höhe und schienen wütend zu schnauben.

Hinter dem Tresen stand ein großes rotes Känguru, das eine Schürze und ein schmutziges Seidenhemd mit Ärmelhaltern trug. Eine Brille mit Drahtbügeln ruhte auf seiner Nase. Ihm gegenüber saßen zwei Bandicoots in Leinenoveralls. Die Bandicoots waren so betrunken, dass sie sich nur mit Mühe auf ihren Stühlen halten konnten.

Jack trat neben die Bandicoots, nahm den Rucksack

ab und stellte ihn auf die Theke. Albert folgte ihm an die Bar.

»Ich nehme an, in dem Fass da ist Bier«, sagte Jack.

Das Känguru blickte Jack über den Rand seiner Brille an. »Und ich nehme an, du hast Geld in der Tasche.«

Einer der Bandicoots kicherte. Jack zog ein paar britische Shilling aus seiner Manteltasche und legte sie auf den Tresen. »Mein Geld ist vermutlich besser als dein Whiskey, aber ich lass es drauf ankommen.«

Der andere Bandicoot lachte hämisch.

Das Känguru sah auf die Münzen und dann zu Albert. »Trinkst nur du etwas?«

»Ich bin nicht allein hergekommen. Und ich habe nicht vor, alleine zu trinken. Zwei Bier.«

Das Känguru schüttelte den Kopf. »Ich kann ihm nichts geben«, sagte es und zeigte auf Albert.

Für den Moment war Albert weit gespannter, als dass er sich beleidigt fühlte. Jack kniff die Augen zusammen und schwieg einen Moment, bevor er sagte: »Und warum, bitte schön?«

Das Känguru deutete auf ein weiteres Schild gleich neben dem gesprungenen Spiegel, auf dem stand:

WIR BEHALTEN UNS DAS RECHT VOR,
NICHT-BEUTELTIEREN
DEN AUSSCHANK ZU VERWEIGERN

Die Geschäftsleitung

»Er muss leider gehen. So ist die Hausordnung.«

Erstmals sagte Albert etwas: »Ich bin ein Schnabeltier.«

Das Känguru rückte mit der Vorderpfote seine Brille zurecht und sah Albert genauer an. »Ich habe so etwas wie dich noch nie gesehen, und ich gehe davon aus, was ich noch nie gesehen habe, stammt nicht aus einem Beutel, es sei denn, man beweist mir das Gegenteil.«

»Es muss ein Beuteltier sein«, sagte einer der Bandicoots und nickte weise mit dem Kopf.

»Beuteltier«, sagte der andere zustimmend.

Während die beiden Bandicoots und das Känguru Albert anstarrten, spürte er, wie die Sporne an seinen Hinterläufen sich aufrichteten. Je mehr sie starrten, desto mehr erinnerten sie Albert an die Leute im Zoo, und mit jedem Blick loderte der Zorn in seiner Seele auf. Im Zoo hatte er nichts machen können, aber hier konnte er sich den Luxus einer gewalttätigen Handlung erlauben. Der Klang von Jacks Stimme unterbrach für einen Moment Alberts aufkeimende Wut und die erlösende Entladung in blinder Raserei.

»Ich sage, er ist ein Schnabeltier, und du solltest es damit gut sein lassen.«

Jacks Stimme war immer noch ruhig, aber sein Revolver lag nun vor dem Känguru auf dem Tresen, und daneben lagen Jacks Pfoten.

Das Känguru sah einen Augenblick auf den Revolver und sagte dann: »Ich denke, in diesem Fall kann ich eine Ausnahme machen. Das Schild hängt nur deshalb da, um das Gesindel draußen zu halten. Was ist ein Schnabeltier?«

Die Bandicoots, die den Ernst der Lage nicht mitbekommen hatten, starrten Albert weiter an. »Wir könnten seine Weichteile untersuchen«, schlug einer vor.

Albert schlug so fest er konnte mit der Vorderpfote

nach dem Bandicoot. Das Tier flog einige Fuß durch den Boxring, bevor es auf dem Boden aufschlug und bis vor die Zuschauerbänke rollte. Albert hatte noch nie jemanden geschlagen und war überrascht, wie gut es sich anfühlte. Die Sporne in seinen Hinterläufen zogen sich zurück.

Der andere Bandicoot sah zu Albert herüber und sagte zwischen zwei Anfällen von Schluckauf: »Sauberer Schlag, Kumpel. Ich habe ihn immer schon für ein bisschen schwul gehalten.«

Der andere Bandicoot erhob sich vom Boden und taumelte zurück an die Bar. »Wer hat da wen als Schwuchtel bezeichnet?«

Der Bandicoot vor Albert hob seine Fäuste. »Wer wollte denn anderer Leute Weichteile inspizieren, Roger?«

»Ich habe gesagt, *wir* könnten nachschauen, Alvin.«

»Halte mich aus deinen schmutzigen Phantasien raus, du Perverser.«

In dem Augenblick stolperte Alvin durch den Raum und warf sich auf Roger. Die beiden Bandicoots wälzten sich strampelnd, beißend und sich gegenseitig kratzend am Boden.

Jack nahm den Revolver vom Tresen und steckte ihn in seine Tasche. Er betrachtete einen Moment die beiden Bandicoots, zog dann einen weiteren Shilling aus der Tasche und legte ihn auf den Tresen. »Einen Shilling auf den, der sich gerade im Ohr des anderen verbissen hat.«

Das Känguru nahm einen Shilling aus seiner Schürzentasche und legte ihn neben Jacks Münze auf die Theke. »Abgemacht. Du setzt auf Roger. Er ist der Bösartigere von den beiden. Aber er ermüdet schneller als Alvin.«

Jack streckte seine Pfote aus. »Gestatten, Jack.«

Das Känguru nahm Jacks Pfote und schüttelte sie. »Sing Sing O'Hanlin, Besitzer und stellvertretender Hauptmann der Füsiliere von Ponsby Station.«

»Füsiliere?« Jack ließ O'Hanlins Pfote los.

»Die Füsiliere sind unsere Bürgerwehr, aufgestellt zur Verteidigung von Ponsby Station. Wir treffen uns jeden Samstag, marschieren ein bisschen in der Gegend herum, und danach treffen wir uns hier auf einen Drink. Bringt ordentlich was ein, sag ich dir.«

Sing Sing nahm zwei Biergläser aus dem Regal, hielt sie unter das Fass und stellte je eins vor Jack und Albert. »Entschuldigung für das Missverständnis. Hier kommen nur selten Schnabeltiere vorbei. Genau genommen bist du das erste. Das Bier geht aufs Haus.«

Albert nahm sein Glas und bedankte sich bei Sing Sing, auch wenn ihm wenig nach Dankbarkeit zumute war. In ihm breitete sich das Gefühl aus, dass seine Flucht aus dem Zoo und sein Fußmarsch durch die Wüste ganz umsonst gewesen waren. Dies sollte das Alte Australien sein, der Ort, an dem er ein Zuhause, Freunde und andere seiner Art zu finden hoffte. Und jetzt stellte sich heraus, dass man in diesem Land mit dem Revolver drohen musste, um auch nur ein Bier zu bekommen.

Die Bandicoots waren erschöpft. Sie lagen auf dem Boden des Rings, hielten sich gegenseitig an den Trägern ihrer Overalls fest und schnappten nach Luft. In regelmäßigen Abständen biss oder trat der eine den anderen, und der Kampf flammte von neuem auf.

»Wenig los hier«, bemerkte Jack und nippte an seinem Bier.

O'Hanlin nahm ein Glas aus dem Regal und polierte es an seiner Schürze. »Warte nur ein paar Stunden. Dann kommen die Wallabys von der Schicht, und die Bandicoots sind auf dem Weg zur Arbeit. Vor zwei Tagen gab's Lohn, und einige haben noch etwas Geld in der Tasche. Die spielen Two-up oder veranstalten einen Preiskampf ...«

Er sah Albert mit neu gewonnenem Respekt an. »Dieses Schnabeltier hier hat einen sauberen rechten Haken und ...«

»Ich heiße Albert, Albert aus Adelaide«, sagte Albert gereizt.

Sing Sing ließ sich davon nicht irritieren. »Albert hier hat einen sauberen rechten Haken. Wir könnten mit ihm einen Kampf veranstalten und ein bisschen Geld verdienen. Niemand hier hat je ein Schnabeltier gesehen, und alle werden denken, es sei ein leichtes Spiel für einen der Lokalmatadore. Da könnte leicht ein Gewinn von zwei zu eins oder auch drei zu eins rausspringen.«

»Ich habe selbst mal für Geld gekämpft«, sagte Jack. »Das bringt nichts.«

»Bist du Boxer?«, fragte Sing Sing.

»Eher Ringkämpfer.«

»Heutzutage wollen die Leute Boxer sehen«, sagte Sing Sing und deutete auf die Poster mit den boxenden Kängurus. »Mehr Blut, mehr Action.«

Sing Sing polierte das nächste Glas und fuhr fort: »Wenn der Große Muldoon nicht verschwunden wäre, würden sich die Leute vielleicht noch für Ringkampf interessieren.«

Jack nahm einen weiteren Schluck Bier. »Muldoon war eine Attraktion, keine Frage.«

»Hast du ihn kämpfen gesehen?«, fragte O'Hanlin.

»Ein- oder zweimal«, sagte Jack. »Was meinst du, Albert, möchtest du dir ein bisschen Geld verdienen und die Einheimischen verprügeln?«

Albert hatte noch nie Bier getrunken und fühlte sich leicht benommen. »Ich habe mich lange genug von Leuten begaffen lassen.«

Jack stellte sein leeres Bierglas auf dem Tresen ab. »Ich denke, das war ein klares Nein, Mr O'Hanlin.« Jack hob seinen Rucksack vom Boden und warf ihn über eine Schulter. »Albert und ich schlagen unser Lager vor der Stadt auf und kommen wieder, wenn etwas mehr los ist. Hast du vielleicht einen Hut und einen Mantel, die Albert passen könnten?«

O'Hanlin sah Albert abschätzend an. »Ich hätte zumindest eine Weste. Mal sehen.« Er kam hinter dem Tresen hervor und ging in den Laden.

In dem Augenblick beendeten die Bandicoots völlig erschöpft den Kampf. Nebeneinander lagen sie auf dem Rücken im Staub.

»Tut mir leid, Roger.«

»Mir auch, Alvin.«

»Auch wenn du eine Schwuchtel bist, Roger, bist du der beste Freund, den man sich wünschen kann.«

»Jawohl, Freunde fürs Leben.«

Roger begann heftig zu schluchzen. Alvin streckte die Pfote aus, klopfte ihm sanft auf die Schulter und fing ebenfalls an zu weinen.

O'Hanlin sah die beiden Bandicoots an und schüttelte den Kopf. »Ich hätte es dir sagen sollen. Das endet häufiger so.«

»Kein schöner Anblick«, sagte Jack und nahm einen Shilling vom Tresen, »wahrlich kein schöner Anblick.«

5

WAS GIN ANRICHTET

Als sie am Abend zurück nach Ponsby Station gingen, musste Albert über viele Dinge nachdenken. Er und Jack hatten ihr Lager einige Meilen außerhalb der Stadt aufgeschlagen. Auf dem Weg dorthin hatten sie nur wenig geredet und beim Einrichten des Lagers noch weniger. Albert vermutete, dass O'Hanlins Bemerkung über den Großen Muldoon Jack verärgert hatte. Immerhin hatte Jack ihm gesagt, dass er Muldoon kannte. Aber als O'Hanlin von Muldoon gesprochen hatte, hatte Jack schnell das Thema gewechselt. Albert hätte Jack gerne über den Großen Muldoon befragt, aber er wollte ihn nicht auf diesen offenbar heiklen Fall ansprechen.

Mit den Sachen aus dem Laden kam er sich weniger auffällig vor als mit dem viel zu großen Hut und Mantel, die Jack ihm geliehen hatte. O'Hanlins Auswahl an Kleidung war begrenzt gewesen, und die meisten Stücke waren verpfändet und von ihren Besitzern nicht ausgelöst worden. Dennoch hatte Albert mit Jacks Hilfe eine halbwegs saubere Tweedweste und eine mehrfach geflickte kurze Leinenjacke mit tiefen Seitentaschen gefunden, die er über der Weste tragen konnte. Die Suche nach einem Hut war schwieriger gewesen, aber zuletzt hatte Albert sich für eine abgewetzte Kappe mit

Lederschirm entschieden. Der Schirm der Kappe reichte genau über Alberts Schnabel, und im gesprungenen Spiegel hinter der Bar war er sich darin fesch vorgekommen. Jack fand noch einen passenden kleinen Rucksack für Albert, den sie ebenfalls kauften.

Albert hatte noch nie im Leben für irgendetwas bezahlen müssen. Das Leben am Murray hatte darin bestanden, sich eine Höhle zu graben und zum Mittagessen Krabben und Krebse zu fangen, die reichlich im Fluss vorhanden waren. Der Zoo in Adelaide hatte die Tiere in den Käfigen mit monotoner Regelmäßigkeit gefüttert, aber sie hatten dafür nie Geld aufbringen oder sich selbst Futter kaufen müssen. Jetzt lernte Albert, dass er zum Überleben Kleidung und Konserven brauchte – und dass irgendwer dafür bezahlen musste.

Jack hatte O'Hanlin für die Kleidung und den Rucksack einige Münzen aus einem bescheidenen Vorrat gegeben, den er in der Tasche seines Staubmantels trug. Albert hatte Jack auf dem Weg zum Lager darauf angesprochen, wie er ihm das Geld für die Kleidung zurückzahlen könne, aber er hatte nur gesagt, er solle sich um das Geld keine Sorgen machen und sie würden später eine Lösung finden.

Alles, was Albert bei sich trug, hatte er von Jack, mit einer Ausnahme. Er hatte immer noch die Limoflasche, die er aus Adelaide mitgenommen hatte. Als Albert sie aus der Tasche des geliehenen Mantels gezogen hatte, um sie in den Rucksack zu stecken, hatte O'Hanlin sich dafür interessiert.

Als jemand, der mit Spirituosen handelte, besaß O'Hanlin offenbar ein Faible für Flaschen und hatte eine eigene Sammlung. Eine Flasche wie die von Albert hatte er noch nie gesehen, und er hatte angeboten, sie zu kaufen. Aber Albert hatte abgelehnt, weil die Flasche die einzige Verbindung zu seinem alten Leben war.

Während sie jedoch ihr Lager aufschlugen, hatte Albert über O'Hanlins Angebot nachgedacht. Was immer seine alte Welt gewesen war, war jetzt vorüber und hatte einer neuen Welt Platz gemacht. Je länger er darüber nachdachte, desto klarer wurde ihm, dass er umso glücklicher wäre, je weniger ihn mit Adelaide verband. In dem Moment hatte Albert beschlossen, O'Hanlin die Flasche zu verkaufen und das Geld Jack zu geben. Es würde vielleicht nicht ausreichen, alle seine Schulden zu begleichen, aber es wäre ein Anfang.

Der Lärm von O'Hanlins Laden unterbrach Alberts Gedanken. Lange bevor sie die Lichter des Gebäudes sahen, konnte er Schreie und lautes Singen hören.

Der Gemischtwarenladen von Ponsby Station war bei Nacht ein ganz anderer Ort als am Nachmittag. Licht strömte durch die vorderen Fenster und die offene Tür. Wallabys und Bandicoots drängten sich in getrennten Gruppen auf der Veranda. Einige saßen plaudernd auf den Bänken und spuckten hin und wieder in den Spucknapf. Andere hockten auf der Kante der Veranda und ließen kleine Flaschen Gin und Whiskey kreisen. Das Schreien und Singen kam aus dem Inneren des Gebäudes, und immer wieder kam ein Wallaby oder ein Bandicoot durch die offene Tür geflogen und landete mit dem Gesicht zuerst auf der Veranda. Manche blieben einfach liegen, mehr aus Trunkenheit als aus Verletzungsgründen, und der Rest stand auf, klopfte sich den Staub ab und ging wieder hinein.

Jack blieb etwa fünfzig Meter vor dem Gebäude stehen. »Albert, bleibe immer in meiner Nähe. Pass auf, was ich mache, und wenn es Ärger gibt, renn so schnell, wie du kannst, nach draußen. Wir treffen uns am Lager, aber nimm nicht den direkten Weg, damit keiner uns findet.«

Albert wurde mulmig zumute. »Was wird denn deiner Meinung nach passieren?«

»Vermutlich nichts, aber man kann nie wissen.«

Jack lief auf die Veranda zu, dicht gefolgt von Albert. Er stieg über die am Boden Liegenden und ging durch die Eingangstür.

Dichter Qualm und lautes Gebrüll empfing sie. Die Minenarbeiter standen in Zweierreihen an der Theke, und O'Hanlin und zwei Gehilfen reichten Bier- und Whiskeygläser über den Tresen, so schnell sie konnten. Am Ring hatte sich ein größeres Publikum versammelt und sah einem Wallaby zu, das mit einem Holzstück zwei Münzen in die Luft warf. Jedes Mal wenn die Münzen zu Boden fielen, brach die Menge in lautes Geschrei aus, und Geldstücke wechselten den Besitzer. Alle anderen Besucher der Bar hatten eine Zigarre oder eine Pfeife im Mund, und dichte Schwaden Tabakrauch wurden vom Licht der Öllampen an der Wand beschienen.

Noch ehe sie ganz durch die Tür waren, wurden sie von einem finster aussehenden Grauen Riesenkänguru aufgehalten, das auf einem Hocker neben der Bar saß. Das Känguru war stämmig gebaut, trug eine eingerissene Melone auf dem Kopf und eine Pepitahose, aus deren Gesäßtasche ein Totschläger hing.

»Du darfst rein«, sagte das Känguru zu Jack, »aber der da ist unerwünscht.« Es zeigte auf Albert.

»Warum?«, fragte Jack.

»Weil ich es sage, und weil es in der Hausordnung steht.« Das Känguru stand auf und legte eine Pfote auf den Totschläger in seiner Tasche.

»Du fragst besser deinen Boss«, sagte Jack und zeigte auf O'Hanlin hinter dem Tresen. »Albert hier ist eine Ausnahme.«

Der Türsteher winkte mit der Pfote zur Bar und brachte O'Hanlin dazu herüberzusehen. Er zeigte auf Albert, und O'Hanlin gab Jack und Albert ein Zeichen hereinzukommen.

Das Graue Riesenkänguru setzte sich wieder auf den Hocker. »Also gut, aber keinen Ärger, verstanden? Ich habe euch beide im Auge.«

»Wir machen keinen Ärger, Kumpel, ganz bestimmt nicht.«

Jack schob sich in das Gedränge. Nach ein paar Minuten hatte er mit seinen Ellbogen für sich und Albert einen Platz an der Bar erkämpft.

O'Hanlin stellte zwei Bier vor sie auf den Tresen. »Guten Abend, Jack. Hallo, Albert.«

Jack legte ein paar Münzen auf die Theke und hob sein Glas. »Guten Abend, Mr O'Hanlin. Sieht so aus, als ob das Geschäft heute Abend gut läuft.«

O'Hanlin zuckte die Schultern. »Das geht in den nächsten zwei Tagen stetig zurück. Und dann ist nichts mehr, bis sie in zwei Wochen neuen Lohn bekommen.«

»Die Arbeit in der Mine ist hart, O'Hanlin, deshalb suche ich auch lieber, als danach zu graben.«

»Du bist Goldsucher?«

Jack nickte und trank von seinem Bier.

O'Hanlin fragte weiter: »Schon mal auf eine Ader gestoßen?«

Sofort sah Jack sich nervös im Raum um und legte eine Pfote auf die Wölbung in seiner Manteltasche. »Was hast du gehört?«

»Ich habe überhaupt nichts gehört.«

Jack lehnte sich über den Tresen zu O'Hanlin. »Hast du gehört, dass Albert und ich einen Riesenfund gemacht haben?«

»Nein.«

Mit zitternder Pfote nahm Jack einen weiteren Schluck Bier. »Ist auch nichts dran. Wir haben nichts gefunden, was, Albert?«

Albert sah Jack fragend an. »Nein, Jack, wir haben nichts gefunden.«

»Siehst du, ich hab's dir gesagt, O'Hanlin.«

O'Hanlin sah Jack einen Moment misstrauisch an und grinste dann übers ganze Gesicht. »Tut mir leid für dich. Vielleicht klappt's beim nächsten Mal.«

Jack nickte. »Vielleicht beim nächsten Mal.«

O'Hanlin nahm eine Flasche Gin aus dem Regal, schenkte drei Gläser ein und stellte die randvollen Gläser vor Jack und Albert auf den Tresen. »Trinken wir auf euer Glück, Gentlemen, auf Kosten des Hauses.«

Jack, Albert und O'Hanlin hoben ihre Gläser.

»Auf das Glück«, sagte O'Hanlin.

»Auf das Glück«, sagte Jack und kippte sein Glas hinunter.

»Auf das Glück«, sagte Albert und setzte das Glas an. Im nächsten Moment hatte er das Gefühl, er hätte Gift geschluckt. Seine Kehle brannte wie Feuer, und er glaubte zu ersticken. Sofort griff er nach seinem Bier und nahm einen großen Schluck.

»Bei Gin braucht man immer was zum Nachspülen, was, Albert?«

Albert nickte und trank einen weiteren Schluck, um den Wacholdergeschmack in seinem Mund loszuwerden.

O'Hanlin trank sein Glas leer und sagte: »Pass auf dich auf, Jack, und gehe nicht, bevor ich dir nicht noch einen ausgegeben habe.« Er ging den Tresen entlang, um andere Kunden zu bedienen. Jack sah ihm nach und wandte sich dann an Albert.

»Wenn ein Wirt wie O'Hanlin anfängt, dir Drinks zu spendieren, kannst du sicher sein, dass dein Glück sich wandelt, und zwar nicht zum Besseren.«

»Warum macht er es dann?«, fragte Albert.

»Weil er den Köder geschluckt hat, ganz einfach. Du musst nur schuldbewusst gucken und alles abstreiten. Funktioniert jedes Mal.« Jack drehte sich mit dem Rücken zur Bar und verfolgte das Spiel in der Arena. Albert tat es ihm nach.

»Das Spiel heißt Two-up, Albert. Kennst du es?«

»Nein.«

»Siehst du den Kreis, den sie in den Boden gekratzt haben?«

»Sehe ich.«

»Das Wallaby mit dem krummen Ohr da drüben ist der *Boxer*. Das ist eine Art Schiedsrichter. Es passt auf, dass die Münzen im Ring landen, und ruft ›*Heads*‹, ›*Tails*‹ oder ›*Odds*‹.«

»Was heißt *Odds*?«, fragte Albert.

»Wenn eine Münze Kopf und die andere Zahl zeigt. Dann ist das Ergebnis unentschieden, und der *Spinner* – das ist derjenige, der die Münzen wirft – muss noch einmal werfen. Wenn zweimal Kopf oder Zahl fällt, hat jeder, der auf Kopf oder Zahl gesetzt hat, gewonnen. Ansonsten geht es bloß noch darum, wie viele *Odds* der *Spinner* wirft, bevor dreimal hintereinander Kopf oder Zahl erscheinen, aber das ist auch schon alles.«

»Klingt nicht sehr kompliziert.«

»Das Spiel wurde von Alkoholikern zur Unterhaltung von Betrunkenen erfunden, da konnten sie es nicht zu kompliziert machen«, sagte Jack und trank sein Bier aus. Er zog ein paar Münzen aus seiner Tasche und gab sie Albert. »Bleib eine Weile an der Bar, Albert. Bestell dir noch einen Drink, wenn du möchtest. Ich sehe mich hier ein bisschen um und schaue nach, ob es einen Hinterausgang gibt ... für alle Fälle.« Jack zwinkerte Albert zu und zwängte sich durch die Menge.

Jacks Platz wurde sofort von einem großen Wallaby eingenommen, das von der Arbeit in der Mine kam und am ganzen Körper verschmutzt war. Das Wallaby hämmerte auf den Tresen und verlangte ein Bier, bis einer von O'Hanlins Mitarbeitern ein volles Glas vor ihm auf die Theke knallte. Das Wallaby warf eine Münze in Richtung des Barkeepers und nahm einen kräftigen Schluck. Der Barkeeper gab dem Türsteher ein Zeichen.

Das Wallaby nahm einen zweiten Schluck und schaute Albert von oben bis unten an. »Was zum Teufel bist du denn?«

Im Zoo hatte man Albert mit Neugierde und Spott betrachtet. Nun musste er feststellen, dass man ihm im Alten Australien mit Hass und Misstrauen begegnete. Albert wusste nicht recht, wie er damit umgehen sollte, aber er erkannte immer deutlicher, dass er das Problem selbst anpacken musste, anstatt einfach nur dazusitzen und sich hinter Jack zu verstecken. »Was geht das dich an?«

»Ich mag es nicht, neben einem komischen Freak zu stehen.«

»Dann verschwinde. Ich war zuerst hier.«

Das Wallaby setzte langsam sein Bier auf dem Tresen ab. »Ich werd dir zeigen, wer hier verschwindet!«

Albert ballte seine Pfote zur Faust und hoffte, er hätte tatsächlich einen sauberen rechten Haken. Bevor er ausholen konnte, hörte er eine Stimme sagen: »Er ist ein Schnabeltier – was dagegen?«

Albert sah nach unten und erblickte Roger und Alvin.

»Ihr haltet euch da raus«, knurrte das Wallaby.

»Das tun wir ganz bestimmt nicht. Albert ist unser Kumpel, hab ich recht, Roger?«, sagte Alvin.

»Und ob er das ist«, bestätigte Roger. »Er hat mich heute Nachmittag fair zu Boden geschickt, also ist er mein Kumpel.«

»Und Rogers Kumpel ist auch mein Kumpel«, sagte Alvin entschieden.

»Ihr zwei Wichte schiebt besser ab, bevor ich euch weh tue«, sagte das Wallaby.

»Hast du das gehört, Roger? Er will, dass du abschiebst«, sagte Alvin.

»Aber er hat dich einen Wicht genannt«, sagte Roger.

»Stimmt, Roger, ich verpass ihm zuerst eins.«

In dem Moment kam der Türsteher von hinten und schlug das Wallaby mit der Spitze seines Totschlägers auf den Hinterkopf. Das Wallaby sank wie eine Marionette mit durchgeschnittenen Fäden zu Boden. Alvin ging sofort zu dem reglosen Tier und begann dessen

Taschen zu durchsuchen. Er fand etwas Kleingeld, das er größtenteils dem Türsteher zuwarf. »Vielen Dank, Kumpel. Den Rest kannst du behalten.«

Das Känguru fing die Münzen in der Luft auf, steckte den Totschläger zurück in die Hosentasche und zog das Wallaby zur Eingangstür.

»Bis jetzt waren noch alle Wallabys Arschlöcher«, sagte Roger und sah zu, wie das Wallaby durch die Tür flog.

»Absolut richtig, Roger.«

Alvin zählte die einbehaltenen Münzen und bestellte drei Gin beim Barkeeper. »Sei so nett und reich uns das Bier vom Tresen, Albert.«

Albert nahm das Bierglas des Wallabys und reichte es Roger und Alvin, die es geleert hatten, bevor der Gin auf dem Tresen stand.

Albert war ein wenig benommen von dem Glas Bier und dem Gin, zu dem O'Hanlin ihn eingeladen hatte, aber er konnte den Drink der Bandicoots schlecht abschlagen, nachdem sie ihn so tapfer verteidigt hatten. Er trank, so schnell er konnte, aber der üble Wacholdergeschmack blieb trotzdem. Die beiden Bandicoots kippten ihren Gin in einem Zug hinunter und stöberten in ihren Taschen nach Geld, allerdings vergebens.

»Sag mal, Albert, du hast nicht zufällig ein Pfund?«, fragte Roger hoffnungsvoll.

Albert nahm die Münzen von der Theke, die Jack ihm gegeben hatte, und reichte sie hinab zu Roger.

»Er hat nur drei Shilling«, sagte Roger, nachdem er die Münzen sorgfältig gezählt hatte.

»Zu wenig«, stimmte Alvin zu.

»Zu wenig wofür?«, fragte Albert.

»Zu wenig für einen anständigen Drink natürlich«, sagte Roger tief betrübt. »Lass dir was einfallen, Alvin.«

Alvin und Roger dachten angestrengt nach. Der Lärm der Two-up-Spieler ging Albert allmählich auf die Nerven. Der Gin verursachte ihm Kopfschmerzen. Vom Ring drang lautes Gebrüll herüber, als der *Spinner* mit seinem Wurf verlor. Albert hielt es für eine gute Idee, zu den Leuten hinüberzugehen und sie zu bitten, leiser zu sein. Er wandte sich vom Tresen ab und lief leicht schwankend zum Ring. Alvin und Roger folgten ihm.

Albert trat genau in dem Moment in die Mitte der kleinen Arena, als das Wallaby mit dem gebrochenen Ohr laut nach einem neuen *Spinner* rief.

»Du machst ganz schön viel Lärm«, sagte Albert mit ernster Stimme.

»Entweder du nimmst das Wurfbrett, oder du verschwindest aus dem Ring«, sagte das Wallaby mit dem krummen Ohr. Es hielt Albert ein Holzbrett und zwei Penny-Münzen hin.

Die umstehende Menge hatte zu murmeln begonnen, als Albert in den Ring getreten war. Er sah in ihre Gesichter. »Was ist los, habt ihr noch nie ein Schnabeltier gesehen?«

Das Gemurmel wurde leiser. Roger und Alvin traten neben Albert in den Ring.

»Nun, jetzt habt ihr also ein Schnabeltier gesehen und alles ist gut. Gestatten, Albert. Ich bin aus Adelaide, und es ist mir gleich, was ihr von mir haltet.«

Die Menge verstummte. Albert nahm das Holzbrett

und legte die beiden Pennys in die dafür vorgesehenen Mulden.

Er gab dem Wallaby seine drei Shilling und sagte laut: »*Tails.*« Das Wallaby wartete, aber keiner der Zuschauer wagte einen Einsatz. Zuletzt rief es: »Keine Einsätze mehr!«, und forderte Albert mit einem Kopfnicken auf, die Münzen zu werfen. Albert schleuderte die Münzen mit Hilfe des Wurfbretts in die Höhe. Sie landeten innerhalb des aufgezeichneten Kreises, rollten noch ein kurzes Stück und fielen zur Seite. Das Wallaby ging nachsehen.

»*Tails.*«

Das Wallaby brachte die Münzen zurück zu Albert. Er legte sie in die Mulden und warf sie erneut über seinen Kopf in die Höhe. Wieder zeigten beide *Tails*. Aus den Reihen der Zuschauer kamen erste Wetten. »Keine Einsätze mehr!«, rief das Wallaby, und Albert schleuderte erneut die Münzen. Das Publikum verstummte, als das Wallaby die Münzen inspizierte und laut »*Tails*« rief. Unter dem Gebrüll der Menge nahm das Wallaby von Albert das Wurfbrett entgegen und überreichte ihm zwei Handvoll Münzen. »Du hast gewonnen, Kumpel.«

Albert gab Roger und Alvin einen Teil der Münzen und steckte den Rest in seine Tasche. Jemand aus dem Publikum hielt Albert ein Glas Gin hin. Albert hielt das Glas in die Höhe. »Schnabeltiere sind die größten Glückspilze auf der Welt«, sagte er, kippte das Glas hinunter und nahm dem Wallaby das Wurfbrett wieder ab, »also wettet mit mir, denn jetzt geht es erst richtig los.«

Er schleuderte die Pennys erneut in die Luft und rief: »*Tails!*«

Die Kupfermünzen flogen durch den dichten Rauch nach oben, hingen für den Bruchteil einer Sekunde im flackernden Licht der Öllampen in der Luft und fielen dann zurück auf den Boden.

6

DIE NACHT DAVOR

Albert spürte, wie sich das Gewicht auf seiner Brust leicht bewegte. Er öffnete die Augen und sah blauen Himmel in einem Rechteck aus rostigem Stahl. Um ihn herum war drückende Hitze, und er hatte den Geruch von Rauch in der Nase. Albert versuchte seine Füße zu bewegen, aber es ging nicht.

Er schloss die Augen wieder. Er erinnerte sich daran, dass er Pennys in die Luft geworfen hatte, an den Geschmack von Wacholderbeeren, an die schreiende und stoßende Menge, an den Geruch von Rauch und danach – nichts mehr. Vielleicht war es bloß ein Traum. Aber warum roch er dann immer noch den Rauch?

Da hörte er eine flüsternde Stimme: »Albert … Albert, wach auf. Wir müssen von hier verschwinden.«

Albert öffnete erneut die Augen. Der Kopf von Jack dem Wombat erschien in dem blauen Rechteck. Albert sah sich um. Er lag auf dem Rücken in etwas, das aussah wie ein rostiger Metallkasten ohne Deckel. Albert streckte den Arm aus und legte eine Pfote auf die Innenseite des Kastens. Sie fühlte sich warm an. Er sah hinab auf seine Brust. Alvin, vielleicht war es auch Roger, lag auf seinem Brustkorb und schnarchte laut. Der andere Bandicoot lag auf Alberts Füßen. Beide waren mit Shilling-Münzen übersät, genau wie der Boden des Kastens.

»Albert … aufstehen!«, wiederholte Jack. Bevor Albert antworten konnte, hatte Jack ihn am Kragen gepackt und zog ihn hoch, wobei die beiden Bandicoots von ihm abfielen. Sie wachten nicht einmal auf, sondern landeten übereinander in einer Ecke des Kastens und schnarchten weiter.

Jack zog Albert ganz hinaus, stellte ihn auf den Boden und krabbelte zurück in den Kasten zu den schlafenden Bandicoots. Albert sah sich um und erkannte, dass er in einer ausrangierten Kipplore auf einer der Abraumhalden oberhalb von Ponsby Station geschlafen hatte. Es war beinahe Mittag, und die Luft begann über den Abraumhalden und der Kipplore zu flimmern. Albert konnte Ponsby Station nicht sehen, nur eine Rauchsäule, die sich an der Stelle erhob, wo der Gemischtwarenladen gestanden hatte.

Jack kletterte mit zwei Handvoll Münzen zurück aus der Lore. Er stopfte das Geld in seine Manteltaschen. Er nahm eine Feldflasche von der Schulter, drehte den Verschluss ab und hielt sie Albert hin. »Es ist bloß Wasser. Nimm einen Schluck und dann müssen wir los.«

Albert nahm die Feldflasche und trank. Er hatte nicht bemerkt, wie durstig er war, und spürte bereits beim Trinken, wie das Wasser seine Kopfschmerzen linderte. Nachdem er die Flasche fast leer getrunken hatte, gab er sie Jack zurück.

»Was ist passiert?«, fragte er.

»Ich hab den Laden niedergebrannt. Ich erzähl es dir später.« Jack schraubte den Verschluss auf die Feldflasche. »Zuerst müssen du und ich einen gehörigen Abstand zu Ponsby Station gewinnen.«

Er drehte sich um und rutschte die Abraumhalde hinunter zum Rand der Wüste. Albert stolperte ihm hinterher, eine gelbe Staubfahne hinter sich herziehend.

Am Fuß der Halde angelangt, marschierte Jack mit großen Schritten los. »Wir gehen erst einmal in Richtung Osten und machen dann einen Bogen zu unserem Lager, um unsere Sachen zu holen.«

»Was ist mit Roger und Alvin?«, fragte Albert, nachdem er Jack eingeholt hatte.

»An deiner Stelle würde ich mir keine Sorgen um die Bandicoots machen. Ich bin sicher, die haben ihren Rausch schon an schlimmeren Orten ausgeschlafen. Außerdem habe ich genügend Münzen in der Lore gelassen, dass sie sich noch einen ganzen Monat lang betrinken können – vorausgesetzt, sie finden eine Kneipe.«

Der Weg zurück zum Lager war lang und qualvoll. Jack gefiel es vielleicht nicht, in der Mittagshitze zu laufen, aber in diesem Fall machte er eine Ausnahme. Die Hitze und der Gin vom Vorabend ließen Albert jede Stunde wie einen halben Tag erscheinen. Ihr einziges Wasser war in der Feldflasche gewesen, und die hatte Albert praktisch geleert, noch bevor sie aufgebrochen waren. Jetzt gab es jede Stunde nur noch einen winzigen Schluck, der von Jack streng kontrolliert wurde.

Albert war neugierig zu erfahren, warum Jack Ponsby Station niedergebrannt hatte, aber er wusste, dass er sich darauf konzentrieren musste, den Weg zurück zum Lager zu finden. Ihm kam es so vor, als hätte er seit seiner Flucht aus Adelaide nichts anderes getan, als zu laufen. Keiner dieser Märsche war angenehm gewesen, aber jeder schien unausweichlich gewesen zu sein. Jack hatte ihn bereits einiges über die Wüste gelehrt, aber Albert wusste, dass er noch vieles lernen musste. Er sah immer deutlicher, dass er schon bald eigene Wege gehen musste.

Das Alte Australien war zweifellos anders als Adelaide. Es war nicht der Ort, den Albert sich erhofft hatte. In dieser Wüste gab es Orte, von denen die anderen Tiere im Zoo in Adelaide nicht einmal geträumt hatten, und vielleicht gab es irgendwo hinter dem Horizont einen Ort, an dem er sein vor vielen Jahren verlorenes Zuhause wiederfinden würde.

Wenige Stunden vor Sonnenuntergang erreichten sie ihr Lager nördlich von Ponsby Station. Jack wies Albert an, einige hundert Meter vor dem Lager zu warten, und ging alleine weiter. Wenig später kam er zurück.

»Es ist niemand da gewesen, aber ich weiß nicht, wie lange das so bleibt.« Jack machte Albert ein Zeichen, ihm zu folgen, und sie liefen gemeinsam zum Lager.

Dort angekommen, vergeudete Jack keine Zeit. Nachdem sie sich einige Minuten ausgeruht und Wasser getrunken hatten, drängte er Albert zum Aufbruch.

»Wir müssen los, Albert. Ich erzähle dir von dem Feuer, wenn wir ein Stück weit gegangen sind.« Jack schulterte seinen Rucksack und marschierte nach Westen. Albert setzte ebenfalls seinen Rucksack auf und stolperte hinter ihm her, wobei er sich leise schwor, sein Leben lang nie wieder ein Glas Gin anzurühren.

Als es so dunkel wurde, dass sie den Weg kaum noch erkennen konnten, hielt Jack endlich an. Er führte Albert ein Stück abseits vom Pfad und setzte seinen Rucksack ab. Albert ließ die Riemen seines Rucksacks über die Schultern gleiten und ihn hinter sich auf den Boden fallen. Er blieb einige Minuten stehen, beinahe zu erschöpft, um sich hinzusetzen, bis er schließlich in die Knie ging und sich auf den Rucksack fallen ließ.

»Ich könnte einen Tee gebrauchen.«

Jack schüttelte den Kopf. »Kein offenes Feuer, Albert. Der Feuerschein ist bei Nacht meilenweit zu sehen. Das könnte ungebetene Besucher anlocken.« Er zog seine Pfeife aus der Tasche und blickte sie kurz an. »Auch das sollte ich besser lassen.«

Traurig steckte er die Pfeife zurück in die Tasche und setzte sich. Dann fischte er zwei Sardinenbüchsen aus dem Rucksack und warf Albert eine zu. »Du hattest eine mordsmäßige Nacht.«

»Ich hatte auch einen mordsmäßigen Tag«, erwiderte Albert. Er spielte einen Moment lang mit der Sardinenbüchse. »Was ist letzte Nacht passiert? Ich erinnere mich nur noch, dass ich beim Two-up-Spiel eingestiegen bin.«

Jack nickte, während er seine Fischbüchse öffnete. »Ich bin überrascht, dass du immerhin das noch weißt. Du und die beiden Bandicoots habt euch ordentlich abgeschossen.«

»Das mach ich nie wieder – Ehrenwort.« Albert stellte die Sardinenbüchse auf den Boden. »Ich könnte noch einen Schluck Wasser gebrauchen.«

Jack holte eine Feldflasche aus dem Rucksack und reichte sie Albert. »Ich würde an deiner Stelle nicht so voreilig allem Hochprozentigen abschwören, Albert. Im betrunkenen Zustand bist du der erfolgreichste Two-up-Spieler, der mir je untergekommen ist.«

»Ich erinnere mich, dass ich irgendetwas von einem

Glückspilz durch die Gegend gebrüllt habe.« Albert nahm einen Schluck Wasser. »Dabei fühle ich mich alles andere als glücklich.«

»Du solltest dich aber glücklich schätzen. Du hast jede Menge Geld gewonnen, und sie haben dich nicht aufgeknüpft«, sagte Jack.

»Aufgeknüpft? Wovon redest du?«

»Isst du die Sardinen noch?«, fragte Jack und zeigte auf die Dose neben Albert.

»Nein, aber lenk nicht vom Thema ab. Wer sollte aufgeknüpft werden?«, insistierte Albert.

Jack hob die Büchse vom Boden, öffnete sie aber nicht sogleich. »Du hast zu viel Geld gewonnen und du bist anders als die anderen. Diese Kombination und das falsche Publikum laufen fast immer darauf hinaus, dass der Betreffende gehängt wird.«

»Ich habe nichts Unrechtes getan … oder doch?«

Jack öffnete die Fischbüchse. »Nein, Albert, du hast nichts Unrechtes getan, und das ist das Traurige an der ganzen Sache. Wenn jemand etwas falsch gemacht hat, dann ich, aber als sie dich die Münzen in die Luft werfen gesehen haben, hat niemand mehr an mich gedacht.«

»Das verstehe ich nicht«, warf Albert ein.

»Als wir gestern Abend in die Bar gegangen sind, hatte ich das Stück Quarz in der Tasche, das ich mit Katzengold gespickt hatte. Mein Plan war, O'Hanlin glauben zu lassen, er hätte mich betrunken gemacht, ihm den Stein mit dem falschen Gold unter die Nase zu halten und ihm dann, je nach Lage der Dinge, entweder für ein paar Pfund einen Anteil an meinem Claim oder eine Karte mit dem eingezeichneten Claim zu verkaufen. Beides hat in der Vergangenheit schon oft funktioniert.«

»Ich vermute, diesmal ist etwas dazwischengekommen«, dachte Albert laut nach.

»Und ob etwas dazwischengekommen ist«, schnaubte Jack. »Kein Mensch interessiert sich für eine Goldmine, wenn ein Two-up-Spieler gerade eine Glückssträhne hat. Und ich kann dir sagen, Albert, eine solche Glückssträhne habe ich mein Lebtag noch nicht gesehen.«

Jack trennte zwei Sardinen, die aneinanderhingen, und schob sie sich lächelnd nacheinander in den Mund. »Je länger ich darüber nachdenke, Albert, desto mehr kommt mir der gestrige Abend wie ein Wunder vor. Zu schade, dass du dich nicht daran erinnern kannst.«

»Vielleicht ist es ein Segen, dass ich mich nicht dran erinnern kann. Was ist mit dem Feuer?«

Jack setzte die Sardinenbüchse ab und nahm Albert die Feldflasche aus der Pfote. »Das Feuer war eine gute Idee. Ich habe bloß ein bisschen zu viel Öl verschüttet, das ist alles.«

Jack setzte die Feldflasche an, während Albert angestrengt versuchte, sich an den gestrigen Abend zu erinnern. Das Letzte, woran er sich erinnern konnte, waren die aufblitzenden Münzen in der Luft. Und der Rauch, danach war alles dunkel.

»Du standest mitten im Ring, hast mit jedem Wurf gewonnen und die Zuschauer als Beutelverlierer verspottet.«

Albert setzte sich aufrecht hin. »So etwas würde ich niemals tun!«

Jack grinste. »Finde dich damit ab, Albert. Du hast eine gemeine Ader.«

Albert war sich des Zorns bewusst, der in seinem Inneren an- und wieder abschwoll und den er so gut er konnte zu kontrollieren versuchte. Offenbar hatte der Alkohol alle Ketten gesprengt. »Was habe ich noch gemacht?«

»Ich kann mich an nichts anderes erinnern, aber ich hatte auch alle Hände voll zu tun.« Jack trank immer wieder aus der Feldflasche, während er weitererzählte. »Mir war klar, dass du einmal zu viel gewinnen würdest oder dass eines dieser verdammten Wallabys sich nicht länger als Beutelverlierer verspotten lassen würde, und in dem Moment würde die Hölle losbrechen. Um heil davonzukommen, brauchten wir irgendeine Ablenkung, und zwar sehr bald.«

»Das Feuer!«, rief Albert.

»Ganz genau, das Feuer.« Jack rieb sich die Stirn, und Albert bemerkte zum ersten Mal, dass seine Augenbrauen fehlten und dass sein Schnurrbart gekräuselt und ein gutes Stück kürzer als gestern war.

»Deshalb sieht auch dein Schnurrbart so aus?«

Jack nickte. »Als niemand hinsah, habe ich einen der Paraffinkanister genommen, mit dem sie die Öllampen nachfüllen, und habe ein wenig in einem hinteren Winkel des Ladens verspritzt. Dann habe ich ein paar Decken darübergelegt und nach einem Streichholz gesucht. Ich wollte nur ein kleines Feuer mit viel Rauch veranstalten. Ich hatte aber keine Streichhölzer mehr und musste nach vorne in den Laden. Dabei muss ich den Kanister umgestoßen haben, denn als ich wiederkam, roch es in der Ecke stark nach Paraffin. Ich hätte es besser wissen müssen, aber der Lärm vom Ring wurde immer lauter, und ich dachte, jetzt oder nie, und dann habe ich ein brennendes Streichholz in die Ecke geworfen.« Jack machte eine Pause und trank einen Schluck Wasser.

»Was ist dann passiert?«, fragte Albert.

»Es hat *woosh* gemacht«, erwiderte Jack. »Ich bin rückwärts fast bis zur Eingangstür geflogen. Ich habe Paraffin noch nie so hochgehen sehen, die müssen Rohbenzin mit untergemischt haben.« Jack grinste schief. »Es war das größte Abenteuer, seit Muldoon damals in Winslow das Känguru getötet hat.«

»Erzähl mir mehr von Muldoon, Jack.«

Jack sah einen Moment Albert an und blickte dann zur Seite. »Wie gesagt, ich lag nahe der Eingangstür, und als ich mich aufrichtete, sah ich, dass der ganze hintere Laden in Flammen stand. Die Explosion hatte die Menge aufgeschreckt, und alle stürzten zur Tür. Ich kam gerade noch hoch, um nicht überrannt zu werden, aber sie schubsten mich so heftig, dass ich wie ein Champagnerkorken nach draußen flog.«

»Und wo war ich währenddessen?« Albert war enttäuscht, dass Jack ihm nichts weiter über den Großen Muldoon erzählen wollte, aber er war noch mehr enttäuscht, dass er eine Explosion verpasst hatte.

»Das habe ich mich auch gefragt«, sagte Jack. »Mein erster Gedanke war, die Explosion hätte dich vielleicht getötet. Ich wollte zurück in den Laden, aber gegen die herausströmende Menge hatte ich keine Chance. Also gab ich es auf und lief zur Seite des Gebäudes. Versengte und qualmende Wallabys und ein paar vereinzelte Bandicoots zwängten sich aus den Fenstern, und ich wusste, auch hier gab es kein Durchkommen. Dann bemerkte ich eine Spur Shillinge, die zur Mine führte. Ich wusste sofort, sie konnte nur von dir oder zumindest von Roger oder Alvin stammen, deshalb folgte ich ihr. Die Münzen sammelte ich unterwegs ein, damit kein anderer uns folgte. Am Rand der Abraumhalde hörte die Spur plötzlich auf, und die restliche Nacht und fast den ganzen Vormittag habe ich nach euch gesucht. Wenn ich nicht das Schnarchen aus der Kipplore gehört hätte, hätte ich euch vielleicht nie gefunden.«

»Ich bin froh, dass du mich gefunden hast, Jack. Ich stehe schon wieder tief in deiner Schuld.«

Jack schüttelte den Kopf. »Die Ereignisse von gestern Nacht verheißen nichts Gutes, Albert. Alles in allem habe ich dir keinen großen Gefallen getan.«

»Du hast mich aus Ponsby Station herausgeholt, und – wie du selbst gesagt hast – ich bin dem Strick entgangen«, erwiderte Albert.

»Vorerst, aber du darfst nicht vergessen, dass O'Hanlin und seine Schläger in dieser Minute nach uns suchen, und er scheint mir nicht zu den Leuten zu gehören, die verzeihen können. Selbst wenn wir ihnen entwischen können, wird die Geschichte von Ponsby Station überall die Runde machen, und dir wird man die Schuld geben.«

»Weil ich ein Schnabeltier bin, stimmt's, Jack?«, sagte Albert leise.

»Darauf läuft's hinaus, Albert, und es gibt nichts, was du oder ich dagegen tun könnten.« Jack stand auf und lief hin und her. »Ich hätte dich nicht nach Ponsby Station bringen dürfen. Eins führt zum anderen, und ehe man sichs versieht, passiert so etwas wie dieses Feuer.«

Albert ließ Jack eine Weile auf und ab gehen und

sagte dann: »Du hast gesagt, der gestrige Abend sei wie ein Wunder gewesen.«

Jack blieb stehen. »Hab ich das?«

»Vor nicht einmal zwanzig Minuten.«

Jack setzte sich neben Albert und schwieg lange Zeit. Er sah in die Wüste hinaus, als fände er dort die Antwort auf eine unausgesprochene Frage. Zuletzt wandte er sich Albert zu und redete mit leiser Stimme.

»Albert, es wäre besser, wenn ich morgen früh alleine weiterziehe.«

Albert wusste nicht recht, was er antworten sollte. »Du bist der einzige Freund, den ich jemals hatte, Jack.«

»Und du bist auch mein Freund, Albert. Aber ich habe das schon einmal erlebt, und es ist böse ausgegangen. Meinem letzten Freund habe ich mehr weh getan, als du es dir vorstellen kannst. Jeder hofft, dass er sich ändern kann, ich eingeschlossen. Es ist jetzt acht Jahre her, und ich habe mich kein verdammtes bisschen geändert.«

Albert hatte gewusst, dass er irgendwann alleine seinen Weg fortsetzen und nach dem Ort suchen musste, wegen dem er Adelaide verlassen hatte, aber er hatte nicht gedacht, dass es so rasch geschehen sollte.

Er hatte sich an ihre Unterhaltungen und die gemeinsamen Mahlzeiten gewöhnt. Damit wäre es morgen früh vorbei, und Albert würde Jack mehr vermissen, als er zeigen wollte. Ganz egal, wie er sich fühlte, Jack sollte sich seinetwegen keine Vorwürfe machen. Er hatte bereits mehr für ihn getan, als er vernünftigerweise erwarten durfte.

»Ist schon gut, Jack. Ich gehöre nicht hierher. Wenn

ich hierbleibe, finde ich niemals den Ort, nach dem ich suche.«

Jack zog erneut die Pfeife aus seiner Tasche und steckte sie, ohne sie anzuzünden, in den Mund. »Dieser Ort existiert vielleicht nur in deiner Vorstellung, Albert.«

Möglicherweise hatte Jack recht, aber das war Albert egal. Er war aufgrund einer vagen Hoffnung bis hierher gekommen, und er würde aus dem gleichen Grund weitermachen.

»Mag sein, aber das reicht mir.«

Für den Rest des Abends schwiegen beide. Ein kühler Wind wehte über die Wüste, und jeder einzelne Stern am Nachthimmel warf ein winziges Licht auf die beiden unscheinbaren, stummen Kreaturen, die nebeneinander in einem Meer von Schatten hockten.

7

WIEDER ALLEIN

Am nächsten Morgen machte Jack ein Feuer und kochte Wasser für den Tee. Er hielt das Feuer klein, und sobald das Wasser kochte, trat er Sand über die Glut. Immer wieder drehte er sich um und sah nach dem Pfad, auf dem sie am Abend zuvor gekommen waren.

»Für ein paar Stunden sollten wir Ruhe haben.« Jack warf eine Pfote voll Teeblätter in das Feldgeschirr, und nach einigen Minuten goss er Tee in Alberts Tasse.

Es wurde nicht viel gesprochen an diesem Morgen. Sie tranken ihren Tee und wischten die Tassen mit Sand aus. Jack nahm den Dreifuß und steckte ihn mit dem Feldgeschirr in den Rucksack. Er zog ein paar Sardinenbüchsen hervor und reichte sie Albert. »Ich weiß, das ist nicht deine Leibspeise, Albert, aber vielleicht brauchst du sie.«

Er kramte weiter in seinem Rucksack. »Hast du genug Wasser?«

Albert schüttelte seine Feldflasche und nickte.

Jack zog zwei Streichholzschachteln hervor und warf sie Albert zu. »Wenn du ein Feuer machen musst.« Er stöberte weiter im Rucksack, bis er ganz unten fand, wonach er suchte. Er zog ein kleines, mit einem Öltuch umwickeltes Bündel hervor und reichte es Albert.

»Was ist das?«

»Eine Taschenpistole. Ich hab sie zur Reserve.«

»Ich verstehe nichts von Waffen, Jack. Behalte du sie.«

Jack schüttelte den Kopf. »Dies ist ein raues Land, Albert. Eine Pistole kann dich in Schwierigkeiten bringen, aber manchmal kann sie dir auch aus einer schwierigen Lage heraushelfen. Ich weiß nicht, was dich auf deinem weiteren Weg erwartet, aber es schadet nie, eine Waffe bei sich zu haben. Du musst nur den Hahn spannen und abdrücken. Die Zündplättchen sind frisch, also sollte es funktionieren.«

Albert nahm das Bündel und steckte es in seinen Rucksack. Er wollte keine Pistole, aber Jack schien offenbar viel daran gelegen, und Jack war sein Freund.

Jack schnürte seinen Rucksack zu und setzte ihn auf. »Halte mir deine Mütze hin, Albert.«

Albert nahm seine Kappe ab und hielt sie vor sich. Jack griff in seine Manteltasche, zog eine Ladung Münzen hervor und warf sie in die Mütze. »Vergiss deinen Gewinn nicht.«

Albert schüttelte den Kopf. »Das kann ich nicht annehmen, Jack. Ich schulde dir so viel.«

Jack zuckte mit den Schultern. »Ich habe genug zurückbehalten, um damit auszukommen, bis ich meinen Stein verkauft habe. Aber zeig dein Geld nicht herum, Albert. Ich habe schon Wallabys gesehen, die für weniger umgebracht wurden.«

Einige Sekunden lang standen beide betreten da und suchten nach Worten. Zuletzt klemmte Albert seine mit Münzen gefüllte Mütze unter den Arm und streckte eine Pfote aus. »Du warst ein prima Freund, Jack.«

Ein wenig verlegen nahm Jack Alberts Pfote und schüttelte sie. »Ich war noch nie gut für lange Abschiedsszenen, Albert ... Ich gehe jetzt ein Stück den Weg zurück, um sicherzustellen, dass niemand uns gefolgt ist, und dann sehe ich zu, dass ich möglichst weit von Ponsby Station fortkomme. Du solltest das Gleiche tun.«

»Welche Richtung schlägst du vor?«

Jack kratzte sich am Kopf und überlegte einen Augenblick. »Wenn ich wüsste, wo du hinwillst, könnte ich dir vielleicht einen Rat geben. Aber ich weiß es nicht. Wenn der Ort, den du suchst, irgendwo da draußen in der Wüste ist, bist du der Einzige, der ihn finden kann.«

»Ich finde ihn, Jack. Darauf kannst du wetten.«

Jack nickte. »Du schaffst es.«

Er drehte sich um und lief den Pfad zurück. Nach wenigen Metern sah er noch einmal über die Schulter und sagte: »Wenn du Muldoon triffst, Albert, sag ihm, es tut mir leid.«

Dann beschleunigte er seinen Schritt und entfernte sich rasch.

Albert stand inmitten des verlassenen Lagers und sah Jack immer kleiner werden, bis er hinter dem Grat einer flachen Erhebung verschwand. Er war die meiste Zeit seines Lebens allein gewesen, und die wenigen Tage, die er mit Jack verbracht hatte, waren die einzigen guten Erinnerungen, seit seine Mutter gestorben war.

Schließlich raffte Albert sich auf, die kleinen Dinge zu erledigen, die vor jeder Reise zu tun sind, unabhängig von ihrem Ziel. Er steckte das Geld und die Sardinenbüchsen, die Jack ihm gegeben hatte, in den Rucksack. Lediglich eine einzelne Goldmünze, die ihm auffiel, steckte er in die Tasche seiner Jacke, zusammen mit Jacks Pistole.

Im Rucksack waren nun Geld, Lebensmittel, Jacks zweite Decke, zwei Streichholzschachteln mit selbstentzündlichen Streichhölzern und die Limonadenflasche, die er aus Adelaide mitgebracht hatte. Beim Blick auf die Flasche musste Albert daran denken, wie weit er von den Tagen der Gefangenschaft entfernt war, und er war froh, sie nicht verkauft zu haben.

Noch vor einer Woche war er praktisch ein totes Schnabeltier. Jetzt lag der Zoo weit hinter ihm. Er hatte Freunde gefunden. Er hatte mehr zu essen und zu trinken als bei seinem Aufbruch in Adelaide, und er lebte noch. Nichts davon hatte er erwartet, und zusammengenommen war es ein kleines Wunder. Ermuntert durch die Gedanken an sein Überleben, setzte Albert seinen Rucksack auf und marschierte den Pfad entlang, in entgegengesetzter Richtung von Jack und dem, was von Ponsby Station übrig geblieben war.

Sich an das haltend, was er gelernt hatte, ging Albert einige Stunden in der kühlen Morgenluft und suchte dann Schutz vor der Mittagshitze. Die Landschaft, durch die er am Morgen kam, glich der von Ponsby Station: niedrige Berge und staubtrockene Erde. Weit im Osten konnte er eine weitere Bergkette ausmachen, und mangels anderer Alternativen wählte er den höchsten Berg in der Kette aus und marschierte darauf zu.

Albert lief den ganzen Nachmittag und bis in den frühen Abend weiter. Der grobe Pfad von Ponsby Station aus wurde immer schwächer, bis er im schwindenden Licht nicht mehr zu erkennen war. Er lagerte, ohne ein Feuer zu machen, in einer Mulde neben einem Sandsteinfelsen und aß Sardinen, die er mit Wasser aus seiner Feldflasche hinunterspülte.

Er legte sich auf den Rücken, den Rucksack als Kopfkissen nutzend, und verkroch sich unter seiner Decke, während sich die Kälte der Wüstennacht um ihn herum ausbreitete. Er blickte hinauf zu den Sternen und fühlte sich zum ersten Mal eins mit den Felsen und dem Sand, die sein neues Zuhause geworden waren. Die Wüste hatte eine Reinheit, die ihn an den Fluss erinnerte, an dem er geboren worden war. Der Wüstenwind und die Strömung des Flusses trieben Gutes und Schlechtes heran, mal das eine und mal das andere, oder eine Mischung von beidem. Der Fluss und der Wind machten jeden Tag anders, und in diesem Wandel lag das Heil der Rastlosen.

Albert erinnerte sich daran, was Jack ihm über die Wombats und ihren Wunsch erzählt hatte, ein Tag möge so wie der andere sein. Seine Tage im Zoo waren eine endlose Wiederholung gewesen, und er begann zu begreifen, dass seine Flucht ebenso dem Bedürfnis nach Veränderung entsprang wie dem Wunsch, ein Australien zu finden, das seine Heimat war.

Die Geschichten vom Alten Australien wurden jeden Abend überall im Zoo erzählt, und doch hatte kein anderes Tier es je versucht, danach zu suchen. Am Ende gingen alle zurück zu dem, was ihnen vertraut war – ihre Gehege, Käfige und regelmäßigen Mahlzeiten.

Vielleicht waren die anderen Tiere klüger als Albert. Er sah zu dem aufragenden Sandsteinfelsen hinüber und lauschte angestrengt. Der Felsen aber schwieg, und Albert blieb ohne Antwort.

6

DAS TOR ZUR HÖLLE

Kurz vor der Morgendämmerung brach Albert auf und lief weiter auf den Berg am Horizont zu. Der Pfad und die Landschaft, durch die er seit seinem Aufbruch von Ponsby Station gekommen war, veränderten sich. Albert musste sich mühsam einen Weg über geschwungene Hügel aus rissigem Basalt und zwischen Salzbüschen hindurch suchen. Der uralte Lavafluss war in Falten erkaltet und aufgesprungen. An einigen Stellen hatten sich tiefe Spalten gebildet, die das Gehen gefährlich machten.

Der Morgen ging auf den Mittag zu, und der schwarze Basalt reflektierte die Hitze der Sonne. Zwischendurch verlor Albert den Berg immer wieder aus den Augen, während er vorsichtig das Auf und Ab des Lavafelds durchquerte. Er trank mehr Wasser als beabsichtigt und wusste, dass er bald einen Rastplatz finden musste, der ihn vor der Mittagshitze schützte.

Er bestieg einen Hügelkamm, um nach dem Berg in der Ferne Ausschau zu halten. Auf der anderen Seite blickte er einen sanften Hang hinab auf den sandigen Boden einer breiten Felsspalte. Die Spalte führte in einem schmalen Canyon tiefer in die Lava. Im Canyon war es schattig, und auf dem schwarzen Sand am

Boden war es einfacher zu laufen als über das raue Basaltgestein. Zudem schien der Canyon geradewegs auf den Berg zuzuführen, so dass Albert ihm fünfzig Meter folgte und sich dann hinsetzte. Es tat gut, im Schatten zu sitzen, das Gewicht des Rucksacks gegen die Felswand im Rücken gelehnt. Zum ersten Mal seit Sonnenaufgang empfand Albert etwas Kühle.

Er schüttelte seine Feldflasche, deren Geräusch ihm ganz und gar nicht behagte. Sein Wasser ging zur Neige, und er hatte keine Ahnung, wo und wann er neues finden würde. Er könnte den Sonnenuntergang hier im Canyon abwarten, aber dann müsste er in der Dunkelheit seinen Weg durch das Lavafeld fortsetzen, was äußerst schwierig und unter Umständen sogar tödlich sein konnte.

Er trank einen Schluck Wasser und sah die Wände des Canyons hinauf zu dem schmalen Streifen Himmel über ihm. Es war wie der Blick in einen Fluss; dünne Wolkenstreifen, die aussahen wie Wellen, zogen langsam in Richtung der fernen Bergkette. Albert betrachtete den Zug der Wolken einen Moment und beschloss, dass den Wolken zu folgen ein so guter Plan war wie jeder andere.

Im Zoo hatten andere sämtliche Entscheidungen getroffen, aber jetzt musste er für sich selbst entscheiden. Je häufiger er dies tat, desto einfacher wurde es, aber ihm wurde auch klar, dass einige Entscheidungen besser waren als andere und dass eine eindeutig schlechte Entscheidung ernsthafte Konsequenzen haben könnte.

Albert stand auf, zog die Schulterriemen seines Rucksacks stramm und lief tiefer in den Canyon hinein. Je weiter er kam, desto höher ragten die Wände empor.

Der sandige Streifen Boden war mal schmaler und mal weiter. An den weiten Stellen konnte er die Arme ausstrecken, ohne die Wände zu berühren. Wo es schmaler wurde, schabte Alberts Rucksack dagegen, aber der Durchgang war stets breit genug, um sich hindurchzuzwängen.

Hin und wieder knickte der Canyon nach links oder rechts ab. Mehrere Male verzweigte er sich auch, und Albert musste sich für einen Weg entscheiden. Er sah dann jedes Mal hinauf in den Himmel, um sich am Zug der Wolken zu orientieren. Waren keine Wolken zu sehen, warf er die Goldmünze aus seiner Tasche. Bei Kopf ging er nach links, bei Zahl nach rechts.

Fast den ganzen Tag über folgte Albert dem Canyon, unterbrochen von kleinen Pausen, in denen er sich erholte und etwas Wasser trank. Er wusste, dass er sich im Gewirr des Canyons verlaufen hatte, aber es kümmerte ihn nicht sehr. Nach seinem Marsch von Tennant Creek hatte er gelernt, dass wenn man nicht wusste oder sich keine Gedanken darüber machte, wohin man ging, man sich auch nicht verlaufen konnte. Er wusste nicht, wo er war, als er den Canyon betrat, und es machte keinen Unterschied, es auch jetzt nicht zu wissen. Immerhin war es im Canyon kühler als beim Gang über das Lavafeld, und das war Grund genug.

Er lief den ganzen Nachmittag über weiter, bis der Canyon dunkler wurde und sich tiefe Schatten auf die Wände legten. Die Sonne ging irgendwo unter, und Albert wusste, dass es Zeit war, ein Lager aufzuschlagen. Der Durchgang durch den Canyon war gerade schmal, und er wollte bis zu einer breiteren Stelle weitergehen, um seine Decke ausbreiten zu können. Er beschleunigte seine Schritte in der Hoffnung, vor Einbruch der Dunkelheit einen geeigneten Lagerplatz zu finden.

Plötzlich öffnete sich der Canyon auf einen Kessel von sieben Metern Durchmesser, von dem in alle Richtungen Gänge abzweigten. Hier war es heller. Die Wände des Kessels waren niedriger als der übrige Canyon und hielten weniger das schwindende Sonnenlicht ab. Sie waren immer noch zu hoch, um hinaufzuklettern, aber sie machten Albert Hoffnung, das Ende des Lavafelds erreicht zu haben.

Albert beschloss, in dem Kessel sein Lager aufzuschlagen und am Morgen zu entscheiden, in welche Richtung er weitergehen würde. Der Boden war mit einer tiefen Sandschicht bedeckt und bot ein weiches Lager, und wenn er seine Decke in der Mitte ausbreitete, konnte er den Nachthimmel sehen.

Er war gerade dabei, seine Decke und eine Sardinenbüchse aus seinem Rucksack zu ziehen, als sein Blick auf die gegenüberliegende Canyonwand fiel.

Direkt neben der Öffnung eines der abzweigenden Canyons war mit der Hand ein kleines Schild auf den Fels gemalt. Der unebene Basaltuntergrund hatte die Farbe unterschiedlich aufgenommen, so dass die Schrift nur schwer zu entziffern war. Albert ging näher heran, um besser sehen zu können. Das Schild befand sich einige Fuß über seinem Kopf, aber trotz des Zwielichts konnte er die Aufschrift lesen. Sie lautete »HÖLLE«, mit einem kleinen Pfeil, der zum Eingang des Canyons zeigte.

Albert betrachtete das Schild eine Weile. Jeder Ort, der sich Hölle nannte, erschien wenig einladend. Albert glaubte nicht wirklich an die Hölle, aber man konnte nie wissen.

Er könnte bis zum Morgen warten. Aber wenn sich am Ende des Canyons tatsächlich die Hölle befand, war schwer zu sagen, welche Besucher ihn vielleicht im Schlaf überraschten. Er könnte auch umgehend den gleichen Weg zurückgehen, auf dem er gekommen war, aber dort warteten nichts als enttäuschte Hoffnungen und ein paar wütende Kängurus auf ihn. Albert wusste, dass seine Zukunft allein vor ihm lag, und der wahrscheinlichste Weg dorthin führte durch den schmalen Canyon mit dem Schild.

Er betrat den Durchgang, und sofort schwand das Licht. Die Wände des Canyons standen eng beieinander und wölbten sich vor und zurück. Die Nacht senkte sich herab, und die Enge des Canyons verstärkte die Dunkelheit noch.

Albert lief, so schnell er konnte, solange der Boden des Canyons zu erkennen war, aber schon bald war es zu dunkel, um den Weg auszumachen. Er streckte die Arme aus und berührte mit seinen Pfoten die Wände. Langsam lief er weiter, sich mit den Pfoten in der Mitte des Canyons haltend. Er versuchte schneller zu gehen, bis er über eine niedrige Stufe stolperte und vornüber in den Sand fiel. Danach ging er sehr viel vorsichtiger weiter, indem er behutsam einen Fuß vor den anderen setzte. Er hatte das Gefühl, eine halbe Ewigkeit unterwegs zu sein, als er plötzlich mit dem Schnabel gegen eine Felswand prallte.

Er fuhr mit der Pfote über den Schnabel, fühlte aber kein Blut. Dann entzündete er an dem Felsen vor ihm ein Streichholz. Im Licht der Flamme sah Albert, dass er gegen einen Granitklotz gelaufen war, der den Ausgang des Canyons versperrte. Auf dem Klotz war erneut ein Schild mit der Aufschrift »HÖLLE« und einem Pfeil aufgemalt, der zugleich nach links und rechts zeigte. Das Streichholz verbrannte Alberts Pfote, und er ließ es fallen. Er zündete ein neues an, hielt es vor sich in die Höhe und spähte durch den schmalen Durchgang auf der rechten Seite des Granitklotzes.

Albert hatte das Lavafeld hinter sich gelassen und blickte auf eine steinige Ebene. Er sah mehrere große Felsbrocken vor sich, aber der Schein des Streichholzes reichte nur einige Fuß, und es war nicht auszumachen, wie viele dieser Brocken vor ihm lagen. Als ein Windstoß das Streichholz ausblies, blieb Albert eine Weile regungslos stehen, um seine Augen an die Dunkelheit zu gewöhnen. Es war eine mondlose Nacht, aber die Sterne strahlten hell genug, um die Konturen der Felsen zu erkennen. Den dunklen Schatten nach zu urteilen, erstreckte sich vor ihm ein weites Gesteinsfeld. Albert bewegte sich langsam vorwärts, als plötzlich eine Rakete vom anderen Ende des Gesteinsfelds in den Himmel stieg.

Die Rakete beschrieb einen weiten Bogen und explodierte dann in einem roten Feuerball, der die Steinwüste für einige Sekunden in helles Licht tauchte, bevor er erlosch und ein paar vereinzelte Funken zu Boden fielen. In dem roten Lichtblitz hatte Albert gesehen, dass sämtliche Felsbrocken die Aufschrift »HÖLLE« trugen und Pfeile in die Richtung zeigten, aus der die Rakete gekommen war.

Albert lief weiter von Felsen zu Felsen, immer in Richtung der Pfeile. Erneut stieg eine Rakete in den

Himmel und erleuchtete das Gesteinsfeld. Nachdem sie verloschen war und Alberts Augen sich an die Dunkelheit gewöhnt hatten, sah er einen schwachen Lichtschein an der Stelle, an der die Rakete aufgestiegen war.

Albert bewegte sich auf das Licht zu, das immer heller wurde, bis er hinter einem Felsbrocken auf seine Quelle stieß. Am Rand des Gesteinsfelds stand ein großes einstöckiges Holzhaus, an dessen Seite einige Öllampen hingen. Rund um die Vorderfront steckten zahlreiche Fackeln im Boden, und an Masten auf dem Dach und zu beiden Seiten des Gebäudes hingen große Schilder aus Segeltuch.

Das größte Schild, das von Öllampen mit Reflektoren angestrahlt wurde, befand sich auf dem Dach. Seine Aufschrift lautete: »WILLKOMMEN ZUM TOR DER HÖLLE«. Auf einem Schild neben dem Gebäude stand: »WHISKEY UND MUNITION«; und auf einem anderen: »TEXTILIEN«. Neben der Eingangstür hing ein schmaleres Schild mit der Aufschrift »RELIGIÖSE MEDAILLEN, LANDKARTEN, FRAUEN«, obwohl jemand das Wort FRAUEN mit einem Pinsel mehrfach durchgestrichen hatte.

Albert hatte gerade sämtliche Schilder gelesen, als ein großes Wallaby mit einer Zigarre und einer Rakete unter dem Arm aus der Eingangstür kam. Es trug eine weiße Smokingjacke und hatte ein verstümmeltes Ohr. Das Wallaby lief zu einem Metallrohr, das neben dem Eingang in den Boden gerammt worden war. Es steckte die Rakete in das Rohr und hielt die Zigarre an die Zündschnur. Dann trat es einen Schritt zurück und sah zu, wie die Rakete in den Himmel schoss. Nachdem die Rakete über dem Haus explodiert war, drehte es sich um und wollte ins Haus zurückgehen. Dabei bemerkte es Albert neben dem Felsklotz.

»Wenn du zur Party möchtest, die ist drinnen«, sagte es.

Albert zögerte.

»Es gibt Kuchen«, sagte das Wallaby.

Albert wusste nicht genau, was Kuchen war, aber das Wallaby machte einen freundlichen Eindruck. Albert lief auf das Gebäude zu. Das Wallaby ging voraus und öffnete die Tür. Als Albert die Tür erreicht hatte, sagte es: »Willkommen zum Tor der Hölle. Wir feiern unser dreijähriges Bestehen.« Dann geleitete es Albert hinein.

9

Bertram und Theodore

Das Innere des Tors zur Hölle bestand aus einem großen niedrigen Raum, vollgestopft mit Fässern, Kisten, Möbelstücken, staubigen Stoffballen und Stapeln von Dingen, die Albert nicht kannte. Der Raum war so finster, wie das Äußere beleuchtet war, und Albert konnte nicht bis zur gegenüberliegenden Wand sehen.

In der Mitte des Raums standen ein kleiner Tisch mit einer schmutzigen karierten Tischdecke und zwei Stühle. Das einzige Licht stammte von einer Kerze in einer Whiskeyflasche, die mitten auf dem Tisch stand. Flüssiges Wachs war die Flasche hinuntergelaufen und hatte auf dem Tischtuch eine Pfütze hinterlassen.

Auf einem der Stühle saß ein ringelschwänziges Possum mit einem Halstuch und einer ehemals weißen Smokingjacke, ähnlich der des Wallabys. Das Possum trank aus einem Schnapsglas, als Albert und das Wallaby zur Tür hereinkamen. Es sah Albert an und zwinkerte mehrere Male.

Das Wallaby ging eilig zu einem Stapel Möbel und stöberte darin herum.

»Du musst das schummrige Licht entschuldigen. Theodore ist allergisch gegen Licht, stimmt's, Theodore?«

Das Possum nickte leicht und nippte an seinem Glas.

Das Wallaby zog einen weiteren Stuhl aus dem Stapel und brachte ihn zum Tisch. Mit einem Zipfel des Tischtuchs wischte es den Staub von der Sitzfläche.

»Nimm Platz. Die anderen Gäste sind noch nicht eingetroffen, da können wir uns ein wenig unterhalten.«

Albert nahm seinen Rucksack ab, stellte ihn neben den Stuhl auf den Boden und setzte sich. Das Wallaby nahm auf dem leeren Stuhl neben ihm Platz.

»Ich heiße Bertram«, sagte das Wallaby und streckte eine Pfote aus.

Albert schüttelte Bertrams Pfote. »Und ich bin Albert.«

»Wir freuen uns, dich hier zu haben, nicht wahr, Theodore?«

Theodore sagte nichts. Er schob sein leeres Glas in Bertrams Richtung.

»Darf ich dir einen Drink anbieten, Albert?«

Albert musste augenblicklich an Jacks Warnung vor Wirten denken, die einem kostenlose Drinks anboten. Er nahm die Feldflasche an ihrem Riemen von der Schulter.

»Danke, nein. Ich habe Wasser.«

»Nun, dann will ich dir wenigstens ein Glas holen.«

Bertram ging zu einem der vielen Stapel im Raum und zog eine Flasche Whiskey und zwei schmutzige Gläser hervor. Er kam damit zurück an den Tisch, wo er die Gläser mit einem anderen Zipfel des Tischtuchs auswischte. Er gab Albert ein Glas und schenkte sich und Theodore aus der Flasche ein.

»Was führt dich zum Tor der Hölle, Albert?«, fragte Bertram.

»Ich habe einige Hinweisschilder gesehen, und dann sah ich die Raketen«, antwortete Albert, während er den letzten Rest Wasser in das schmutzige Glas goss und die Feldflasche zurück über die Schulter hängte.

Bertram grinste breit. »Die Macht der Werbung … Ich habe es dir mehr als einmal gesagt, Theodore, wir verdanken unseren Erfolg der Werbung. Hab ich recht, Theodore?«

Theodore nickte.

»Wir haben sogar überlegt, eine eigene Zeitung zu gründen«, fuhr Bertram fort.

»Warum heißt euer Geschäft das Tor zur Hölle?«

»Die Hölle ist ein metaphysisches Konzept, das Neugierde weckt, und Neugierde ist der Schlüsselfaktor der Werbung. Auch dich hat sie hergeführt, stimmt's?«

Albert überlegte kurz, bevor er sagte: »Ich glaube schon.«

Bertram setzte seine Erklärung fort. »Wir hätten unser Geschäft auch das Tor zum Himmel nennen können, aber das hätte die falsche Kundschaft angezogen, und außerdem klingt ›Hölle‹ viel besser, meinst du nicht auch? Bist du sicher, dass du keinen Drink möchtest?«

Albert schüttelte den Kopf. Allmählich bekam er ein ungutes Gefühl bei Bertram und Theodore. Langsam schob er seine Pfote in die Jackentasche.

»Ich dachte, ich könnte etwas Wasser und einige Lebensmittel bei euch kaufen?«

Bertram sah zu Theodore hinüber. Das Possum sah Albert streng an und nickte dem Wallaby zu. Bertram wandte sich wieder Albert zu und lächelte.

»Eigentlich verkaufen wir keine Lebensmittel.«

»Aber die Schilder draußen …«

Bevor Albert den Satz beenden konnte, unterbrach Bertram ihn. »Wie ich schon sagte, verdanken Theodore und ich unseren Erfolg der Werbung, nicht unserer Aufrichtigkeit.«

»Und was macht ihr dann?«, fragte Albert, auch wenn er bereits wusste, dass ihm die Antwort nicht gefallen würde.

»Wir rauben Leute aus«, sagte Bertram.

Albert sah zur Seite und bemerkte eine kleine Pistole in Theodores Pfote.

»Wir haben nicht als Diebe angefangen. Ursprünglich schwebte uns ein großes Handelsimperium vor, nicht wahr, Theodore?«, sagte Bertram ernst.

Theodore nickte. Der Lauf seiner Pistole war beharrlich auf Alberts Bauch gerichtet.

»Bedauerlicherweise ist billig einzukaufen und teuer zu verkaufen nicht so leicht, wie es scheint«, fuhr Bertram fort. »Ein Geschäft aufzuziehen dauert seine Zeit, und Theodore wurde ungeduldig.«

Das Possum nahm mit seiner freien Pfote sein Glas, kippte den Whiskey hinunter, stellte es zurück auf den Tisch und schob es Bertram hinüber, ohne auch nur einen Moment seinen Blick von Albert zu nehmen.

»Bist du sicher, dass du wirklich keinen Drink möchtest, Albert? Es tut mir leid, aber die Sache mit dem Kuchen war gelogen.« Bertram nahm die Whiskeyflasche und füllte Theodores Glas.

Albert schüttelte den Kopf.

»Wir hatten unser erstes Geschäft in einer Stadt weit entfernt von hier eröffnet, und wie gesagt, Theodore wurde ungeduldig. Eine Sache führte zur anderen, und wir mussten verschwinden. Aber wie heißt es so schön:

›Ende gut, alles gut‹, und hier sind wir nun und feiern den dritten Geburtstag unseres neuen Unternehmens.« Bertram hob sein Glas zu einem Toast. »Auf das Tor zur Hölle.«

Albert saß stumm da und machte keine Anstalten, sein Glas zu nehmen. Bertram sah Albert an, und zum ersten Mal lag ein scharfer Unterton in seiner Stimme.

»Es wäre unhöflich, nicht auf unseren Erfolg mit anzustoßen, Albert. Du solltest wissen, dass Theodore sehr gemein wird, wenn er getrunken hat.«

Theodore spannte seine Pistole.

Albert war überzeugt, dass seine Chancen, das Tor zur Hölle lebend zu verlassen, rapide gegen null sanken. Er war nicht ganz sicher, was er als Nächstes tun sollte. Seine Pfote lag auf der Pistole, die Jack ihm gegeben hatte, aber er hatte noch nie mit einer Waffe geschossen, wohingegen es nicht so aussah, als ob Theodore das gleiche Problem hätte. Er beschloss, Bertram so lange es ging am Reden zu halten, und wenn auch nur aus dem einen Grund, das Unausweichliche hinauszuzögern. Albert nahm sein Glas mit der linken Pfote.

»Entschuldigung«, sagte er und hob es in die Höhe. »Auf das Tor zur Hölle.«

Bertram nickte zustimmend und trank einen Schluck. Theodore leerte sein Glas in einem Zug und stellte es zurück auf den Tisch. Er zeigte mit seiner Pistole auf Alberts Rucksack.

»Theodore ist ungeduldig herauszufinden, ob dich zu überfallen sich gelohnt hat. Ich persönlich genieße den Moment lieber etwas länger.« Bertram nippte ein weiteres Mal an seinem Glas. »Normalerweise rauben wir solche wie dich nicht aus. Tatsächlich kann ich mich nicht erinnern, jemanden wie dich überhaupt je gesehen zu haben.«

»Ich bin ein Schnabeltier«, sagte Albert leise.

»Theodore und ich haben noch nie von einem Schnabeltier gehört, oder, Theodore?« Bertram sah zu dem Possum hinüber.

Theodore starrte Albert weiter unverwandt an, während er sein leeres Glas zu Bertram schob.

»Zwei seltsame Kreaturen in ebenso vielen Tagen, die Welt ist voller Wunder. Vielleicht sollten wir sie ausstellen, als eine weitere Attraktion des Tors zur Hölle.« Bertram füllte erneut Theodores Glas.

Albert spürte eine schwarze Wolke aus der Tiefe seiner Magengegend emporsteigen. Die Sporne an seinen Hinterbeinen begannen sich aufzurichten.

»Ich glaube, das ist keine gute Idee«, sagte er ruhig.

Bertram lächelte. »Und warum nicht?«

»Weil ein Schnabeltier eine magische Kreatur ist, mit der man keine Späße treiben sollte.« Albert starrte nun ebenfalls Theodore an.

»Theodore und ich glauben nicht an Magie, stimmt's, Theodore?« Bertram grinste weiter.

Albert war sich nicht sicher, ob er an Magie glaubte, doch er begann an Wut zu glauben. »Das werdet ihr aber, noch bevor die Nacht vorbei ist«, sagte er in dem gleichen nüchternen Tonfall, mit dem er auf Bertrams Ankündigung reagiert hatte, ihn ausstellen zu wollen.

Bertram zögerte einen Moment, dann beugte er sich vor, nahm Alberts Rucksack vom Boden und stellte ihn auf den Tisch. Das Geräusch beim Aufsetzen auf die Tischplatte übertönte das leise Klicken, als Albert die Pistole in seiner Tasche spannte.

Bertram löste die Riemen und begann den Rucksack zu durchwühlen. Das Grinsen auf seinem Gesicht wurde breiter, als er hineingriff und eine Pfote voller Münzen herauszog. Langsam ließ er die Münzen auf die Tischplatte fallen. »Ich fange schon an, an Magie zu glauben, Albert. Erzähle mir mehr davon.«

Albert sah einen Moment zu, wie die Münzen auf den Tisch fielen, und blickte dann zu Bertram. »Ich kann Dämonen herbeirufen.«

Bertram hielt den Kopf schief. »Eine sehr interessante, aber höchst zweifelhafte Behauptung.«

Albert zuckte mit den Schultern. »Du musst nur dreimal *Zoo* sagen, ganz langsam, und ich schwöre dir, dass ein Dämon erscheint.«

Bertram schenkte zum letzten Mal Theodores Glas nach. »Ich halte nichts davon, sein Schicksal herauszufordern, Albert. Wir haben dein Geld, und das ist für mich Magie genug.«

Theodore grinste Albert hämisch an und zischte: »Zoo.«

Das Possum hatte eine hohe Stimme, was Albert unter anderen Umständen vermutlich amüsiert hätte. Theodore schüttete seinen Whiskey hinunter und begann keckernd zu lachen.

»Zoo!«, rief er halb schreiend.

Bertram streckte einen Arm aus und berührte Theodores Schulter. »Theodore, ich halte das für keine gute Idee.«

Theodore schüttelte Bertrams Pfote von der Schulter. Kleine Schaumflocken traten in seine Mundwinkel. Albert wusste, er war so gut wie tot. Als Theodore der Speichel aus dem Mund zu tropfen begann, versuchte

Albert die Pistole aus der Tasche zu ziehen. Zum dritten Mal brüllte Theodore *Zoo*, aber noch ehe er das Wort ganz ausgesprochen hatte, kam aus der Dunkelheit im hinteren Teil des Ladens ein furchtbares Geheul.

Theodore richtete seine Pistole in Richtung des Lärms. Im gleichen Moment riss Albert seine Pistole aus der Tasche und zog den Abzug. Der Schuss verfehlte Theodore, aber der Mündungsknall blies die Kerze aus. Für eine Sekunde, bevor der Raum in Dunkelheit versank, sah Albert eine seltsame Gestalt in roter Unterwäsche und eine lange Kette schwingend aus der Schwärze auf Theodore zustürzen. Einen Moment lang war alles dunkel, dann erhellte Mündungsfeuer aus Theodores Pistole den Raum. Albert sah eine Kette aufblitzen und hörte, wie sie auf Fleisch traf. Da er nicht wusste, was er sonst tun sollte, spannte Albert erneut seine Pistole und feuerte einen Schuss auf die Stelle, an der er Bertram zuletzt gesehen hatte. Bevor er noch einmal feuern konnte, wurde die Eingangstür aufgerissen, und Bertrams Silhouette zeichnete sich im Türrahmen ab. Im nächsten Moment war er draußen und schlug die Tür hinter sich zu.

Sobald die Tür ins Schloss fiel, war es wieder stockfinster im Raum, und Albert war ganz allein mit einem durchgedrehten Possum und einem Dämon ungewisser Herkunft.

Die bloße Erwähnung, ausgestellt zu werden, hatte Albert in rasenden Zorn versetzt. Er hatte gehofft, das Wort *Zoo* würde eine solche Wut in ihm auslösen, dass er den Schmerz der Kugel nicht spüren würde, und es würde zugleich einen der zahlreichen inneren Dämonen freisetzen, die unter der Oberfläche seines Wesens lauerten. Wenn jemand ihn quälen wollte, so würde diese Kreatur einen Blutzoll dafür zu zahlen haben.

Dennoch hatte er nicht damit gerechnet, dass einer seiner Dämonen sich in Gestalt eines Wesens in langen Unterhosen manifestieren könnte. Albert saß bewegungslos auf seinem Stuhl und starrte angestrengt in den hinteren Teil des Raums. Der Blitz der Pistolenschüsse hatte vorübergehend alle Gewöhnung an die Dunkelheit zerstört. Er konnte den Gestank von Schwarzpulver in der Luft riechen, aber sonst nichts. Albert wusste, er musste weg von dem Stuhl, denn wer auch immer im Tor zur Hölle noch auf den Beinen stand, wusste genau, wo er sich befunden hatte, als die Schießerei losging.

Albert glitt so leise er konnte vom Stuhl, aber bevor er sich vom Tisch entfernen konnte, rief jemand seinen Namen.

»Albert!«

Die Stimme war tief und hatte einen seltsamen Akzent. Es musste der Dämon sein. Albert richtete seine Pistole in die Richtung, aus der sie kam.

»Albert, wir haben schon genügend Probleme, auch ohne dass du eine Pistole auf deinen einzigen Freund im Umkreis von fünfzig Meilen richtest.«

Albert zögerte.

»Wir müssen hier weg. Jede Minute wird es hier von Dingos wimmeln. Sollten sie die Schüsse nicht gehört haben, wird Bertram sie garantiert so schnell er kann holen.«

Albert hatte das Wort *Dingo* seit seiner Flucht aus dem Zoo von Adelaide nicht mehr gehört. Er hatte noch nie einen Dingo zu Gesicht bekommen, aber die anderen Tiere im Zoo sprachen nur flüsternd von ihnen. Es wurde behauptet, sie wären vor langer Zeit in das Alte Australien eingefallen und fräßen das Fleisch anderer Tiere. Einige gaben vor, sie gesehen zu haben, aber ihre Beschreibungen waren vage, und die meisten anderen Tiere waren überzeugt, wer einem Dingo begegnete, würde darüber nicht mehr berichten können.

Albert wusste nicht genau, was ein Dingo war, aber er hatte Bertram kennengelernt, und vor die Wahl zwischen Bertram und einem Dämon gestellt, würde er stets den Dämon vorziehen. Albert steckte die Pistole zurück in die Tasche. »Wohin gehen wir?«, fragte er.

»So weit wir bis Sonnenaufgang kommen.«

Albert hörte die Kette des Dämons rasseln, und eine pelzige Pfote packte sein Handgelenk.

»Ich kann im Dunkeln einigermaßen sehen, aber nicht so gut wie das verdammte Possum.« Der Dämon führte Albert in den hinteren Bereich des Tors zur Hölle. Dann blieb er einen Augenblick stehen, und Albert hörte ein raschelndes Geräusch. Der Dämon drückte einen schweren Baumwollsack in Alberts freie Pfote.

»Trag das«, sagte der Dämon und ging weiter.

»Was ist mit Theodore passiert?«, fragte Albert den Dämon.

»Mit etwas Glück habe ich ihn getötet. Ich habe keinen Atem gehört, als ich ihm die Pistole abnahm.«

Der Dämon stieß eine Hintertür auf, führte Albert ein paar Holzstufen hinunter und weiter auf eine weite Ebene, fort vom Tor zur Hölle.

10

TJ

Ein paar Schritte hinter der Treppe ließ der Dämon Alberts Handgelenk los und nahm ihm den Baumwollsack aus der Hand. Die Fackeln und Lampen vor dem Haus tauchten die nähere Umgebung in ein trübes Halbdunkel, und zum ersten Mal konnte Albert den Dämon etwas genauer erkennen.

Er war ein kleines bisschen größer als Albert, hatte eine spitze Nase und spitze Ohren und einen schwarzen Fellstreifen über den Augen. Aus der löchrigen roten Unterhose, die er trug, ragte hinten ein buschiger gestreifter Schwanz heraus. Um seinen Hals hatte er ein Lederhalsband, an dem mit einem Vorhängeschloss eine schwere Eisenkette befestigt war. Der Dämon hatte die Kette über eine Schulter geworfen. In der einen Pfote hielt er Theodores Pistole und in der anderen den Baumwollsack.

Der Dämon hielt Albert die Pistole hin. »Halt mal«, sagte er und fing an, in dem Baumwollsack herumzuwühlen. Er zog einen zerknüllten Schlapphut mit breiter Krempe hervor, den er sofort aufsetzte. Sekunden später kam eine verdreckte Moleskinhose einschließlich Hosenträgern zum Vorschein. Der Dämon schlüpfte so schnell er konnte in die Hose und befestigte die Hosenträger, wobei er die Kette von einer Schulter auf die andere legte.

Er nahm die Pistole aus Alberts Pfote und steckte sie in die Hosentasche. Dann griff er nach Alberts Pfote und schüttelte sie kräftig.

»Gestatten, Terrance James Walcott, frisch vom Schiff aus Frisco. Meine Freunde nennen mich TJ. Sehr erfreut, dich kennenzulernen. Du nimmst den Sack, ich trage die Kette. Wenn du irgendetwas siehst, das einem Hund ähnelt, erschieß es.«

Bevor Albert antworten konnte, ließ TJ seine Pfote los, drückte ihm den Sack in die Hand und marschierte los in die flache Wüstenlandschaft.

Albert rannte hinter ihm her. »Ich habe meinen Rucksack vergessen.«

TJ stapfte ungerührt weiter. »Den kannst du abschreiben. Und kein Reden mehr – das kann man meilenweit hören.«

Schon bald waren sie aus dem trüben Lichtschein der Fackeln hinausgetreten, und Albert hatte Mühe, mit TJ mitzukommen. Er hatte den Sack über die Schulter geworfen, um das Gewicht auf dem Rücken zu verteilen, aber es war unbequem, und mit jedem Schritt wünschte er sich seinen Rucksack zurück.

Albert konnte TJ nicht genau erkennen, aber gelegentlich sah er seine dunkle Silhouette gegen den Nachthimmel oder hörte ein leises Klimpern der Kette um seinen Hals. TJ behielt sein forsches Tempo bei und sah in der Dunkelheit gut genug, um die Spalten und Kämme rechtzeitig zu bemerken, die den Weg über die Salzwüste so tückisch machten. Albert hielt sich dicht hinter ihm.

Zum Rennen war Albert nicht gemacht. Er konnte gut schwimmen, aber bisher hatte sich wenig Gelegenheit dazu ergeben. Er war bei seiner Flucht aus dem Zoo gerannt, war rennend mit Jack von Ponsby Station geflüchtet und rannte jetzt vom Tor zur Hölle davon.

Albert mochte Rennen nicht besonders, aber er sah ein, dass es notwendig war. Zweimal war er in Schwierigkeiten geraten, und beide Male hatte er sich rennend daraus befreit. Zweifellos konnte er mit seinen Schwimmfüßen besser laufen. Aber für sein Wohlergehen hatte sich rennen als Vorteil erwiesen. Vielleicht wäre er nicht in einem Käfig gelandet, wenn er damals am Murray gerannt wäre. Albert hatte den Gedanken gerade beendet, als er gegen TJs Rücken prallte.

Bevor er irgendetwas sagen konnte, packte TJ seinen Schnabel und drückte ihn in eine flache Senke am Boden. Rasch warf TJ sich neben ihn und ließ seinen Schnabel los. Albert hob seinen Kopf über den Rand der Vertiefung und sah über die Ebene. Er konnte nichts erkennen, aber der leichte Wind wehte einen Geruch in seine Nase, den er sein Leben lang nicht mehr riechen wollte: den Gestank von Hunden.

Bilder vom Tod seiner Mutter blitzten in seinem Kopf auf, und Albert begann zu zittern. Die Kombination aus Furcht und Wut, die der Geruch in ihm auslöste, war schwer zu kontrollieren. Ein Teil von Albert wollte so weit und so schnell er konnte davonlaufen, nur um dem Geruch und den Erinnerungen zu entkommen. Ein anderer Teil wollte angreifen, wer auch immer der Gegner war. Immer neue Bilder vom Tod seiner Mutter drängten sich in seine Vorstellung, und aus den Spornen an seinen Hinterbeinen tröpfelte das Gift auf den salzigen Boden.

TJ legte seine Pfote auf Alberts Schulter und drückte ihn tiefer hinab.

Der Geruch wurde strenger, und Albert hörte das leise Getrappel zahlreicher Pfoten auf dem Wüstenboden. Die Nähe der Gefahr hatte eine beruhigende Wirkung auf Albert. Das Zittern hörte auf. Leise griff er in seine Tasche, zog Jacks Pistole hervor und legte sie auf den Rand der Vertiefung. Ohne den Kopf zu heben, schob Albert sich einige Zentimeter den Rand der Mulde hoch, so dass er die Wüste überblicken konnte.

Sechzig Meter von ihnen entfernt bewegten sich fünf Gestalten, deren Silhouetten sich dunkel im Sternenlicht abhoben. Sie hatten spitze Ohren und Schnauzen, und zwei der Gestalten trugen ein Gewehr über der Schulter. Es war zu dunkel, um zu erkennen, ob auch die anderen bewaffnet waren. Sie liefen in Richtung des Tors zur Hölle. Die Truppe marschierte in Reihe an Albert und TJ vorbei, ohne nach links oder rechts zu sehen.

Das Geräusch ihrer Schritte entfernte sich in der Dunkelheit, aber es dauerte geschlagene zehn Minuten, bis TJ seine Pfote von Alberts Schulter nahm.

»Wenn der Wind umgeschlagen hätte, wären wir Frischfleisch«, sagte TJ ganz leise, während er sich hinsetzte.

»Waren das Dingos?«, fragte Albert. »Sie rochen wie Hunde.«

»Wenn du mich fragst, gibt's da auch keinen Unterschied. Lass uns weitergehen. Ich will nicht auf freiem Feld stehen, wenn es hell wird.«

TJ stand auf, legte die Kette über die Schulter und trabte gemessenen Schrittes los. Albert steckte seine Pistole in die Tasche und warf den Baumwollsack über die Schulter. Der Inhalt des Sacks war kantig und stieß ihm in den Rücken, aber nachdem er die Dingos aus der Ferne gesehen hatte, wusste er, dass der Verlust seines Rucksacks ein bescheidener Preis für sein Entkommen war.

Fast die ganze Nacht setzten sie ihren Weg über die Ebene fort. Mehrere Male wollte Albert TJ um eine Pause bitten, um zu verschnaufen und nachzuschauen, ob in dem Sack vielleicht Wasser war, aber TJ schien nicht an eine Rast zu denken, und Albert schwieg lieber.

Seit er vor vielen Jahren gefangen worden war, hatte Albert ein einsames Leben geführt, und abgesehen von den Wärtern, die ihm sein Futter brachten, und den gelegentlichen Unterhaltungen mit anderen Tieren, war er ganz auf sich selbst angewiesen. Seine Reise von Adelaide hatte ihn physisch und mental mehr gestärkt, als ihm bewusst war, aber sie hatte ihm auch deutlich gemacht, wie abhängig er von anderen geworden war. Hätte er Jack nicht gefunden, wäre er am äußeren Rand des Alten Australien gestorben. Jetzt war er abhängig von TJ, den er gerade erst kennengelernt hatte und der ihn in Sicherheit bringen musste. Albert war anderen gegenüber verpflichtet, und mit dieser Verpflichtung kam etwas hinzu, das er nie zuvor gespürt hatte.

Er wusste, dass ihm aus freien Stücken geholfen worden war, aber er hatte dennoch das Gefühl, den anderen etwas schuldig zu sein. Diese Schuld verband ihn mit Jack und TJ, und vielleicht auch mit jemandem, den er erst noch kennenlernen würde. Albert hoffte, er würde seine Schuld zurückzahlen können, wenn es so weit wäre. In der Zwischenzeit würde er, ob durstig oder nicht, einfach weitermarschieren.

Als der Morgen dämmerte, befanden sie sich am Fuß rötlicher Sandsteinfelsen, die den östlichen Rand der Salzwüste markierten. Im Norden sah Albert den Berg, der in den vergangenen drei Tagen sein Ziel gewesen war. Er war näher gerückt, aber immer noch viele Tagesmärsche von den Sandsteinfelsen entfernt.

»Noch eine halbe Stunde, und wir können uns hinlegen.« Es waren TJs erste Worte seit ihrer Begegnung mit den Dingos in der Wüste.

Er führte Albert einen kaum zu erkennenden Pfad entlang, der am Rand der Wüste begann und mit leichtem Anstieg den Fels hinaufführte. An der Felswand entlang des Pfads waren verblichene Bilder von Tieren, Schlangen und die Handabdrücke von Menschen zu sehen.

Im Licht des frühen Morgen konnte Albert einen genauen Blick auf TJ werfen, der vor ihm herging. TJ war müde und stolperte gelegentlich über die losen Steine auf dem Pfad. Die Kette über seiner Schulter hatte ein Loch in sein Unterhemd gescheuert, und aus der Haut darunter sickerte Blut. Albert sah Schmauchspuren und eine klaffende Wunde an TJs Hals gleich über dem Kragen, die vermutlich von dem Schuss stammte, den Theodore abgefeuert hatte, kurz bevor TJ ihn mit der Kette niedergestreckt hatte. Beim Anblick von TJ, der sich mühsam den Pfad hinaufquälte, empfand Albert eine leichte Scham, auf ihrem Weg durch die Wüste auch nur daran gedacht zu haben, nach einer Rast und Wasser zu fragen.

Der Pfad lief auf eine Öffnung in der Felswand zu und verschwand hinter einer Kuppe zwischen Sandsteinfelsen. Der Anstieg war jetzt steiler, und sowohl Albert als auch TJ rutschten auf dem losen Gestein immer wieder ab und mussten sich mit ihrer freien Pfote abstützen, um nicht mit dem Gesicht auf dem Boden aufzuschlagen. Albert befürchtete, er würde es ohne eine Pause zum Atemholen nicht bis zum Scheitel der Anhöhe schaffen. Doch dann roch er es. Wasser – und zwar nicht bloß ein Rinnsal, sondern jede Menge Wasser.

Albert stürzte vorwärts und erreichte gemeinsam mit TJ die Felskuppe. Unter ihm wand sich der Pfad hinab in ein kleines, von Felswänden umgebenes Tal. In der Mitte des Tals befand sich ein großes Wasserloch, dessen hinteres Ufer mit dichtem Schilf bestanden war. Überall im Tal wuchsen Eukalyptusbäume und Zylinderputzer, und die Morgensonne fiel durch die Wedel zweier Schirmpalmen und zauberte Schattenspiele auf die Wasserfläche. Im Gebüsch einige Meter vom Wasser entfernt hatte jemand aus Zweigen und einem Stück Zelttuch einen Unterstand gebaut. Davor waren in einem Kreis aus Steinen die verkohlten Reste eines Feuers zu sehen.

Hätte es nicht die Anzeichen von Bewohnern gegeben, wäre Albert so schnell er konnte den Pfad hinuntergerannt und hätte sich in das Wasserloch geworfen. Aber seine Erlebnisse im Alten Australien hatten ihn gelehrt, vorsichtig zu sein. Er wartete ab, wie TJ sich dem Lager nähern würde.

TJ holte ein paarmal tief Luft und lief den Pfad hinunter bis zu dem Unterstand. Er setzte sich neben die

Feuerstelle und warf die Kette neben sich in den Staub. Dann nahm er seinen Hut ab und wischte sich mit dem Ärmel über die Stirn. Er legte den Hut neben sich auf den Boden, zog Theodores Pistole aus der Tasche und legte sie auf den Hut. TJ nickte Albert zu, der ihm zum Lager gefolgt war, und sagte: »Albert, ich brauche den Sack.«

Albert lief mit dem Sack zu TJ und stellte ihn neben die Kette auf den Boden. TJ wühlte darin herum und zog nach ein paar Minuten ein großes Taschenmesser hervor. Er öffnete das Messer, schob die Klinge unter das Lederhalsband und begann es durchzutrennen. »Ich hätte es schon gestern Abend gemacht, wenn wir die Zeit gehabt hätten.«

»Kann ich helfen?«, fragte Albert.

TJ hörte auf zu sägen. »Kannst du mit einem Messer besser umgehen als mit einer Pistole?«

Albert schüttelte den Kopf.

TJ setzte seine Arbeit fort. »Dann mach ich es lieber selbst. Ich bin nicht den weiten Weg von Kalifornien hierhergekommen, um mir von einem Schnabeltier die Kehle aufschlitzen zu lassen.«

Das Lederhalsband war dick, und es dauerte eine ganze Weile, bis TJ es durchgeschnitten hatte. Nachdem er es geschafft hatte, legte er das Halsband mit der Kette auf den Boden. Ohne ein weiteres Wort krabbelte er unter den Unterstand und streckte sich darin aus. Er schloss die Augen und schlief sofort ein. Albert hatte tausend Fragen an TJ, aber es sah nicht so aus, als ob sie so bald beantwortet würden.

Er lief zum Rand des Wasserlochs und sah ins Wasser. Er hatte seit über vierundzwanzig Stunden nicht geschlafen und seit acht Stunden nichts mehr getrunken. Er war müde und sehr durstig, aber er konnte sich nicht dazu durchringen, sich vorzubeugen und den Schnabel ins Wasser zu tauchen.

Als er das Wasserloch von der Hügelkuppe auf dem Weg ins Tal gesehen hatte, war sein einziger Wunsch gewesen, darin einzutauchen, sich vom Wasser umschließen und in jene Zeit zurückversetzen zu lassen, als er noch jung war und seine ganze Welt fünfzig Meter Flussufer umfasste. Diese Zeit hatte in einer Tragödie geendet, aber der Instinkt Tausender Generationen seiner Art war stärker als seine Ängste und dunklen Gedanken und drängte ihn, zu einem vage erinnerten Zuhause zurückzukehren.

Langsam zog er sich aus, faltete jedes Kleidungsstück und legte es sorgfältig auf die Uferböschung. Nackt stand er da und genoss gleichermaßen die Vorfreude auf den Schmerz der Erinnerung wie auf die Berührung mit dem Wasser. Er legte sich auf den Bauch, schob sich die Böschung hinab und glitt ins Wasser. Sein Eintauchen war sanft und geräuschlos, und nur ein leichtes Gekräusel störte das Schattenspiel der Palmblätter auf dem Wasser.

In dem Moment, als Albert das Wasser berührte, verschwanden alle vergangenen und gegenwärtigen Sorgen und Nöte. Er war bloß noch eine Kreatur in ihrem angestammten Element. Er brauchte nicht zu denken; er musste einfach nur tun. Seine Schwimmfüße brachten ihn mit jedem Schlag seiner Beine tiefer hinab. Das kühle Wasser drang in sein Fell und spülte den Staub tagelanger Märsche durch die Wüste fort.

Albert öffnete die Augen und sah Flusskrebse zwischen den Felsen am Grund des Gewässers umherhuschen. Er schnappte einen mit seinem Schnabel, und als er ihn zerdrückte und hinunterschluckte, verspürte er einen unbändigen Hunger. Ohne zu überlegen, stieß er mit dem Schnabel Steine am Grund zur Seite und fraß die darunter versteckten Regenwürmer. Er durchschwamm das Wasserloch und warf sich zwischen dem Schilfrohr am anderen Ufer immer wieder ins Wasser. Albert jagte Kaulquappen und Wasserkäfer im seichten Wasser. Er fraß, wen er kriegen konnte, und fühlte sich angestachelt durch die, die ihm entwischten. Während der Stunde, in der er jagte, war er nicht Albert, einstmaliger Bewohner des Zoos von Adelaide. Er war ein ganz gewöhnliches Schnabeltier in einem Wasserloch. Es war ein gutes Gefühl.

II

VON ALLER WELT GESUCHT

Ein leises Plätschern weckte Albert aus einem unruhigen Schlaf. Er rollte im Sand auf die andere Seite und sah TJ, der am Ufer des Wasserlochs kniete und seine lange Unterhose auswrang. TJ hatte seinen Hut auf und ein blaues Taschentuch um den Hals gebunden, das seine Schusswunde zum Teil bedeckte. Seine Moleskinhose hing gewaschen über einem Zylinderputzerstrauch einige Meter von Alberts Schlafplatz entfernt.

TJ sah zu Albert hinüber. »Guten Morgen, Sonnenschein.«

Er stand auf, wrang die Unterhose aus und hängte sie neben seine Hose in den Strauch. Er blickte hinauf zur Sonne, die ihren Zenit bereits überschritten hatte.

»Besser gesagt, guten Nachmittag. Bring deine Sachen rüber zum Lager, und wir machen einen Plan.« TJ fühlte, ob seine Hose schon trocken war, und ging dann zum Unterstand.

Albert stand auf, wischte den Sand ab und zog sich an. Als er zum Unterstand kam, saß TJ bereits neben der Feuergrube und kramte verschiedene Dinge aus dem Baumwollsack.

TJ sah zu Albert auf. »Entschuldigung, dass ich einfach so weggenickt bin, aber ich hatte seit drei Tagen nicht mehr geschlafen.«

Albert setzte sich TJ gegenüber ans Feuer. »Was für ein Plan schwebt dir vor?«

»Ich dachte, wir sollten uns rächen, und dann vielleicht ein oder zwei Überfälle. Minen zu besetzen habe ich auch schon mal versucht, aber damit lässt sich kein Geld machen.« TJ zog eine Büchse Schwarzpulver aus dem Sack.

Albert wusste nicht, an wem TJ sich rächen wollte. Vor allem wusste er nicht einmal, wer oder was TJ überhaupt war oder warum er sich die Mühe gemacht hatte, ihm das Leben zu retten. Er wollte TJ fragen, besann sich aber eines Bessren. Direkte Fragen hatten im Alten Australien nicht zu den Antworten geführt, die Albert sich erhofft hatte, und inzwischen glaubte er, dass es besser war, die Dinge sich selbst entwickeln zu lassen.

»Ich habe keine Ahnung, wie man Überfälle macht oder Minen besetzt.«

TJ zog zwei Bleibarren aus dem Sack. »Dann fangen wir mit Rache an. Niemand kettet Terrance James Walcott an einen Pfosten und kommt ungestraft davon. Dem verdammten Possum habe ich es bereits heimgezahlt, jetzt ist Bertram an der Reihe. Was hältst du davon, das Tor zur Hölle niederzubrennen?«

»Daran habe ich gar nicht gedacht«, sagte Albert wahrheitsgemäß.

TJ stöberte weiter in dem Sack. »Es ist wahrscheinlich nicht so einfach, wie den Laden in Ponsby Station abzufackeln, jetzt wo sich die ganzen Dingos da herumtreiben, aber mit ein bisschen Glück sollte es klappen.«

Albert war nicht sehr überrascht gewesen, dass TJ seinen Namen kannte. Niemand konnte sagen, wie lange TJ seiner Unterhaltung mit Bertram zugehört hatte, bevor es zum Kampf gekommen war. Albert hatte Bertram seinen Namen genannt, aber er war sich sicher, dass er nichts von Ponsby Station gesagt hatte.

»Ponsby Station? Ich glaube nicht, dass ich den Namen schon mal gehört habe«, sagte Albert vorsichtig.

»Zumindest kennen sie dich dort sehr gut.« TJ zog ein gefaltetes Stück Papier aus dem Sack und hielt es über der Feuerstelle Albert hin.

Albert faltete es auf. Es war ein Steckbrief mit seinem Namen.

BELOHNUNG

ALBERT DAS SCHNABELTIER,
GESUCHT WEGEN BRANDSTIFTUNG
UND WETTBETRUG

Mit Paraffin und böswilligem Vorsatz hat das oben genannte Schnabeltier den Gemischtwarenladen in Ponsby Station niedergebrannt und beim Two-up-Spiel betrogen.

BESCHREIBUNG
Mittelgroß, Entenfüße, hat einen Schnabel und ist kein Beuteltier. Wurde zuletzt in Begleitung eines Wombats gesehen.

Für die Ergreifung des besagten Schnabeltiers, tot oder lebendig, und seine Auslieferung an die

zuständigen Behörden ist eine Belohnung von
FÜNF SHILLING ausgesetzt.

Sing Sing O'Hanlin, Hauptmann,
Ponsby Station Füsiliere

»Schwimmfüße«, sagte Albert, nachdem er den Steckbrief gelesen hatte.

»Was?«

»Ich sagte, Schwimmfüße, keine Entenfüße.« Albert reichte den Steckbrief zurück an TJ. »Mehr habe ich dazu nicht zu sagen.«

TJ nickte, nahm das Blatt und steckte es zurück in den Sack. »Ich mag einen Partner, der nicht viele Worte macht.«

Albert hatte nicht vor, TJ zu sagen, dass Jack das Feuer gelegt hatte. Kein Schnabeltier aus Adelaide würde einen Freund verraten. Außerdem ging ihm auf, dass TJ ihn für einen raueren Gesellen hielt, als er tatsächlich war, und es gab keinen Grund, ihm diesen Glauben zu nehmen.

»Ich bin es nicht gewohnt, einen Partner zu haben«, sagte Albert nach kurzem Nachdenken.

TJ blickte Albert geradewegs in die Augen. »Verdammt, Albert, wir brauchen einander. Ich weiß überhaupt nichts von dieser Gegend hier, und dem Steckbrief nach könntest du gut jemanden gebrauchen, der dir den Rücken freihält. Außerdem habe ich dich schießen gesehen, und auch in dieser Richtung brauchst du noch jede Menge Unterstützung. Und schließlich macht ein Überfall immer mehr Spaß, wenn man jemanden hat, mit dem man darüber reden kann.«

Nach Ponsby Station und dem Tor zur Hölle wusste Albert, dass man im Alten Australien sehr viel leichter sein Leben verlieren konnte, als er gedacht hatte. Jack hatte versucht, es ihm beizubringen, aber begriffen hatte er es erst, als er den Schaum auf Theodores Lippen gesehen hatte. Ohne Hilfe hatte er kaum eine Chance, den Ort zu erreichen, wo er hingehörte. TJ wusste wahrscheinlich mehr über das Alte Australien als er, aber Jack hatte ihm ein paar Dinge beigebracht, und es mochte ausreichen, neben TJ seinen Mann zu stehen.

»Ich glaube, schießen zu lernen könnte nicht schaden«, sagte er.

TJ zog eine Büchse Zündhütchen aus dem Sack. »Ich habe das Plakat von einem Gummibaum abgemacht, einen Tag bevor das Possum mich erwischt hat. Ich hatte gehofft, dir über den Weg zu laufen. Was hast du letzte Nacht noch mitgenommen, außer deiner Pistole?«

Albert durchsuchte seine Manteltaschen und zog den Colt, eine Schachtel selbstentzündlicher Streichhölzer, die Goldmünze und das Öltuch hervor, in dem Jack die Pistole eingewickelt hatte. Albert legte alles auf seinen Mantel.

»Das ist alles, abgesehen von einer leeren Feldflasche.«

TJ streckte die Pfote aus und nahm die Goldmünze. Er warf sie in die Luft, fing sie auf und steckte sie zwischen die Zähne. Dann grinste er.

»Die ist echt, Albert. Es ist schon eine ganze Weile her, dass ich auf echtes Gold gebissen habe. Wo hast du sie her?«

»Gewonnen beim Two-up-Spiel in Ponsby Station.«

»Hast du gemogelt?«

»Ich glaube nicht, aber ich war zu dem Zeitpunkt betrunken.«

TJ musste lachen. »Du bist genau der richtige Partner für mich. Reich mir die Pistole. Ich reinige sie und lade sie neu.«

Albert hielt TJ die Pistole hin.

»San Francisco würde dir gefallen, Albert. Mordsmäßige Stadt. Wenn ich besser aufgepasst hätte, wäre ich noch dort. Wo kommst du her?«

»Adelaide, aber ich kann gerne darauf verzichten«, sagte Albert bestimmt.

TJ legte die Goldmünze zurück auf Alberts Mantel, stand auf und sah nach, ob seine Unterwäsche schon trocken war. Er nahm sie vom Busch und setzte sich zurück an seinen alten Platz.

»Ich war nicht immer in San Francisco. Einen solchen Ort findet man erst nach einiger Suche.«

TJ kramte in seinem Sack und zog Nadel und Faden heraus. Nachdem er den Faden mit einiger Mühe aufgezogen hatte, machte er sich daran, das Loch in seiner Unterhose zu stopfen.

»Ich bin im Wald geboren. Dort hat es mir aber nicht sehr gefallen. Wohin man auch ging – überall nur tiefste Pampa. Ein paar Sachen aber habe ich im Wald gelernt: wie man stiehlt, seinen Feinden entkommt oder wie man kämpft, wenn man in die Enge getrieben wird. Alles das konnte ich gut gebrauchen, als ich nach Kalifornien kam.«

TJ streckte die Arme vor und hielt den Baumwollsack auf. »Alles das habe ich im Tor zur Hölle gestohlen. Gut zu sehen, dass ich noch nicht aus der Übung bin.« Er stellte den Sack zurück auf den Boden und fuhr fort: »Nachdem ich mich losgemacht hatte, schlich ich zurück ins Gebäude, um meine Kleidung zu holen und das fortzusetzen, womit ich am Vorabend begonnen hatte. Dann tauchtest du auf und brauchtest einen Dämon. Die Rolle habe ich gerne übernommen.«

»Bertram sagte, im Tor zur Hölle würden keine Lebensmittel verkauft«, erinnerte sich Albert.

»Neben vielen anderen Dingen ist Bertram ein verdammter Lügner.« TJ spuckte in die Feuerstelle und stopfte weiter das Loch. »Sie verkaufen ihr Diebesgut oder was die Dingos ihnen beschaffen. Bertram fährt damit durch die Gegend und verkauft es an andere Ladenbesitzer.«

»Woher weißt du das?«, fragte Albert.

»Von Bertram natürlich. Das Possum war zu durchgeknallt, um ein Gespräch zu führen.« TJ beendete seine Stopfarbeit und biss den Faden durch.

»Am Abend zuvor hatte ich gerade das Schloss an der Hintertür aufgestemmt und wollte hineinschlüpfen, als dieses verdammte Possum sich von hinten anschlich und mir mit einem Stein eins überzog. Als ich aufwachte, war ich an einen Pfosten hinten im Laden angekettet. Bertram wurde es zwischendurch immer langweilig, und dann kam er zu mir und machte große Sprüche. Er war so sehr mit Reden beschäftigt, dass er nicht einmal bemerkte, dass ich das eine Ende der Kette gelöst hatte.«

TJ legte Nadel und Faden zurück in den Sack, stand auf und zog seine lange Unterhose an. »Noch leicht klamm, aber bis heute Abend ist sie trocken. Ich mag es nicht, schmutzige Sachen zu tragen.«

Nachdem er seine Unterwäsche angezogen hatte,

holte er die Hose vom Strauch und zog sie darüber. »Du könntest etwas Feuerholz sammeln. Ich gehe zur anderen Seite des Tümpels und sehe nach, ob ich ein paar Flusskrebse zum Abendessen erwischen kann. Ich hatte leider nicht genug Zeit, noch ein paar Lebensmittel mitgehen zu lassen.«

Den Rest seines Lebens mit Stehlen und Schießen zu verbringen war nicht das, was Albert vorgeschwebt hatte, als er sich aus Adelaide fortmachte. Er war immer noch fest entschlossen, das Land zu finden, von dem er so viele Jahre geträumt hatte, auch wenn er sich nicht mehr sicher war, wie es aussah. Er hatte angenommen, es würde so aussehen wie der Ort seiner Geburt, aber nun hatte er den Morgen an einem ganz ähnlichen Ort verbracht, und es fühlte sich trotzdem so an, als ob etwas fehlte. Aber er konnte nicht an der Existenz des Himmels zweifeln und gleichzeitig seine Suche fortsetzen.

Er wurde steckbrieflich in und um Ponsby Station gesucht, und das erschwerte seine Reise, ganz egal, wohin er ging. Mit der ganzen Welt gegen ihn, waren Schießen und Stehlen mehr erzieherische Notwendigkeiten als einfach nur schlechte Angewohnheiten. Die Zeit zum Aufbruch würde kommen; für den Augenblick aber war ihm das Tal Welt genug. Der Gedanke an ein Feuer klang behaglich und würde ausreichen, der Ungewissheit des nächsten Tages entgegenzusehen.

Der Talboden war mit abgefallenen Ästen übersät, und im Handumdrehen hatte er genügend Feuerholz für den Abend gesammelt. In den Tagen mit Jack hatte er gelernt, wie viel Holz sie brauchten, und er hatte seine Aufgabe rasch genug erledigt, um sich vor Einbruch der Dunkelheit noch etwas im Tal umzusehen.

Er fand die Quelle, die das Tal mit Wasser speiste, und entdeckte an den Wänden oberhalb der Quelle weitere Felszeichnungen. Kurz darauf weckte das Bild einer mehrteiligen Schlange, das sich am Anfang eines schmalen Pfads einhundert Meter weiter oben befand, seine Aufmerksamkeit.

Er folgte dem Pfad und entdeckte auf halber Höhe der Felswand eine flache Höhle, die Wind und Regen in Jahrtausenden in den Sandstein gegraben hatten. In der Wand neben dem Eingang waren Tiere und Strichmännchen in den Fels geritzt.

Albert duckte sich und kroch in die Höhle. Die Decke des Unterschlupfs war von Feuern in ferner Vergangenheit geschwärzt. Jetzt war die einzige Bewohnerin der Höhle eine braune Schlange, die zusammengerollt in der Ecke lag und etwas verdaute, das als Klumpen in ihrer Körpermitte zu erkennen war.

Albert blieb lange Zeit vor dem Eingang zur Höhle hocken. Er sah zu, wie das Licht im Tal schwand, und überlegte, ob die ihn umgebenden Zeichnungen von Tieren oder Menschen stammten.

12

DAS VERLORENE PARADIES

Der Geruch von Rauch unterbrach Alberts Gedanken, und als er hinabblickte, sah er TJ mit kleinen Zweigen ein Feuer entfachen. Die Schlange hatte sich entlang der Rückwand der Höhle ausgestreckt und schien zu schlafen.

Vorsichtig kroch Albert aus dem Unterschlupf, stieg hinab ins Tal und lief zum Feuer. TJ hatte die Flusskrebse auf einen großen flachen Stein gelegt, der schräg zum Feuer stand, und schob diejenigen, die am nächsten zu den Flammen lagen, mit der Spitze seines Klappmessers zur Seite, bevor sie verbrannten.

»Ich war mal Koch in einem Goldgräberlager, allerdings nur für zwei Tage, also erwarte nicht zu viel.« TJ hob eine kleinere Felsplatte vom Boden, legte einige Flusskrebse darauf und reichte sie Albert. »Erinnere mich daran, ein paar Teller zu stehlen.«

Albert aß langsam. Er war nicht sehr hungrig nach seiner morgendlichen Jagd, aber Flusskrebse, ob gebraten oder lebendig, waren eine willkommene Abwechslung zu Sardinen.

»Wo war das Lager?«, fragte er.

TJ kratzte die restlichen Krebse in seine Pfote und legte das Messer zur Seite. Er schob die Krebse ein paarmal von einer Pfote in die andere, um sie abkühlen zu lassen. »Es war in einem Goldwäschergebiet nahe Coloma. Mein erster Job nach meiner Ankunft in Kalifornien.« Er steckte sich einen Krebs in den Mund.

»War es schwierig, Kalifornien zu finden?« Albert legte die Steinplatte auf den Boden und streckte seine Pfoten gegen das wärmende Feuer.

»Nicht besonders. Ich bin einfach in den Wald hineingelaufen, habe für eine Weile die Orientierung verloren, bin an ein paar Bäumen vorbeispaziert, und schon war ich da.«

TJ beendete seine Mahlzeit, ging zum Wasserloch und wusch sich den Geruch der Flusskrebse von den Pfoten. Dann kehrte er zum Feuer zurück und fuhr fort:

»Im Wald kursierten jede Menge Gerüchte über einen Ort, an dem alles ganz anders war und wo die Tiere zurückschossen. Als ich zum ersten Mal davon hörte, dachte ich, das ist genau der richtige Ort für Terrance James Walcott. Vogelnester auszuräubern und vor Hunden davonzurennen mochte den anderen Waschbären genügen, aber ich wollte was erleben, und bei Gott, Kalifornien war der Ort, wo ich hinmusste.«

TJ griff in seinen Sack und zog eine Flasche Whiskey hervor. »Einen Drink?«

Albert schüttelte den Kopf.

»Du hättest San Francisco sehen sollen, Albert. Gold floss von den Minen ringsum in die Stadt, der Hafen lag voller Schiffe, und zur Mittagszeit wurde mit dem Glückspiel und dem Trinken begonnen. Ganoven, Schlitzohren, Galgenvögel – das ganze Volk entlang der Küste trieb sich dort herum. Jeder Tag war Samstagabend, und Schießereien gab es am laufenden Band. Es war das Paradies, ich sag es dir.«

TJ blickte wehmütig und nahm einen tiefen Schluck aus der Flasche.

Albert war nicht ganz sicher, was Ganoven, Schlitzohren und Galgenvögel waren, aber er vermutete dahinter Tiere, die in Kalifornien lebten. San Francisco kam ihm nicht sehr paradiesisch vor, aber ob gut oder schlecht, zumindest war es eine andere Welt als die, die er nach seiner Flucht aus dem Zoo kennengelernt hatte. Wenn es zwei Orte gab, die sich von Adelaide unterschieden, konnte es auch noch weitere geben – und dann musste er nur weit genug in die richtige Richtung gehen, bis er an sein Ziel kam.

»Wenn ich das Paradies gefunden habe, gehe ich nie mehr fort«, dachte Albert laut.

TJ drückte den Korken zurück auf die Flasche. »Vielleicht doch, wenn dich in einer dunklen Nacht ein Mob mit Mehlsäcken über den Köpfen einen Pier entlangtreibt.«

Er steckte die Flasche zurück in den Sack und holte einen kleinen Topf und einen der Bleibarren hervor. »Ab und zu läuft die Tugend aus dem Ruder, selbst in San Francisco. Einen Tag bist du ein geschätzter Kunde, am nächsten Tag ein schwarzes Schaf.« TJ legte den Bleibarren in den Topf und stellte ihn auf die Kohlen am Rand des Feuers. »Die Großschwätzer in der Stadt hören vorübergehend damit auf, ihren Whiskey mit Wasser zu strecken, und bilden eine Bürgerwehr. Sie lynchen ein paar Kreaturen, nur um ihren Frauen zu zeigen, dass sie an Recht und Ordnung glauben, und dann verdienen sie wie zuvor an Sünde und Korruption.«

TJ nahm eine kleine Schöpfkelle aus dem Sack und legte sie in den Topf mit dem Blei. »Ich wurde ein Opfer des jährlichen Frömmigkeitsausbruchs, und wenn nicht dieses seltsame Schiff am Ende des Piers gewesen wäre, hätte ich als Dekoration an einem Laternenpfahl geendet.«

Er schwieg für einen Moment, während er zusah, wie das Blei zu einer silbernen Pfütze zerfloss. Als das Blei komplett geschmolzen war, zog TJ eine Geschossgießform aus dem Sack und füllte das flüssige Blei mit der Schöpfkelle in die Form. Albert hatte einmal dabei zugesehen, wie Jack Kugeln für seine Pistole gegossen hatte, aber TJ schien mit der Herstellung vertrauter zu sein.

»Ich rannte das Fallreep des Schiffes hinauf, der Mob keine hundert Meter hinter mir. In dem Moment, als ich an Bord stieg, zog ich meine Pistole und hoffte, sie würden einer nach dem anderen hinter mir herkommen müssen. Ich drehte mich um, um den ersten Verfolger auf dem Fallreep zu erschießen, als eine Nebelbank das Schiff einhüllte und der Pier verschwand. Ich war zu Tode erschrocken, wie du dir denken kannst.«

Als die Form gefüllt war, stellte TJ sie neben dem Feuer ab, band das Taschentuch von seinem Hals los und breitete es vor sich aus. »Ich hörte Pfoten über das Deck rennen und den Kapitän den Matrosen in der Takelage etwas zurufen, aber ich sah keine verdammte Seele. Wenig später hörte ich das Geräusch von Wasser unter dem Kiel und wusste, wir waren ausgelaufen. Hin und wieder sah ich die vagen Konturen eines Tieres, aber sie verschwanden, noch ehe ich genau hinsehen konnte. Ich ging auf dem Schiff umher. Ich sah im Laderaum und in der Kapitänskajüte nach. Das ganze Schiff war leer und bis auf die Stimmen und die Schatten ohne ein Zeichen von Leben, kein Wasser, keine Vorräte, rein gar nichts. Der Nebel verschlang alles. Ich konnte weder die Segel sehen noch irgendetwas jenseits der Reling erkennen. Ich setzte mich mit dem Rücken gegen das Quarterdeck und legte die Pistole in meinen Schoß. Ich glaubte nicht, dass sie mir viel geholfen hätte, aber alte Gewohnheiten lassen sich schwer abschütteln.

Nach einigen Stunden wurde es auf dem Schiff ganz still, und ich konnte keine Stimmen mehr hören. Ich blieb so lange wach, wie ich konnte, aber die Flucht vor dem Mob und die Jagd nach Gespenstern hatten mich erschöpft, und ich schlief ein. Als ich aufwachte, war ich hier.«

TJ nahm die Gießform und schlug mit dem Griff der Schöpfkelle die Spritzreste ab. Dann öffnete er die Form und ließ eine Pistolenkugel auf das Taschentuch fallen. Danach schloss er die Form wieder und goss mit der Schöpfkelle erneut flüssiges Blei hinein.

»Genauer gesagt, ich befand mich vor einer mir unbekannten Küste. Aber das kümmerte mich nicht. Ich wusste nur, dass ich nicht auf dieses verdammte Schiff gehörte. Ich sprang über Bord und schwamm ans Ufer. In der Brandung verlor ich meine Pistole, aber zumindest ertrank ich nicht.«

TJ goss weiter Pistolenkugeln und ließ sie auf das Taschentuch fallen. »Ich lief ins Landesinnere, um Trinkwasser zu finden. Es war schwieriger, als ich gedacht hatte, und wenn Muldoon nicht gewesen wäre, wäre ich nicht mehr am Leben.« TJ nahm eine Kugel vom Boden und untersuchte sie im Feuerschein. Er grunzte zufrieden. »Kugeln gießen konnte ich schon immer besser als kochen.«

»Muldoon?«, platzte Albert heraus.

TJ ließ die Kugel zurück auf das Taschentuch fallen. »Eine seltsame Kreatur, dieser Muldoon. Er tat mir ein bisschen leid.«

»Ein Freund von mir hat mir von Muldoon erzählt. Er wollte, dass ich ihm eine Nachricht überbringe«, sagte Albert aufgeregt.

»Muldoon ist lange fort, Albert. Er fühlt sich nicht wohl in Gesellschaft.« TJ nahm den Rand des Sacks, um seine Pfote vor der Hitze zu schützen, und hob den Deckel von dem Topf auf den Kohlen. »Ich ging durch einen Einschnitt in den Bergen entlang der Küste in die Wüste. Drei Tage war ich ohne Wasser, als ich sein Zelt sah.«

»Ein Zelt?«

»Muldoon lebt in einem alten Zirkuszelt mit gelben und roten Streifen. Das übersieht man nicht so leicht.«

»Wie ist er? Mein Freund Jack hat mir nicht viel von ihm erzählt.«

»Nun, ich hatte ein solches Tier noch nie gesehen, aber das trifft auf alle Tiere zu, denen ich seit meiner Ankunft begegnet bin. Er sah aus, als ob er schon bessere Tage gesehen hätte, so viel ist sicher. Er blieb für sich und schien nicht sehr an Unterhaltung interessiert.«

TJ steckte die Gießform und die gegossenen Kugeln in den Baumwollsack. »Ich glaube nicht, dass er in jungen Jahren gut ausgesehen hat, aber jetzt ist er auf einem Auge blind und von Narben übersät. Hässlich, wie er ist, war er da, als ich ihn brauchte, und ich stehe in seiner Schuld. Er gab mir Wasser und führte mich zu diesem Tal. Er erzählte mir auch von den Dingos und dem Tor zur Hölle.«

»Und wo ging er hin?«, fragte Albert.

»Ich weiß es nicht. Er brachte mich bis zu dem Pfad, der zum Tal hinaufführt, und ging fort. Ich hatte nicht einmal Gelegenheit, mich zu bedanken. In den zwei Tagen, die wir miteinander verbrachten, hat er mich nur einmal um etwas gebeten.« TJ stand auf. »Ich lege mich hin.«

Albert sah vom Feuer hoch. »Worum hat er dich gebeten?«

»Er fragte, ob ich Sardinen hätte.«

13

GESETZLOSE

»Stehen bleiben und Geld her«, sagte TJ und spannte zum Nachdruck seine Pistole. Das Wallaby sah ihn verwirrt an.

»Pfoten in die Luft«, fügte Albert hinzu.

»Oh, das ist ein Überfall«, sagte das Wallaby und hob die Arme.

»Jedenfalls keine Einladung zum Eisessen, Bunny.« TJ drückte dem Wallaby seine Pistole auf die Nase.

»Mein Name ist Ralph«, sagte das Wallaby.

»Werd nicht frech, Ralph. Wo ich herkomme, sind alle Tiere, die eine Schnauze wie du haben, Kaninchen.« TJ schielte auf Ralphs Nase.

»Was ist ein Kaninchen?«, fragte das Wallaby.

»Schluss jetzt! Wenn ich auf einen geregelten Stundenlohn scharf wäre, hätte ich bei der Eisenbahn angefangen. Kommen wir zur Sache. Du hast fünf Sekunden Zeit. Schieb das Geld rüber, oder du machst deinen nächsten Hüpfer im Jenseits.«

Albert sah, dass TJ ungeduldig wurde. Das Wallaby war ihr drittes Opfer in drei Tagen, und bis jetzt hatten sie eine abgewetzte Decke und eine Tüte Kandiszucker erbeutet.

Ralph ließ seine Pfoten sinken und zog eine kleine

Geldbörse aus seiner Westentasche. Als er die Börse öffnete, legte er den Kopf zur Seite und sah Albert an.

»Du bist Albert das Schnabeltier, hab ich recht?«

Albert wusste nicht genau, was er sagen sollte. »Hängt davon ab, wer fragt.«

»Ich hab's gewusst. Ich kann's kaum erwarten, es meiner Frau zu erzählen.«

TJ schüttelte angewidert den Kopf und nahm die Pistole von Ralphs Nase. Er sicherte sie und steckte sie zurück in die Hosentasche. »Ich bin froh, dass meine Mutter das nicht mehr sieht«, murmelte er. Dann lief er zu einem großen Felsen neben dem Pfad und setzte sich.

»Ich bin noch nie von einer Berühmtheit überfallen worden«, fuhr Ralph fort, während er eine kleine Münze aus dem Portemonnaie zog und sie Albert hinhielt. »Ich habe dich sofort erkannt.«

Albert nahm die Münze. Da er nicht wusste, wie er reagieren sollte, griff er in seine Tasche und zog die Papiertüte Kandiszucker hervor, die er und TJ am Vortag einem Flugbeutler abgenommen hatten. Er hielt dem Wallaby die Tüte hin. »Nimm dir was Süßes, Ralph.«

Das Wallaby klappte das Portemonnaie zu und steckte es zurück in seine Weste. Es griff mit der Pfote in die Papiertüte. »Als ich den Steckbrief sah, dachte ich gleich, jede Kreatur, ob Beuteltier oder nicht, die Ponsby Station niederbrennt, kann nicht ganz schlecht sein. Der Laden hatte alles andere als einen glänzenden Ruf.« Ralph nahm ein Stück Kandis und steckte es zu seiner Geldbörse in die Westentasche. »Wenn ihr fertig mit eurem Überfall seid, muss ich jetzt gehen. Meine Frau mag es nicht, wenn ich zu spät zum Essen komme.«

Das Wallaby hob kurz vor Albert den Hut und lief den Pfad entlang, wobei es einen großen Bogen um TJ machte.

Nach einer längeren Diskussion hatte TJ beschlossen, zuerst ein paar Überfälle zu machen und dann seine Rechnung mit Bertram zu begleichen. Auf diese Weise konnte Albert sich ins Geschäft einarbeiten, und sie konnten an Vorräte und vielleicht auch ein bisschen Geld kommen. Muldoon hatte TJ von einer Reihe von kleinen Städten und Goldgräberlagern erzählt, die am Rand der Wüste zwischen dem Gebirge in der Ferne und dem Tor zur Hölle lagen. Pfade und schmale Straßen verbanden die Orte untereinander, und TJ war überzeugt, dass Reisenden auf einer dieser Straßen aufzulauern ein einträgliches Geschäft wäre.

Albert war nicht scharf darauf, ein Dieb zu sein, aber während seines Aufenthalts in der Wüste hatte beinahe jeder, dem er begegnet war, seinen Unterhalt durch Diebstahl, Betrug, beim Wettspiel oder durch Brandstiftung bestritten. Und da man ihn nun einmal als Betrüger und Brandstifter bezeichnet hatte, war es nur ein kleiner Schritt zu einem Leben als Straßenräuber und Dieb, eine Beschäftigung, die in dieser Region scheinbar sehr beliebt war. Jack und TJ bestritten auf unehrliche Weise ihren Lebensunterhalt, aber sie waren seine Freunde, Diebe und Mörder wie Bertram und Theodore waren es nicht. Albert war zu dem Schluss gekommen, dass ein weiterer Schlüssel zum Überleben im Alten Australien darin bestand, sich für eine kriminelle Aktivität zu entscheiden, die den eigenen Neigungen entsprach, und sich daran zu halten.

Allerdings war Albert sich nicht sicher, ob er das

Zeug zu einem guten Dieb hatte. Bisher hatte sein Leben außerhalb des Gesetzes darin bestanden, in der Gegend herumzustehen, während TJ die meiste Arbeit erledigte. Er hatte noch keine Gelegenheit gehabt, seine Pistole zu ziehen, und sich ein Tuch vors Gesicht zu binden sah bescheuert aus, weil sein Schnabel darunter hervorschaute.

Nachdem Ralph nicht mehr zu sehen war, lief Albert zu TJ, der sich wieder etwas beruhigt hatte und mehr angewidert als wütend aussah.

»Wie viel haben wir erbeutet?«

Albert sah auf die Münze in seiner Pfote. »Ein Zwei-Pence-Stück.«

TJ nahm seinen Hut ab und wischte sich mit dem Ärmel seiner langen Unterhose über die Stirn. »Ich kann mir keinen unseligeren Ort für anständige Straßenräuberei vorstellen als diesen. Wir müssen uns etwas anderes einfallen lassen.« Er sah hinauf zur Sonne. »In ein paar Stunden wird es dunkel. Versuchen wir etwas zu schlafen, bevor wir uns auf den Rückweg machen.«

Albert und TJ hatten vor zwei Nächten die Wüste von ihrem Wasserloch aus durchquert und in den Hügeln oberhalb der Straße ihr Lager aufgeschlagen. Die Wüste bei Tage zu durchqueren war zu gefährlich, und selbst bei ihrem Nachtmarsch waren sie ungemütlich nahe an einer Meute Dingos vorbeigekommen, die sich in diesem Teil des Outback herumtrieben. Ihr einziger Vorteil war TJs exzellente Nachtsicht, und sie hatte sie auch diesmal sicher durch die Wüste gebracht.

TJ stand auf und verschwand hinter einigen großen Felsen unweit der Straße, wo sie ihre wenigen Habseligkeiten abgelegt hatten. Albert folgte ihm.

»Du kannst die Decke haben.« TJ setzte sich mit dem Rücken gegen einen Felsen gelehnt, der warm von der Sonne war, und schob seinen Hut über die Augen.

Albert trank einen Schluck Wasser aus der Feldflasche und ging mit der Decke zu einer sandigen Stelle, die geschützt von der Nachmittagssonne war. Er streckte sich im Sand aus. Die Stille des Nachmittags wurde nur vom Brummen vereinzelter Fliegen unterbrochen, aber Insekten gehörten zum Leben in der Wüste dazu, und Albert hatte gelernt, sie zu ignorieren. Er wusste, dass er und TJ in der Nacht einen langen und gefährlichen Weg zurück zum Wasserloch vor sich hatten und dass ein paar Stunden Schlaf ratsam waren. Dennoch konnte er nur schwer einschlafen.

Auf dem ganzen weiten Weg bis hierher hatte Albert kaum mehr als eine Handvoll Informationen zusammengetragen. Angefangen hatte es mit den Gerüchten und phantastischen Geschichten über das Alte Australien, die er im Zoo gehört hatte, gefolgt von Jacks Geschichten, wie die Tiere in diesen Teil des Alten Australien gekommen waren. Jack hatte ihm auch erzählt, dass Muldoon daran glaubte, jeder, der nur weit genug liefe, käme irgendwann hier an, aber TJ war mit einem Schiff hergekommen und Albert mit Hilfe der South Australian Railways. Es gab keinen erkennbaren Grund, warum einige Tiere das Alte Australien erreichten und andere nicht. Muldoon hätte vielleicht eine Antwort, aber es war nicht sehr wahrscheinlich, dass Albert ihm in nächster Zeit begegnen würde.

TJ hatte Albert nicht viel über Muldoon sagen können, außer dass er irgendwann in der Vergangenheit böse verletzt worden war und dass er die Gesellschaft anderer Tiere nicht mochte. Muldoon hatte die Wüste zwischen dem Tor zur Hölle und dem Gebirge in der Ferne als die Hölle selbst bezeichnet und TJ erzählt, die meisten Tiere aus diesem Teil des Alten Australien blieben ihr fern und wer sich dennoch hineinwagte, würde nicht lange überleben.

Albert wollte wissen, wie Muldoon so lange in der Hölle überlebt hatte, aber TJ hatte darauf keine Antwort. Albert wollte auch wissen, was zwischen Jack und Muldoon vorgefallen war und warum Jack nicht darüber reden wollte. Während er noch darüber nachdachte, schlief er ein.

Die Bilder in seinen Träumen waren wie ein Kaleidoskop der Erlebnisse seiner Reise: Bierflaschen, die aus Zugfenstern flogen, Theodores lauter Schrei »Zoo!«, Jacks krummer Gesang, ein Sandsturm, der einem alle Sicht nahm; der Geschmack von Gin, das Aufblitzen von Schüssen, Münzen, die im Schein der Lampen in Ponsby Station durch die Luft flogen, die brüllende Menge.

Das Gebrüll weckte Albert. Er öffnete die Augen und sah, dass TJ verschwunden war. Von der Straße hinter den Felsen hörte er die Geräusche eines Kampfes. Albert sprang auf, zog seine Pistole und rannte um die Felsen herum zur Straße.

TJ stand mitten auf der Straße, hatte mit der linken Pfote einen Bandicoot bei der Kehle gepackt und versuchte, ihm mit der Pistole in der rechten Pfote eins überzuziehen. Ein zweiter Bandicoot hing auf TJs Rücken und hatte sich in sein Ohr verbissen. TJs Hut lag im Straßengraben neben einem Enfield-Karabiner und einigen Jutesäcken.

Albert feuerte in die Mitte der Straße, und das Gebrüll erstarb. Die Kämpfer erstarrten, sahen zu Albert hinüber und fingen erneut an zu schreien.

»Zieh ihm eins über den Schädel!«, brüllte TJ und schleuderte den Bandicoot mit seiner linken Pfote in Alberts Richtung.

Der Bandicoot auf TJs Rücken ließ dessen Ohr los und schrie: »Albert! Wir sind's!«

Bei der Erwähnung von Alberts Namen stoppte der Kampf erneut. Albert sah hinab auf den Bandicoot, der gerade vor seinen Füßen gelandet war.

»Roger?«

»Genau der«, sagte der Bandicoot, während er aufstand und sich den Staub abklopfte.

Alvin ließ sich von TJs Rücken fallen und lief zu Albert und Roger.

»Schön, dich zu sehen, Kumpel«, sagte Alvin und schüttelte Alberts Pfote.

»Wir wollen wie du Gesetzlose sein«, ergänzte Roger.

Bevor Albert irgendetwas sagen konnte, redeten die beiden Bandicoots wild durcheinander.

»Wir haben gehört, du wärst irgendwo hier draußen. Ein Flugbeutler tauchte in Ponsby Station auf und sagte, er sei von einem Schnabeltier auf der Straße nach Barton Springs überfallen und ausgeraubt worden«, sagte Alvin aufgeregt.

»Ich sagte, dass muss unser alter Kumpel Albert sein«, unterbrach Roger.

Alvin nickte. »Genau das hat er gesagt.«

»Und Alvin sagte: ›Warum besuchen wir ihn nicht einfach und laden ihn zu einem Drink ein?‹«, fuhr Roger fort.

»Wir haben unsere Sachen gepackt und uns gleich auf den Weg gemacht«, warf Alvin ein.

»Unterwegs sagte ein Wallaby, du wärst ganz in der Nähe. Und als wir hier ankamen, fiel dieser gemeine Kerl über uns her.« Roger zeigte auf TJ, der gerade seinen Hut vom Boden nahm.

TJ setzte den Hut auf. Seinem Gesichtsausdruck nach überlegte er, beiden Bandicoots in den Rücken zu schießen. »Die beiden Nager sind hoffentlich gute Freunde von dir, Albert. Wenn nicht, mache ich Hackfleisch aus ihnen.«

Alvin und Roger sträubten das Fell.

»Nie und nimmer«, sagte Albert.

»Bevor du aufgekreuzt bist, Albert, hatten wir ihn fest in der Mangel«, fügte Roger hinzu.

»Absolut, und wir können's gerne wieder tun.« Alvin spuckte in beide Pfoten und trat auf TJ zu.

Albert hielt Alvin am Kragen fest. »Wer war noch in Ponsby Station, als der Flugbeutler aufkreuzte?«

»O'Hanlin und seine Schlägertruppe. Sie wollen den Laden mit der Unterstützung einiger Bergarbeiter wieder aufbauen.«

Albert sah TJ an. »Glaubst du, damit könnten wir fertig werden?«

14

DAS LETZTE GEFECHT DER FÜSILIERE

Albert hörte einen weiteren Schuss aus dem Enfield-Karabiner, gefolgt von einer Musketensalve. Die Schüsse kamen näher, und bis zum Einbruch der Dunkelheit war es noch eine halbe Stunde. Albert führte Alvin und Roger von den Hängen hinab in die Ebene der Hölle.

Sie hatten nicht viel Zeit gehabt. O'Hanlin und die Füsiliere von Ponsby Station waren nur wenige Minuten nach den Bandicoots eingetroffen. Albert und TJ hatten gerade ihre Sachen zusammengepackt, als das erste Känguru auf der Straße auftauchte. TJ hatte Roger den Karabiner aus der Pfote gerissen und einen Schuss in Richtung des Spähers abgefeuert.

Der Schuss hatte die Verfolger lange genug aufgehalten, um die Bandicoots von der Straße zwischen die Felsen zu treiben. TJ glaubte, die Füsiliere würden ihnen nicht weiter als bis zum Rand der Wüste folgen, aus Angst vor den Dingos. Sie müssten es nur bis dorthin schaffen. Sie hatten beschlossen, dass Albert und die Bandicoots auf direktem Weg durch die Wüste zum Wasserloch laufen sollten, während TJ die Verfolger eine Zeitlang hinhalten wollte. TJ nahm eine Handvoll Papierpatronen aus Rogers Tasche und verschwand damit im Busch oberhalb des Pfads.

Das war vor einer Stunde gewesen, und seither waren Albert und die Bandicoots ohne Pause auf der Flucht gewesen. Roger und Alvin waren nicht in der besten Verfassung, und Albert trug die beiden Jutesäcke mit ihren Utensilien. Die Bandicoots pfiffen aus dem letzten Loch und stolperten immer wieder über ihre eigenen Füße.

»Sei ein Kumpel, Albert. Lass uns eine Pause machen.« Roger schwitzte, und sein Schweiß roch nach billigem Gin.

»Es ist nicht mehr weit – das schafft ihr noch.« Albert verlangsamte seinen Schritt, aber die Bandicoots hatten immer noch Mühe mitzukommen. Alvin und Roger würden nicht mehr lange durchhalten, aber er wusste auch, je weiter sie in die Wüste kämen, desto größer wären ihre Chancen, den nächsten Morgen zu erleben.

Roger und Alvin taten Albert leid, doch Mitleid half einem in verzweifelten Situationen nicht weiter. TJ machte seinen Job, und von Albert wurde das Gleiche erwartet. Albert musste die Bandicoots in der Ebene in Sicherheit bringen, und zwar so weit, dass Gewehrkugeln von den Hängen in ihrem Rücken sie nicht mehr erreichten. Albert wusste nicht, wie weit Gewehre reichten, aber je weiter er kam, desto sicherer.

Zum ersten Mal in seinem Leben trug Albert die Verantwortung für das Leben anderer, und die Folgen dieser Verantwortung überraschten ihn. Er dachte über die Bandicoots nicht mehr als seine Freunde. Für ihn waren sie Objekte, die er sicher abzuliefern hatte. Deshalb musste er sie weiter ihrem Ziel entgegentreiben, wie viel Schmerz und Unbehagen auch immer damit verbunden war. Alvin und Roger hatten ihn nicht im

Stich gelassen, als er jemanden brauchte, und jetzt würde er sie nicht im Stich lassen. Wenn sie es nicht schaffen sollten, dann nicht, weil Albert nicht alles gegeben hatte.

Schließlich machte er eine kurze Pause, damit die Bandicoots einen Schluck Wasser trinken konnten. Die Schüsse hatten aufgehört, und er hörte nur noch das Geräusch des Windes, der über die Ebene der Hölle fuhr.

Hinter ihnen und zu ihrer Linken erstreckten sich niedrige Hügel. Fern am Horizont erhob sich die Spitze des Berges. Termitenhügel und vereinzelte Büsche bedeckten den Wüstenboden bis zu einer Reihe verkümmerter Roter Eukalyptusbäume, die entlang eines ausgetrockneten Flussbetts am Fuß der Hügelkette zu ihrer Linken wuchsen. Die Bergspitze war Alberts einziger Orientierungspunkt. Er wusste, wenn er die Hügel links von sich hielt und immer genau auf die Bergspitze zulief, würde er irgendwann zu dem Pfad gelangen, der die Felswand hinaufführte.

Als Albert auf das Flussbett zulief, hörte er plötzlich einen Pfiff. Er drehte sich um und sah TJ über die Ebene auf sie zurennen. Sein Hut hing am Kinnriemen im Nacken, und er hatte sich ein Tuch um die Stirn gebunden. In der rechten Pfote hielt er die Enfield, und sein Gesicht war pulververschmiert.

»Sie lassen nicht locker«, sagte TJ, als er Albert erreichte und neben ihm herlief.

»Wir wollten dort hinten in Deckung gehen.« Albert zeigte auf die Eukalyptusbäume.

TJ schüttelte den Kopf. »Dafür bleibt keine Zeit. Lauf noch einhundert Meter, und dann verschanz dich hinter einem Termitenhügel. Wenn es dunkel wird, läufst du das Flussbett entlang und versteckst dich zwischen den Bäumen. Sei leise und warte dort auf mich.« Ohne ein weiteres Wort rannte TJ auf die Bäume zu.

Albert lief mit raschen Schritten auf mehrere Termitenhügel zu, die in einem spitzen Winkel zur Baumgruppe lagen. Hinter sich hörte er das Hecheln der Bandicoots. Als er die Termitenhügel erreicht hatte, hörte er Alvin quieken. Er drehte sich um und sah Roger am Boden liegen. Albert ließ die beiden Säcke hinter einem Termitenhügel fallen und eilte Alvin zu Hilfe, der Roger auf die Füße zu ziehen versuchte.

Rogers Atem ging flach und unregelmäßig. Es war klar, dass er nicht mehr weiterkonnte. Albert packte ihn am Kragen seines Overalls und zog ihn über den Boden bis zu der Stelle, wo er die beiden Säcke abgelegt hatte. Alvin sprang aufgeregt hinter ihnen her.

Albert zerrte Roger mit einem letzten Adrenalinstoß hinter den Termitenhügel und ließ den Kragen des Overalls los.

Alvin setzte sich neben Roger auf den Boden. »Was ist mit ihm?«

»Alles in Ordnung, bloß erschöpft«, flüsterte Albert. Er goss etwas Wasser über Rogers Kopf und Nacken, und Rogers Atem beruhigte sich etwas.

»Leg dich hin. Sei mucksmäuschenstill und rühr dich nicht. Wenn Roger stöhnt, musst du ihm eine Pfote über den Mund halten.«

Albert gab Alvin die Feldflasche und legte sich hinter den Termitenhügel. Keine fünf Minuten später trug der Wind Stimmen zu ihnen. Als die Stimmen lauter wurden, zog Albert sich am Sockel des Hügels hoch und sah über die Ebene.

Die Füsiliere von Ponsby Station liefen an der Stelle umher, an der er und TJ sich getrennt hatten. Sie starrten auf den Boden und redeten aufgeregt miteinander. Albert war sich sicher, dass sie nach Spuren suchten, und wenn es nicht bereits dunkel gewesen wäre, hätten sie längst gefunden, wonach sie suchten.

Aus der Nähe betrachtet, wirkten die Füsiliere nicht besonders beeindruckend. O'Hanlin trug eine Husarenjacke, die ihm zwei Nummern zu groß war, und der Tschako auf seinem Kopf rutschte ihm ständig über die Brille. Mit einem Artillerieschwert dirigierte er die Suche. Seine Truppe bestand aus einem Dutzend Kängurus und Wallabys, die bunt zusammengewürfelte Uniformen trugen. Bewaffnet waren sie mit verschiedenen Musketen und Pistolen, mit deren Umgang sie wenig vertraut schienen.

Eins der Wallabys hatte offenbar eine Spur entdeckt, was umgehend eine hitzige Diskussion auslöste, was für eine Art von Spur es war und von wem sie stammen könnte. Die gesamte Truppe versammelte sich um die Stelle, um alle ihre Meinung abzugeben. Bevor man zu einer einhelligen Meinung kam, wurde die Versammlung vom Donnern der Enfield unterbrochen. Eine Gewehrkugel zischte über die Köpfe der Füsiliere, und Albert sah zwischen den Eukalyptusbäumen Pulverdampf aufsteigen.

Nach einem kurzen Durcheinander feuerten die Füsiliere eine krachende Salve in die Bäume und stürmten auf TJs Standort zu, angeführt von O'Hanlin, der sein Schwert durch die Luft schwang. Albert sah ihnen zehn

Minuten lang zu, bis sie die Baumgruppe erreicht hatten. Dann rutschte er den Termitenhügel hinunter zu Roger und Alvin.

Roger schlug die Augen auf, und Alvin gab ihm etwas Wasser aus der Feldflasche. Albert sah Roger an. »Wie fühlst du dich?«

Roger hob den Kopf. »Ich brauche unbedingt einen Drink, Albert.«

»Nicht jetzt, Roger.«

Albert kroch wieder den Hügel hinauf. Er beobachtete angestrengt die Baumgruppe, konnte aber keine Bewegung ausmachen. Nach einigen Minuten sah er hinter sich. Der Weg zum Flussbett war bis auf ein paar Büsche frei, und Albert war sicher, es bis dorthin zu schaffen, selbst in der Dunkelheit.

Er wartete auf dem Hügel, bis es vollständig dunkel geworden war. Roger und Alvin hockten stumm hinter ihm, und es sah so aus, als könnten sie weiter, wenn es darauf ankäme. Albert wollte gerade den Hügel hinunterkriechen, als er zwischen den Eukalyptusbäumen Lichter bemerkte. Die Lichter flackerten hinter den Bäumen auf, und der Geruch von Lagerfeuern wehte zu ihnen herüber.

Irgendwer hatte unter den Bäumen sein Lager aufgeschlagen, und es war davon auszugehen, dass es nicht TJ war. Er und Albert hatten kein Feuer mehr gemacht, seit sie vom Wasserloch aufgebrochen waren. Sofern TJ noch lebte, war zumindest das vereinbarte Treffen bei den Bäumen in der Nacht ausgeschlossen. Albert musste sich entscheiden: Entweder er lief zurück in die Wüste, ging in einem Bogen um den Eukalyptushain herum und nahm dahinter den Pfad entlang der Hügelkette wieder auf; oder er brachte Roger und Alvin zu dem trockenen Flussbett und machte sich auf die Suche nach TJ.

Albert sah hinaus auf die Ebene und glaubte neben einem der Termitenhügel eine Bewegung zu erkennen. Es war dunkel, aber im Sternenlicht zeichneten sich die Hügel schwarz gegen den Himmel ab. Albert spähte weiter, und schon bald sah er einen zweiten Schatten zwischen den Hügeln in Richtung der Bäume laufen. Der Wind kam immer noch aus der Richtung der Lagerfeuer, so dass derjenige, der sich dort näherte, Albert und die Bandicoots nicht wittern konnte. Albert blieb regungslos liegen und wartete.

Als die sich bewegenden Schatten genau zwischen Albert und den Eukalyptusbäumen waren, wehte der Wind einen neuen Geruch in Alberts Nase. Es war der Geruch von Hunden, der sich unter den Rauch der Lagerfeuer mischte. Es war das zweite Mal, dass Albert Dingos aus der Nähe roch, und dieses Mal hatte er sich besser unter Kontrolle. Die Sporne an seinen Hinterbeinen richteten sich wiederum auf, aber statt mit Angst und Wut reagierte er nun mit kühler Berechnung.

Jetzt blieb ihm keine Wahl mehr. Er musste die Bandicoots zum Flussbett bringen und dann versuchen, TJ zu finden. Albert starrte noch einmal in die Nacht hinaus, bevor er zu Roger und Alvin hinabrutschte.

»Kein Wort, kein Geräusch«, flüsterte Albert.

Alvin und Roger nickten. Entweder waren sie zu erschöpft, um sich zu beschweren, oder sie hatten die Dingos gerochen. Jedenfalls waren sie so gefügig, wie Albert sie noch nie erlebt hatte.

Albert hob vorsichtig die Jutesäcke auf und lief so leise er konnte in Richtung des Flusses. Roger und Alvin folgten ihm.

Albert konnte in der Dunkelheit nicht viel erkennen und musste sich auf sein Gedächtnis und seinen Geruchssinn verlassen. Der Geruch des Holzfeuers war stärker geworden und überlagerte sämtliche anderen Gerüche in der Luft. Aus Angst, womöglich geradewegs in einen Dingo hineinzulaufen, nahm Albert sich Zeit. Alle paar Meter hielt er an und starrte angestrengt in die Dunkelheit vor ihm. Die Hügel jenseits des Flusses zeichneten sich dunkel gegen den Himmel ab und wiesen ihm die Richtung.

Als sie das Flussbett erreicht hatten, hielt Albert bei einem kleinen Gebüsch an und gab Roger und Alvin die Jutesäcke.

»Verkriecht euch unter den Büschen«, flüsterte er. »Ich bin so schnell wie möglich wieder da.«

»Und was, wenn du nicht zurückkommst?«, flüsterte Alvin.

»Dann müsst ihr euch zur Straße zurückschlagen.« Albert gab Alvin seine Pistole und lief das Flussbett entlang auf die Lagerfeuer zu. Er wusste, Alvin würde mit der Pistole nichts anfangen können, aber er hoffte, er würde sich damit sicherer fühlen.

Albert bewegte sich langsam. Der Feuergeruch nahm zu, und er konnte Lachen und Stimmen aus dem Lager hören. Es waren die Füsiliere. Hin und wieder war O'Hanlins Stimme deutlich aus dem Rest herauszuhören. Albert war zu weit entfernt, um einzelne Wörter zu verstehen, aber noch näher wollte er den Füsilieren nicht kommen. Er hatte sich gerade umgedreht und wollte zurückgehen, als TJ ihm zuflüsterte:

»Warum hast du so lange gebraucht?«

TJ hatte sich so nahe an ihn herangeschlichen, dass er ihn berühren konnte.

»Dingos.«

Einen Moment herrschte Schweigen, dann murmelte TJ: »Wo?«

»Sie liefen durch die Wüste auf die Baumgruppe zu.« Albert zeigte hinaus in die schwarze Ebene.

»Ich hätte nicht gedacht, dass sie so schnell hier sind. Wo sind die beiden Nager?« TJ nahm das Tuch vom Kopf und steckte es in seine Tasche.

»Ich habe sie weiter oben am Fluss gelassen.«

»Hol sie und geh mit ihnen so schnell du kannst zum Fuß der Hügelkette. Warte dort, bis ich dich holen komme. Was auch immer du tust, komm auf keinen Fall hierher zurück.« TJ setzte seinen Hut auf und lief zwischen den Büschen in die Ebene hinaus.

Albert ging zurück zu dem Gebüsch, unter dem Alvin und Roger lagen. Er nahm seine Pistole von Alvin und vergewisserte sich, dass sie nicht gespannt war. Er hatte einen Fehler gemacht, als er den Kampf zwischen TJ und den Bandicoots mit einem Schuss beenden wollte. Dadurch hatte er den Füsilieren ihre Stellung verraten, und er wollte den gleichen Fehler nicht noch einmal machen.

Er führte die Bandicoots aus dem Flussbett heraus und ein Stück weit den Berghang hinauf, so dass sie den Schein der Lagerfeuer sehen konnten. Sie waren zu weit entfernt, um Einzelheiten zu erkennen, aber sie konnten Bewegungen um die Feuer herum ausmachen. Hin und wieder trieb der Wind Gelächter oder einzelne Gesprächsfetzen zu ihnen herüber.

Als Albert hinunter ins Flussbett blickte, sah er dort zahlreiche Schatten, die sich auf die Feuer zubewegten. Zwei der Schatten blieben genau vor dem Gebüsch stehen, in dem die beiden Bandicoots sich versteckt hatten. Die Schatten reckten ihre Nasen in die Luft. Kurz darauf lief der eine Schatten weiter, aber der zweite umrundete einmal das Gebüsch und lief dann in einer Zickzacklinie durch das Flussbett genau auf die Hügelkette zu. Am Rand des Flusses blieb er erneut einen Augenblick stehen und witterte. Er zögerte, wandte sich um und folgte dem Lauf des Flussbetts zum Lager. In dem Moment musste Roger husten.

Der Schatten wirbelte herum und hastete den Hügel hinauf. Albert sprang auf und stellte sich zwischen den Schatten und die Bandicoots. Sekunden später war der Dingo bei ihm. Instinktiv schleuderte Albert dem Dingo seinen Hut ins Gesicht. Der Dingo richtete sich auf seinen Hinterbeinen auf und schlug mit einer Steinkeule nach ihm. Albert duckte sich, doch bevor der Dingo ein zweites Mal ausholen konnte, kam ein Stein aus dem Dunkel geflogen und traf ihn im Rücken. Der Dingo knurrte und wandte sich dem neuen Angreifer zu. Albert warf sich auf den Rücken des Dingos und schlug seine Sporne in dessen Flanken.

Albert hatte diesen Moment schon einmal erlebt, vor vielen Jahren am Ufer des Murray. Er erinnerte sich an den zerfleischten Körper seiner Mutter auf der Uferböschung und an den Angstgeruch eines Hundes. Wie damals überkam ihn blinde Wut. Er trieb seine Sporne in die Flanken des Dingos, erst auf der einen und dann auf der anderen Seite, als würde er auf einen Baum klettern. Der Dingo ließ seine Keule fallen und versuchte das wild gewordene Schnabeltier abzuschütteln. Er schnappte immer noch vergeblich nach Albert, als TJ aus der Dunkelheit trat und ihm die Kehle durchschnitt.

TJ nahm sein Tuch aus der Tasche und wischte die Klinge seines Taschenmessers damit ab. Er klappte das Messer ein, beugte sich hinab und nahm Alberts Hut vom Boden. Er verschwand wieder in der Dunkelheit und erschien Sekunden später mit dem Karabiner in der Pfote. Dann stellte er sich an den Berghang und sah hinüber zum Feuer der Füsiliere.

Albert lag auf dem toten Dingo und zitterte vor Zorn. Um ihn herum versickerte das Blut im Boden. Albert hasste beides, den Geruch von Blut und den des Dingos, aber er konnte sich dazu zwingen aufzustehen. Zum ersten Mal erinnerte er sich genau an den Tod seiner Mutter und wie er sich auf den Hund geworfen hatte, der sie getötet hatte. Es waren keine guten Erinnerungen, aber sie waren echt und nicht länger zusammenhanglose Bilder des Schreckens, die ihn all die Jahre im Zoo verfolgt hatten. Das Geräusch von entfernten Schüssen holte ihn zurück ins Alte Australien.

Albert stand schwankend auf. TJ sagte kein Wort. Er gab Albert seinen Hut und zeigte auf das Wäldchen zum Lager der Füsiliere. Schatten tanzten im Feuerschein und verschwanden wieder. Pistolenschüsse blitzten auf, und man hörte die Schreie der Verwundeten und Sterbenden. Der Kampf dauerte nicht sehr lange, und schon bald waren statt Pistolenschüssen und Kampfeslärm nur noch Schmerzensschreie zu hören.

Das Geheul hielt scheinbar stundenlang an, und der Wind wehte den Geruch von verbranntem Fell, Blut und Angstschweiß zu TJ und Albert herüber. Nachdem das Geheul erstarb, dauerte es noch einmal eine Stunde, bis sie die Schatten ins Flussbett hinabsteigen und in der Wüste verschwinden sahen.

TJ wartete eine Weile, bis nichts mehr zu sehen war, und machte dann Albert und den Bandicoots ein Zeichen, ihm das Flussbett hinab zu folgen. Die Jutesäcke fest an sich gedrückt, machten sich Alvin und Roger an den Abstieg. Immer wieder schielten sie nervös nach dem Leichnam des Dingos, als sie an ihm vorbeiliefen, als befürchteten sie, er könnte jeden Moment zum Leben erwachen. Sobald sie daran vorbei waren, rannten sie los und versuchten sich eng bei TJ und Albert zu halten.

Langsam liefen sie auf das Lager zu. Die Hügel reichten bis ans Flussufer, so dass sie nur durch das sandige Flussbett gehen konnten. Immer noch konnte man die Glut der Feuer sehen und das schwelende Holz riechen.

Am Rand des Lagers stießen sie neben einem Eukalyptusstamm auf einen toten Dingo. Jemand hatte um ihn einen Kreis aus rotem Ocker gezogen.

»Zumindest einen haben sie erwischt«, bemerkte TJ leise, als er an dem Leichnam vorbei auf die Mitte des Platzes schritt.

Einzelteile der Füsiliere lagen überall verstreut auf dem Boden. Die Dingos hatten ihre Waffen und Ausrüstung mitgenommen und von den zerfleischten Füsilieren nur die Köpfe und Pfoten zurückgelassen. Der Geruch angesengten Fleischs hing immer noch über dem Lager.

O'Hanlins Kopf hatte man auf einen Baumstumpf gestellt. Die Dingos hatten seinen Tschako mitgenommen, aber seine Brille saß noch auf seiner Nase, und die Glut der Feuer spiegelte sich in den Gläsern.

15

BRAUNE SCHLANGEN UND BANDICOOTS

Albert stand am höchsten Punkt des Pfads, der von der Ebene hinauf bis zum Durchbruch zwischen den Felsen führte. Er hatte es sich zur Gewohnheit gemacht, jeden Abend hierherzukommen und den Sonnenuntergang über der Wüste zu betrachten. Er sah die Schatten unten in der Ebene länger werden und langsam verschwinden, während die Sonne den Horizont berührte.

Das Spiel des Lichts faszinierte Albert. Jeden Tag veränderte die Sonne ihre Position am Himmel ein wenig, und das Spiel des Lichts über der Wüste veränderte sich mit. Der Unterschied von einem Tag auf den nächsten war zu subtil, um ihn mit dem Auge zu sehen, aber Albert fühlte ihn. Er blieb so lange am Scheitelpunkt des Pfads stehen, bis der Gipfel des Berges in der Ferne nur noch als Schattenriss in der Dämmerung zu erkennen war und die ersten Sterne am Abendhimmel auftauchten.

Einmal hatte Albert den Fehler gemacht und war zu lange geblieben. Die Sterne hatten ihn an seinem Platz festgehalten, bis es ganz dunkel geworden war. Als er seinen Blick vom Himmel abwandte, sah er den Schein der Lagerfeuer der Dingos in der Wüste.

Er wurde nicht gerne an das erinnert, was er in jener Nacht im Eukalyptushain gesehen hatte. Es bestand immer die Möglichkeit, dass ihm oder seinen Freunden das Gleiche passierte. Albert wusste, dass das Ende der Füsiliere ihrer eigenen Dummheit zuzuschreiben war, aber das bedeutete nicht, dass bloßes Pech nicht das gleiche Ergebnis bewirkt hätte, und Pech konnte jeder haben.

Sie hatten einen ganzen Tag und eine Nacht gebraucht, um vom Lager der Füsiliere zurück zum Wasserloch zu gelangen. Nur wenige Stunden nach dem Massaker war es hell geworden, und sie hatten vor Tagesanbruch einen Rastplatz gesucht. Auf einer mit Büschen bestandenen Erhebung hatten sie in der Hitze des Tages ausgeharrt. Albert und TJ hatten abwechselnd Wache gehalten, während die anderen unter dem spärlichen Schatten der Büsche geruht hatten. Die Bandicoots waren schweigsam und hatten die meiste Zeit unter einer verkrüppelten Wüsteneiche auf der Rückseite der Erhebung verbracht.

Roger hatte von Sonnenaufgang an regelmäßig an einem Flachmann genippt, den er in seinem Sack hatte, und wäre bis Mittag betrunken gewesen, wenn TJ ihm die Flasche nicht abgenommen hätte. Roger gab den Gin, ohne zu murren, ab. Nachdem sie gesehen hatten, was mit dem Dingo passiert war, der sie in der letzten Nacht angegriffen hatte, hatten sie wenig Lust, mit TJ zu streiten.

Albert wusste nicht so genau, was er mit den Bandicoots anfangen sollte. Auf der Straße nach Barton Springs hatte er keine Zeit gehabt, sich irgendetwas zu überlegen. In einem Moment hatten Alvin und Roger mit TJ gekämpft, und im nächsten waren sie alle um ihr Leben gerannt. Wenn er genauer hätte nachdenken können, hätte er sie vermutlich nicht mitgenommen. Die Bandicoots suchten einfach nur jemanden zum Trinken. Die Vorstellung, als Gesetzlose durch die Gegend zu ziehen, mochte an einem Bartresen reizvoll erscheinen, aber Albert hätte ihnen sagen können, dass das Leben in der Ebene der Hölle nicht das war, was sie sich vorstellten. Wie auch immer, es war zu spät gewesen, sie zurückzuschicken.

In der folgenden Nacht schafften Albert und TJ mit den Bandicoots den Weg bis zum Wasserloch. Nach ihrer Ankunft wusch TJ sofort seine Sachen, während Albert sich um das Feuer kümmerte. Alvin half halbherzig mit, Feuerholz zu sammeln, aber Roger saß einfach nur an der Feuerstelle und versuchte, das Zittern seiner Pfoten abzustellen.

In dieser Nacht wurde nicht viel gesprochen. Alle waren hungrig, aber es war zu dunkel und sie waren zu erschöpft, um irgendetwas zum Essen zu jagen. Alvin und Roger hatten nur ein bisschen Mehl und Backpulver dabei, aber keine weiteren Zutaten. Albert ließ den restlichen Kandiszucker herumgehen. Nachdem die Tüte leer war, saßen alle – bis auf Roger – still um das Feuer.

Nach einer Weile konnte TJ nicht länger mit ansehen, wie Roger zitterte, und gab ihm die Flasche Gin zurück. Roger nahm ein paar kräftige Schlucke, legte sich am Feuer auf die Seite und schlief ein. Albert und TJ nickten wenig später ein und ließen Alvin allein neben seinem schnarchenden Gefährten.

Die ersten Tage nach ihrer Rückkehr verbrachten

sie damit, sich so weit es ging wiederherzustellen. TJ wusch seine sämtliche Kleidung und hängte sie zum Trocknen auf. In der Zwischenzeit half er Albert beim Krebsfang. Sie sammelten Feuerholz für eine ganze Woche und versuchten mehrmals vergeblich, Kekse zu backen. Roger und Alvin erholten sich rasch und prahlten schon bald damit, was sie mit dem nächsten Dingo machen würden, der ihnen über den Weg lief.

Albert schwamm morgens im Wasserloch und spazierte nachmittags den Pfad bei der Quelle hinauf und setzte sich in die Felshöhle oberhalb des Lagers. Insgeheim hoffte er, wenn er nur lange genug ausharrte, würden die ihn umgebenden Felsen zu sprechen beginnen. Bislang waren sie stumm geblieben, aber Albert genoss auch so die Stille ringsum.

Jeden Tag kam kurz nach seinem Eintreffen die braune Schlange durch eine Ritze im Boden in die Höhle gekrochen. Offenbar wurde sie durch Alberts Körperwärme angezogen oder auch durch die Geräusche, die er beim Aufstieg machte. Albert war dankbar für die stumme Gesellschaft und betrachtete die Schlange als eine Art Totemtier, das ihre gemeinsamen Vorfahren ihm schickten. Die Schlange glitt an Albert vorbei, rollte sich in der Ecke der Höhle zusammen und blieb dort liegen, bis er ging.

Bis zum späten Nachmittag schlief Albert im Schatten eines Salzbuschs und ging dann zum Durchbruch zwischen den Felsen, von dem aus man über die Wüste sah.

Abends kehrte Albert zum Lager zurück und aß die Flusskrebse, die TJ auf den Steinen neben dem Feuer gebraten hatte. Roger und Alvin erschienen stets pünktlich zum Essen, stopften so viele Krebse in sich hinein, wie TJ ihnen erlaubte, und ließen anschließend die Flasche kreisen.

Vier Tage nach ihrer Rückkehr gingen ihre Vorräte an Krebsen und Gin zur Neige. Ungeachtet der Gefahr beschlossen sie, am nächsten Tag aufzubrechen, die Ebene zu durchqueren und der Straße nach Barton Springs zu folgen. Sie brauchten Lebensmittel und andere Vorräte, und Barton Springs war der nächste Ort, wo man beides bekommen konnte. TJ hatte kurz überlegt, das Tor zur Hölle zu überfallen, aber mit den beiden Bandicoots war das ein zweifelhaftes Unterfangen, und er verwarf die Idee.

Reisende auf der Straße zu überfallen hatte sich ebenfalls als wenig brauchbar erwiesen, um zu neuen Vorräten zu gelangen. Sie brauchten eine bessere Quelle, und den Bandicoots zufolge gab es in Barton Springs einen großen Gemischtwarenladen. Ein Überfall des Ladens würde vermutlich zu einer erneuten Verfolgung führen, was Albert und TJ tunlichst vermeiden wollten. Albert schlug vor, die beiden Bandicoots mit seinem Goldstück nach Barton Springs zum Einkaufen zu schicken. Sobald sie neue Rucksäcke, Decken und Lebensmittel hätten, wären sie in einer günstigeren Position, davonzulaufen oder zu kämpfen, was immer sich ergeben sollte.

Abgesehen von Jacks Gesellschaft vermisste Albert seit der Flucht von Ponsby Station am meisten den heißen Tee aus dem Feldkocher am frühen Morgen. Er hoffte, nach dem Einkauf aller notwendigen Dinge bliebe noch genug Geld für einen anständigen Teekessel, etwas losen Tee und Becher übrig.

Albert war nicht besonders erpicht auf einen weiteren Nachtmarsch durch die Wüste, aber in vielerlei Hinsicht war er froh darüber, aus dem kleinen Tal herauszukommen. Er war beunruhigt über die tägliche Routine, die er sich angewöhnt hatte, dem morgendlichen Bad im Wasserloch, dem Gang hinauf zur Höhle und später zum Durchbruch zwischen den Felsen und dem Nachmittagsschlaf zwischendurch. Es war eine Routine, die ihm vertraut war. Zu viele Tage hatte er damit verbracht, die Gitter seines Käfigs in Adelaide abzulaufen, um das ähnliche Muster nicht zu erkennen. Es wurde Zeit für ihn aufzubrechen, aber er brauchte Vorräte, und er musste die beiden Bandicoots heil aus der Hölle herausbringen.

Albert sah, wie die Sonne den Horizont berührte und Licht und Schatten ihren Tanz über der Wüste beendeten. Der ferne Berg verschwand langsam in der Dämmerung, und Albert eilte zurück ins Lager, bevor unten in der Dunkelheit die ersten Feuer entzündet wurden.

16

DIE SCHNABELTIER-GANG

Die Bandicoots waren seit drei Stunden überfällig, und irgendwer musste herausfinden, warum. TJ glaubte, wenn er seinen Hut tief genug über seine buschigen Augenbrauen zog, würde er weniger auffallen. Es gab andere Tiere im Alten Australien mit Ringelschwänzen und spitzen Nasen und Ohren.

Es stand außer Frage, dass Albert unmöglich nach Barton Springs gehen konnte. Sein Schnabel und die Schwimmfüße würden ihn zu einem vielbestaunten Objekt machen, sobald er in die Stadt kam. Außerdem war da noch der Steckbrief mit seiner Beschreibung, der vermutlich immer noch im Umlauf war. Wenn jemand nach Barton Springs musste, dann TJ.

Der Marsch vom Wasserloch nach Barton Springs war überraschend einfach gewesen. TJ hatte die Wüste oft genug durchquert, um den Weg sicher bei Nacht zu finden. Das Tempo war langsamer als beim letzten Mal, als die Füsiliere von Ponsby Station hinter ihnen her waren, und die Bandicoots hatten ohne große Schwierigkeiten mithalten können. Am Pfad entlang der Hügelkette hatte es keine Anzeichen von Dingos gegeben, und TJ hatte sie in die Wüste geführt, bevor sie den Ort des Massakers erreicht hatten.

Noch vor dem Morgengrauen waren sie in Barton Springs angekommen, hatten ein paar Stunden in einem Graben geruht und dann Alvin und Roger zum Einkaufen in die Stadt geschickt. Albert hatte sich vergewissert, dass die Bandicoots genau wussten, was sie einzukaufen hatten, und sich die Liste von ihnen aufsagen lassen. TJ sagte nichts, aber offenbar war ihm nicht geheuer, dass die beiden alleine loszogen, und er behielt Rogers Karabiner als Pfand.

Tatsächlich hatte es keine Alternative gegeben. Sie benötigten beide Bandicoots, um die Rucksäcke und Vorräte zu tragen, und sie nacheinander in die Stadt zu schicken hätte die Gefahr nur verdoppelt. Nachdem die beiden Bandicoots fort waren, sagte TJ, sie dürften nichts riskieren, und hatte ihn auf der anderen Straßenseite ein Stück weit die Hügel hinaufgeführt, von wo aus sie die Straße neben dem Graben beobachten konnten.

Die Straße nach Barton Springs wurde reichlich genutzt, und Albert und TJ sahen an diesem Nachmittag mehrere Trupps Beuteltiere in beide Richtungen gehen. Mit professionellem Blick erkannte TJ die Stellen, die sich am besten für einen Überfall eigneten und wo man am besten einen Posten abstellte, um nicht von anderen Reisenden überrascht zu werden.

Albert dachte den ganzen Nachmittag über nach, was er als Nächstes tun sollte. Sobald er einen Rucksack und einen Teekessel hatte, hielt ihn nichts mehr davon ab, seine Suche nach einem anderen Alten Australien fortzusetzen. Vielleicht wollte TJ ihn begleiten, und gemeinsam würden sie vielleicht eine Möglichkeit für TJ finden, nach Kalifornien zurückzukehren. Mit ausreichend Proviant und einem Freund gab es nur wenige Dinge, die sich nicht bewerkstelligen ließen.

Im Verlauf des Nachmittags wurde TJ immer unruhiger. Kurz vor Sonnenuntergang konnte er die Untätigkeit nicht länger ertragen und beschloss, es sei Zeit, sich in die Stadt aufzumachen und nach Alvin und Roger zu suchen. Wenn er die Bandicoots nicht entdeckte, wollte er in den Gemischtwarenladen einbrechen. Er und Albert brauchten Proviant und andere Versorgungsgüter. Wenn Alvin und Roger sie nicht herbeischafften, blieb ihnen nichts anderes übrig, als sie zu stehlen.

TJ ließ Albert mit einer dünnen Decke und einer Feldflasche zurück. Falls er bis zum nächsten Morgen nicht zurück wäre, sollte Albert sich alleine auf den Weg durch die Wüste machen und am Wasserloch auf TJ warten. Wenn Albert vorsichtig sei, bis zur Dunkelheit wartete und sich an den Pfad entlang der Hügelkette hielte, sollte er ihr Lager binnen zwei Nächten erreichen. Wer immer als Erster das Lager erreichte, würde drei Tage warten. Danach wäre der Überlebende auf sich selbst angewiesen.

TJ prüfte die Zündhütchen seiner Pistole und die des Karabiners und zog den Hut tief ins Gesicht. Dann nahm er Alberts Pfote und schüttelte sie. »Pass auf dich auf, Partner.«

»Du auf dich auch, TJ. Wir sehen uns«, sagte Albert leise.

»Ich bin vor Mitternacht mit den beiden verdammten Nagern zurück.«

TJ klemmte sich den Karabiner unter den Arm und marschierte in Richtung Barton Springs. Aus einiger Entfernung war er nur schwer von anderen Beuteltieren zu unterscheiden, und Alberts Hoffnung stieg, dass er es unentdeckt bis in die Stadt schaffen könnte.

Mitternacht kam und ging, ohne dass die Bandicoots oder TJ auf der Straße neben dem Graben erschienen. Albert ging ein Stück näher zur Straße, um die Rückkehr keiner der beiden zu verpassen. Er spähte in die Dunkelheit und hoffte bei jedem eingebildeten Geräusch, es wäre einer der Freunde. Es wurde eine lange Nacht.

Als es dämmerte, ging er zurück zu der Stelle, wo er am Vortag mit TJ gewesen war, und wartete weiter. Albert wusste, dass in Barton Springs etwas schiefgelaufen war. Aber im Augenblick konnte er nichts unternehmen.

Er beschloss, es wäre das Beste, bis zum späten Nachmittag zu warten und dann zum Wasserloch zurückzukehren, so wie er und TJ es besprochen hatten. TJ hatte sich in der Vergangenheit findig genug gezeigt, und die Chancen standen nicht schlecht, dass er noch vor Albert das Tal zwischen den Felsen erreichen würde. Falls TJ innerhalb von drei Tagen nicht auftauchte, würde Albert nach Barton Springs zurückkehren und ihn suchen, egal, welche Gefahren damit verbunden waren.

Die Straße war frei, als Albert von den Hügeln hinabstieg und auf den Graben zulief. Von dort bis zur Ebene der Hölle benötigte er etwa drei Stunden. Bis dahin wäre es dunkel, und Albert könnte sogleich den Marsch durch die Wüste zum Wasserloch fortsetzen.

Albert stieg in die Senke hinab, als er eine Stimme hörte.

»Ein Schnabeltier, das zum Ort des Verbrechens zurückkehrt. Wie abgeschmackt.«

Er wandte sich zur Seite und sah Bertram vom Rand des Grabens auf ihn herabblicken. Neben Bertram stand Theodore. Beide trugen schwarze Westen und Schlapphüte. Theodore trug eine Schutzbrille mit getönten Gläsern und hatte eine doppelläufige Flinte auf Albert gerichtet. Hinter ihnen reckten einige Wallabys, Kängurus und Bandicoots mit unterschiedlichen Waffen neugierig die Hälse.

Bertram drehte sich zu ihnen um.

»Glückwunsch, Leute, ihr habt mitgeholfen, Albert das Schnabeltier zu fangen, den berüchtigten Straßenräuber und Mörder des tapferen Kommandanten O'Hanlin.«

Die Meute spendete sich selbst einen kurzen Applaus. In dem Moment bemerkte Albert, dass Bertram und Theodore Abzeichen an ihren Westen trugen. Theodore zeigte auf Albert.

»Ein paar von euch gehen runter und fesseln ihn. Aber seid vorsichtig, er hat vermutlich eine Pistole in der Tasche.«

Die Gruppe geriet in Bewegung, doch keiner schien große Lust zu haben, zu Albert in den Graben hinabzusteigen. Schließlich sprang Theodore in den Graben und zog Albert mit dem Kolben seines Gewehrs eins über. Danach kam der Rest der Horde voller Eifer hinterher und half, das wehrlose Schnabeltier zu überwältigen. In wenigen Minuten hatten sie ihm seine Pistole, die Decke und die Feldflasche abgenommen. Als sie fertig waren, hatte Albert Schellen an Pfoten und Füßen, ein geschwollenes Auge und eine zerrissene Jacke.

Theodore führte die Truppe aus dem Graben auf

die Straße zurück. Albert schlurfte so gut er konnte umringt von den anderen mit. Die Ketten an seinen Fußschellen waren sehr kurz und ermöglichten ihm nur kleine Schritte. Wenig später standen alle abmarschbereit auf der Straße.

Die Horde hatte immer noch Angst vor ihm und bespöttelte ihn aus sicherer Distanz. Nur Theodore blieb nahe bei ihm, zischelte ihm etwas zu oder stieß ihn mit dem Gewehr vorwärts. Albert bemerkte eine verkrustete Wunde an der Seite seines Kopfes, die noch nicht verheilt war.

Bertram schob sich neben Albert und sah ihn Theodores Wunde betrachten.

»Manchmal ist es schwer zu sagen, ob Theodore tot ist oder nicht – schließlich ist er ein Possum. Abgesehen davon, war dein ausländischer Freund näher dran als die meisten.«

Bertram verlangsamte seinen Schritt und lief in der Mitte der Straße neben Albert her. Er sprach so leise, dass die übrige Truppe nichts davon mitbekam. »Ich muss sagen, dass ich an jenem Abend ganz schön verärgert war. Theodore voller Blut und lauter umgestürztes Mobiliar. Auch die Dingos waren sauer. Nachdem du und dein Freund verschwunden waren, mussten sie sich mit Dosennahrung begnügen. Alles in allem eine Geburtstagsparty, die ich nicht noch einmal erleben möchte.«

Albert schlurfte weiter die Straße entlang. Ständig stolperte er über die Fußschellen, und nicht hinzufallen war ihm wichtiger, als Bertram zuzuhören.

»Wie auch immer, zuletzt ist alles gut ausgegangen. Ich bin Sheriff in Barton Springs geworden, und gestern Abend hat Theodore deinen Freund in den Rücken geschossen.«

Albert drehte ruckartig den Kopf zur Seite.

Bertram lächelte. »Ich wusste, das würde dich interessieren.«

»Ist er tot?« Albert hatte nichts gesagt, um Bertram keine Informationen über seinen Freund zu geben. Jetzt gab es keinen Grund mehr zu schweigen.

»Vermutlich. Er hat eine ziemliche Blutspur hinterlassen. Theodore wäre ihm gefolgt, aber den Anführer der Schnabeltier-Gang zu fassen war uns wichtiger. Wenn wir dich hinter Schloss und Riegel haben, wird Theodore den Leichnam aufstöbern.«

Bertram ging weiter, um einzelnen Gefolgsleuten die Hand zu schütteln. Ständig schlugen sie sich gegenseitig auf den Rücken und beglückwünschten sich. Zwischen der Stadt und der Meute liefen Boten hin und her. Am Straßenrand tauchten kleine Grüppchen Beuteltiere auf, und gelegentlich warf ein Kind mit einem Stein nach Albert.

Die Marschgeschwindigkeit der Prozession richtete sich nach Alberts Fußschellen, und obwohl Theodore ihn immer wieder antrieb, kamen sie nur langsam vorwärts. Als es dunkel wurde, wurden aus der Stadt Fackeln gebracht und unter der Horde verteilt. Eine kleine Kapelle, auf deren Basstrommel die Aufschrift »Barton Springs Drum & Bugle Corps« stand, empfing sie am Stadtrand. Sie schloss sich der Prozession an und begleitete sie mit Märschen und Trompetensolos.

Die Hauptstraße von Barton Springs war von Zuschauern gesäumt, die in Jubel ausbrachen, als die Vordermänner der Fackelparade an ihnen vorbeigingen.

Auf den Jubel folgten Buhrufe und Pfiffe, als das in Ketten gelegte Schnabeltier sich näherte. Kleinkinder schwenkten Puppen von Albert, die eine Schlinge um den Hals trugen, während ihre Eltern stolz zuschauten. Über der Hauptstraße war ein Banner mit der Aufschrift gespannt:

EIN HURRA FÜR SHERIFF BERTRAM
UND SEINEN TAPFEREN
STELLVERTRETER

Ihr habt unsere Stadt gerettet

17

DER SÜNDE SOLD

Das Gefängnis war ein ehemaliger Schuppen und an einer Seite offen. Die drei Wände bestanden aus groben Holzbrettern, durch deren zahllose Ritzen Sand hereingeweht wurde. Die Dachschindeln hatten sich mit den Jahren verzogen und wären undicht gewesen, wenn es in Barton Springs je geregnet hätte. Im Inneren des Schuppens hatte man zwei Flachstahlkäfige für die Gefangenen gebaut.

Roger und Alvin teilten sich einen Käfig mit einer verlotterten Tigerkatze, die dreißig Tage wegen Landstreicherei einsaß. Albert hatte den anderen ganz für sich alleine.

Die Tigerkatze hatte noch in der Nacht versucht, mit Albert ein Gespräch zu beginnen, aber Roger und Alvin hatten nur stumm in der Käfigecke gesessen. Bis zum nächsten Morgen hatten sie immer noch kein Wort mit Albert gesprochen.

Albert fragte die Bandicoots, was passiert war, aber sie weigerten sich zu antworten. Roger hockte nach wie vor in der Ecke des Käfigs, aber er hatte seine Arme um die Knie geschlungen, um das Zittern seiner Pfoten abzustellen. Hin und wieder murmelte er vor sich hin, TJ habe es sich selbst zu verdanken. Alvin redete beruhigend auf Roger ein, alles werde wieder gut, und weigerte sich, Albert anzusehen.

Weder Bertram noch Theodore hatten sich seit der Nacht seiner Ergreifung blicken lassen. Albert nahm an, sie waren auf der Suche nach TJ, und je länger sie ausblieben, desto mehr wuchs seine Hoffnung, TJ könnte noch am Leben sein.

Der erste Tag im Käfig bestand aus einer endlosen Parade der Dorfbewohner, die alle am Schuppen vorbeiliefen, um Albert das Schnabeltier anzustarren, ein Nicht-Beuteltier und in Kürze am Galgen baumelnder Gesetzloser. Die meisten waren zufrieden, Albert aus einiger Entfernung zu betrachten und miteinander zu tuscheln. Einige der weniger Furchtsamen kamen bis dicht an den Käfig und gaben primitive Geräusche von sich. Wenn Albert sich bewegte, sprangen sie rasch davon und kamen erst wieder, wenn er eine Weile still saß. An diesem Tag in Barton Springs musste Albert sich zum ersten Mal eingestehen, dass es auf der Welt noch schlimmere Orte geben könnte als den Zoo von Adelaide.

Am Abend eskortierten zwei bewaffnete Kängurus ein Wallaby zum Gefängnis. Während das Wallaby Futter in die Käfige legte und die Latrineneimer leerte, besprachen die Kängurus in allen Einzelheiten das Schicksal, das Albert unterm Galgen erwartete. Er war das erste Schnabeltier, das in Barton Springs gehängt wurde. Der Neuheitswert des Ereignisses reizte Albert nicht halb so viel wie die Kängurus.

Der zweite Tag war ruhiger verlaufen. Vereinzelte Gruppen Neugieriger kamen zum Gefängnis, aber nach ein oder zwei Blicken zogen sie wieder ab. Albert blieb den Vormittag über auf dem Boden sitzen, ignorierte die Besucher und beobachtete stattdessen die Staubpartikel in den Lichtbalken, die durch Löcher in der Decke in die Zelle fielen. Die Partikel bewegten sich mit jedem Luftzug in der Zelle, und wenn es nur ein schwacher Hauch war, zeichneten die Staubkörner im gleißenden Licht seltsame Bilder. Albert konnte nichts Genaues darin erkennen, aber sich darauf zu konzentrieren ließ ihn vorübergehend die Zelle vergessen und machte den Schmerz erträglicher, dass TJ möglicherweise tot oder schwer verletzt war.

Ein leises Hüsteln unterbrach Alberts Tagträumerei, und als er aufblickte, sah er ein Wallaby vor dem Käfig stehen. An jeder Pfote hielt es ein noch sehr kleines Wallaby. Albert sah noch einmal hin.

»Bist du das, Ralph?«

Das Wallaby nickte Albert leise zu. »Ich bin so froh, dass du mich erkannt hast. Es bedeutet den beiden Kindern so viel. Bernice. Jason. Ich möchte euch Albert das Schnabeltier vorstellen, den berühmten Straßenräuber und gemeinen Killer.«

Die beiden kleinen Wallabys öffneten ihre Augen etwas mehr, und eins versteckte sich hinter dem Vater.

»Meine Frau war dagegen, die Zwillinge herzubringen. Aber ich habe ihr gesagt, es sei eine gute Lehre für sie, du weißt schon, der Sünde Sold und so weiter.«

Albert wusste nicht recht, was er sagen sollte. In all den Jahren in Adelaide hatte ihm nie jemand seine Kinder vorgestellt. Er stand im Käfig auf. Das zweite kleine Wallaby versteckte sich hinter seinem Vater.

»Sehr erfreut, euch zu sehen«, sagte Albert leise, um die beiden Kleinen nicht noch mehr zu erschrecken.

Bernice und Jason schoben ihre Köpfe hinter dem Rücken ihres Vaters hervor, weigerten sich jedoch, näher an den Käfig heranzugehen.

»Tut mir leid, Albert, aber sie scheinen ein wenig schüchtern zu sein. Du hast nichts dagegen, wenn ich Albert zu dir sage, oder?«, sagte Ralph zuversichtlich.

»Aber nein, Ralph. Ganz und gar nicht«, erwiderte Albert, bereute es aber im nächsten Moment. Durch ihren vertraulichen Ton ermutigt, begann das Wallaby Albert ins Gewissen zu reden.

»In mancherlei Hinsicht scheinst du ein anständiger Kerl zu sein, Albert. Ich glaube, selbst im Schlimmsten von uns steckt noch ein Funken Gutes. Aber wir können es nicht zulassen, dass Schnabeltiere plündernd und mordend durch die Gegend ziehen. Wenn Sheriff Bertram und Hilfssheriff Theodore nicht gewesen wären, wer weiß, welche Verwüstung du und deine Gang noch angerichtet hätten.«

Bertram hatte seiner Gefolgschaft gegenüber erwähnt, dass Albert O'Hanlin getötet hatte. Nun wurde ihm die Beteiligung an noch weiteren Mordtaten angelastet.

»Wie kommst du darauf, ich sei plündernd und mordend durch die Gegend gezogen?«, fragte Albert.

»Ich muss dir nicht sagen, dass ich aus erster Hand von deinen Beutezügen weiß«, sagte Ralph ein wenig schnippisch. »Und was deine Mordtaten angeht, so hat es dazu oft genug Schlagzeilen und Artikel in der *Gates of Hell Gazette* gegeben.«

Ralph zog eine zusammengefaltete Zeitung aus der Innentasche seiner Weste.

»Die ganze Geschichte ist ziemlich abscheulich. Hier in der Ausgabe der letzten Woche wird in allen Einzelheiten beschrieben, wie du und deine Gang die Füsiliere von Ponsby Station im Schlaf überfallen und alle ermordet habt. Ihr solltet euch schämen.«

»Das waren nicht wir, Ralph«, sagte Albert in einem hoffnungslosen Versuch der Selbstrechtfertigung.

»Aber sicher wart ihr das, Albert. Es steht hier schwarz auf weiß in der Zeitung, und was danach kam, war noch schlimmer.«

Ralph schlug eine Seite der Zeitung um und zeigte auf einen anderen Artikel. »Hier steht, eine vertrauliche Quelle habe die Herausgeber der Zeitung von deinen Plänen informiert, Barton Springs zu überfallen und unaussprechliche Gräuel an seinen Bewohnern zu verüben.«

Er faltete die Zeitung wieder zusammen und steckte sie zurück in die Westentasche. »Die Stadt konnte so Sheriff Bertram und seinen Stellvertreter zum Schutz anheuern, und wie du weißt, haben sie großartige Arbeit geleistet.«

Ralph nahm seine beiden Kinder bei der Pfote. »Ich muss zurück nach Hause. Die öffentliche Hinrichtung wird bestimmt ein großes Publikum anziehen. Meine Frau und ich überlegen, das hintere Zimmer zu vermieten. Kinder, sagt Albert auf Wiedersehen.«

Die kleinen Wallabys schüttelten die Köpfe.

»Seid ihr sicher? Es wird kein zweites Mal geben.«

Bernice und Jason waren sich sicher. Ralph sah zu Albert auf.

»Ich glaube, sie wollen nicht. Auf Wiedersehen, Albert.«

Albert hob eine Pfote und winkte Ralph zu. »Pass auf dich auf, Ralph.«

Das Wallaby ging mit seinen Kindern die Straße hinunter. Albert sah ihnen eine Weile hinterher, dann setzte er sich wieder auf den Boden. Er hörte eine Stimme.

»Das ist nur so eine Redensart, oder?«

Albert wandte den Kopf und sah die Tigerkatze am Käfiggitter stehen. Die Bandicoots kauerten immer noch in der hinteren Ecke des Käfigs. Rogers Zustand hatte sich verschlechtert, und er kratzte sich laufend.

»Wie bitte?«

Roger machte pfeifende Geräusche aus seiner Kehle. Die Tigerkatze ging nach hinten und trat geistesabwesend ein paarmal nach ihm, bis er aufhörte. Dann kehrte sie ans Gitter zurück.

»Der Sünde Sold … das sagt man nur so, oder?«

»Soweit ich weiß, ja«, erwiderte Albert nach kurzer Überlegung.

»Zu schade. Ich hätte das Geld gut gebrauchen können.« Die Tigerkatze drehte sich um und ging zurück zur Ecke des Käfigs, wo Rogers Pfeifen wieder begonnen hatte.

16

„Wir hatten keine andere Wahl“

Am nächsten Morgen öffneten die als Gefängniswärter angestellten Kängurus den anderen Käfig und ließen die Tigerkatze gehen. Albert war nicht ganz klar, ob sie ihre Strafe abgesessen hatte oder ob die Wärter einfach nur keine Lust mehr hatten, sie zu füttern. Der Tigerkatze jedenfalls schien ihre Entlassung ziemlich gleichgültig, denn sie lungerte eine Weile vor dem Gefängnis herum und plauderte mit den Aufsehern. Sie kümmerte sich nicht um die Bandicoots, die übereinandergekauert in einer Ecke ihres Käfigs schliefen. Aber bevor sie ging, kam sie zu Albert ans Gitter, schüttelte seine Pfote und wünschte ihm alles Gute.

Nachdem die Katze entlassen war, zogen die Kängurus ab, um etwas zum Frühstück und ein schattiges Plätzchen zu finden, und ließen Albert in der Stille des frühen Morgens allein.

Die Kängurus waren ein paar Minuten fort, als Bertram und Theodore die Straße entlangkamen und vor Alberts Käfig traten. Theodore hatte immer noch die Schutzbrille mit den getönten Gläsern auf und trug ein Gewehr unter dem Arm.

Bertram sah Albert an und legte einen Finger auf die Lippen. »Pst«, flüsterte er.

Dann zog er eine Flasche Gin aus seiner Jackentasche und lief auf Zehenspitzen zum Käfig der Bandicoots. Er schlug mit der Flasche leise gegen das Gitter. Die Bandicoots sprangen wie vom Donner gerührt hoch. Roger hielt die Pfoten durch die Gitterstäbe gestreckt, bevor Alvin auch nur die Mitte des Käfigs erreicht hatte.

Bertram zog die Flasche zurück. Roger geriet in Panik, schob seine Arme so weit er konnte durchs Gitter und schnappte nach der Flasche, ohne sie erreichen zu können. Nach kurzer Zeit war Bertram das Spiel leid und er überließ Roger die Flasche. Dann wandte er sich wieder Albert zu.

»Guten Morgen, Albert. Ich hoffe, du hast gut geschlafen.«

Albert sah zu Bertram auf.

»Es besteht kein Grund, unhöflich zu sein, Albert. Immerhin habe ich dich auf faire Weise geschnappt, mit ein bisschen Unterstützung deiner Freunde.« Bertram zeigte auf die Bandicoots, die eifrig damit beschäftigt waren, die Flasche hin und her gehen zu lassen.

»Was macht das Zeitungsgeschäft?«, fragte Albert.

Bertram lächelte. »Du hast also ein Exemplar der *Gates of Hell Gazette* gesehen. Theodore und ich sind ziemlich stolz darauf, stimmt's, Theodore?«

Das Possum nickte und fingerte am Schaft seines Gewehrs herum.

Alvin gab die Flasche zurück an Roger und sagte jammernd zu Bertram: »Du hast versprochen, uns gehen zu lassen, Bertram. Du hast es versprochen.«

»Keine Angst, Alvin, ich habe es nicht vergessen. Genau deswegen sind Theodore und ich auch hier. Hab ich recht, Theodore?«

Theodore nickte und sah zu Alvin hinüber. Speicheltropfen glitzerten in seinen Mundwinkeln.

»Ihr müsst nur noch eine Sache für uns erledigen, bevor ihr eure Belohnung bekommt. Wir möchten gerne, dass ihr ein paar Freunde von uns zum Versteck der Schnabeltier-Gang bringt. Bis zum Tag der Hinrichtung seid ihr dreimal zurück.«

Bertram zog einen Schlüssel aus seiner Jackentasche und ging damit zum Käfig der Bandicoots. Als Bertram das Versteck erwähnte, sprang Albert auf. Bertram sah zu ihm hinüber, während er den Käfig aufschloss.

»Anscheinend hat dein kalifornischer Freund mehr Blut, als wir gedacht hatten. Theodore hat seine Spur am Rand der Hölle verloren. Wenn er den Weg durch die Wüste geschafft hat, befindet er sich garantiert in eurem kleinen Tal. Roger und Alvin werden uns hinbringen, hab ich recht?« Bertram öffnete die Tür des Käfigs.

Roger, sich immer noch kratzend, stolperte zuerst heraus. »Aber sicher werden wir das. Dieser verdammte Ausländer hat meine Pistole geklaut.«

Alvin trottete hinter Roger her und rief Albert zu: »Wir hatten keine andere Wahl, Albert. Er hat Roger den Gin weggenommen und uns Nager genannt.«

»Das war gewiss sehr unerfreulich«, sagte Bertram und entließ die Bandicoots mit einer abfälligen Handbewegung. »Theodore, bitte geh mit den beiden wichtigen Zeugen zur Bar und bereite sie auf ihren Marsch vor.«

Theodore trat hinter die Bandicoots und trieb sie mit dem Kolben seines Gewehrs auf die Straße. Bertram zog eine Zigarre aus seiner Westentasche, biss das Ende ab und spuckte es auf die Straße.

»Auf Regen folgt stets Sonnenschein – wusstest du das, Albert?«

Albert war nicht in der Stimmung, sich von Bertram übers Wetter belehren zu lassen. Er musste einen Weg finden, aus dem Gefängnis zu entkommen, bevor Roger und Alvin Theodore oder die Dingos oder auch alle miteinander zum Wasserloch führen konnten. Albert hatte so viele Jahre seines Lebens in einem Käfig verbracht, dass ihn der Aufenthalt im Gefängnis von Barton Springs nicht aus der Ruhe brachte. Er war aus dem Zoo von Adelaide ausgebrochen, und mit genügend Zeit würde er auch einen Weg finden, aus dem Gefängnis auszubrechen. Was seine Hinrichtung betraf, so war er viel zu sehr in Sorge um TJ, um sich mit der Tatsache zu beschäftigen, dass die Zeit für seine Flucht begrenzt war.

»Unsere erste Begegnung war abgesehen von dem Geld in deinem Rucksack sehr unerfreulich. Dafür war unsere zweite Begegnung umso vorteilhafter und, wenn ich so sagen darf, persönlich bereichernd. Als ich meinen zweiten Artikel schrieb, hatte man mich schon zum Schutz von Barton Springs angeheuert, und die Belohnung auf deinen Kopf war auf zehn Pfund erhöht worden. Bei so viel Geld wird jeder schwach. Frag nur deine kleinen Freunde.« Bertram machte mit der Zigarre eine Bewegung in Richtung der sich entfernenden Bandicoots.

»Natürlich weiß jeder, dass Geld für mein Verständnis von Bürgerpflicht nur eine untergeordnete Rolle spielt«, fuhr er fort. »Erst gestern erschien ein Kommentar in der *Gazette*, in dem mein selbstloses Heldentum bei der Verhaftung der berüchtigten Schnabeltier-Gang gerühmt wurde. Dem Bericht nach gibt es bereits Stimmen, die mich zum Bürgermeister von Barton Springs machen wollen. Ich fühle mich davon zutiefst geehrt.«

Bertram nahm ein Streichholz aus der Tasche, entzündete es an den Gitterstäben von Alberts Käfig und hielt es an seine Zigarre.

»Mir ist es egal, ob dein Freund in der Wüste stirbt, von den Dingos gefressen wird oder dorthin zurückgeht, wo er hergekommen ist. Theodore allerdings hat noch ein Hühnchen mit ihm zu rupfen.«

Er nahm einen Zug an der Zigarre und blies einen kleinen Rauchkringel durch die Gitterstäbe. »Übrigens, Albert, seit ich hier bin, hast du noch keinen Dämon herbeigerufen.« Das Streichholz verbrannte Bertrams Finger, und er ließ es auf den Boden fallen. »Du bist wohl aus der Übung.«

Bertram drückte das rauchende Streichholz mit der Fußsohle aus und ging, Albert ganz allein im Schuppen zurücklassend.

Während er zusah, wie Bertram Theodore und den Bandicoots hinterhereilte, hatte Albert nur einen Gedanken: TJ war schwer verwundet und brauchte ihn. Er wollte sich gegen das Gitter werfen, aber er hatte zu viele Tiere in Adelaide gesehen, die sich böse dabei verletzt hatten. Auch er hatte es getan, kurz nachdem man ihn gefangen hatte, doch er hatte schnell gelernt, dass Furcht und Verzweiflung einen nicht aus einem Käfig herausbrachten.

In einem hatte Bertram recht gehabt: Die Chance,

dass ein Dämon auftauchte, war äußerst gering. Wenn jemand Albert aus dem Gefängnis von Barton Springs befreite, dann Albert selbst. Alles, was er brauchte, war ein Plan.

In Adelaide hatte er so lange gewartet, bis jemand vergessen hatte, den Riegel vorzuschieben. Es gab wenig Hoffnung, dass ihm dies ein zweites Mal widerfahren würde. Geöffnet wurde seine Tür nur dann, wenn ihm sein Essen gebracht wurde. Das Wallaby könnte er vermutlich überwältigen, aber die beiden Kängurus waren eine andere Geschichte.

Der einzige Vorteil, das einzige Schnabeltier in diesem Teil des Alten Australien zu sein, bestand darin, dass niemand etwas von seinen Giftspornen wusste. TJ und die Bandicoots hatten gesehen, wie er sich auf den Dingo gestürzt hatte, aber TJ hatte ihn getötet, bevor das Gift wirken konnte. Andererseits war es so gut wie sicher, dass ein Känguru auf ihn schießen würde, während er das andere vergiftete, aber mit etwas Glück konnte er seinem Opfer das Gewehr entreißen und als Erster feuern.

Wenn das sein Plan war, würde es Tote geben. Man kann nicht jemanden ein bisschen vergiften, und es ist auch nicht einfach, jemanden mit einer Kugel nur ein bisschen zu verletzen. Albert hatte nie jemanden töten wollen und wollte es auch jetzt nicht. Die Erinnerungen an den Tod des Hundes, der seine Mutter zerfleischt hatte, hatte er verdrängt, und erst der Kampf mit dem Dingo hatten sie wieder zurückgebracht.

TJ hatte Albert mehr als einmal das Leben gerettet, aber das zählte nicht. Was zählte, war, dass TJ Alberts Freund war, und Albert war mehr als bereit, sein eigenes Leben für das Leben seines Freundes zu opfern. Die Frage war, ob Albert auch bereit war, jemand anderen dafür zu töten. Albert wusste es nicht. Er hatte keinen vernünftigen Grund, die Kängurus zu hassen, und würde vermutlich auch so bald keinen finden.

Er setzte sich auf den Boden seines Käfigs, wartete auf das Abendessen und suchte nach anderen Möglichkeiten zur Flucht. Bis zum Mittag war ihm noch kein Einfall gekommen. Wenn er TJ überhaupt noch helfen wollte, musste er in dieser Nacht fliehen, egal, welche Konsequenzen es für ihn oder die Aufseher hätte.

Albert stand auf und stellte den Latrineneimer in die hintere Ecke des Käfigs. Um ihn zu holen, müsste das Wallaby den Eingang frei machen, und Albert könnte sich auf das am nächsten stehende Känguru werfen. Die Sache stand auf Messers Schneide, und er würde eine gehörige Portion Glück brauchen. Albert hatte der Menge in Ponsby Station erzählt, ein Schnabeltier sei das glücklichste Tier auf der Welt, aber nachdem er einige Zeit im Alten Australien verbracht hatte, regten sich in ihm Zweifel.

Er schritt das Innere des Käfigs ab, um abzuschätzen, wie viel Zeit das Wallaby bis zum Latrineneimer brauchte, als er von der Straße her eine vertraute Stimme hörte.

»Du bist also der Anführer der Schnabeltier-Gang.«

Albert hob den Kopf und sah Jack vor der Hütte stehen.

»Ehrlich gesagt, ich hätte ein verwegeneres Gesicht erwartet«, fuhr Jack fort.

Albert rannte zur Seite seines Käfigs, die zur Straße zeigte. Jack blickte über die Schulter nach hinten. Das

Känguru auf der anderen Straßenseite hing zusammengesunken auf einem Stuhl, den Hut gegen die Mittagssonne tief über die Augen gezogen.

»Tut mir leid, dass ich nicht eher gekommen bin. Ich bin nicht mehr so gut zu Fuß.«

In all den Jahren im Zoo hatte Albert nie ein freundliches Gesicht durch die Gitterstäbe gesehen. Für einen Moment spülte die Erinnerung an die erdrückende Einsamkeit in Adelaide über ihn hinweg, und er wagte nicht, etwas zu sagen, aus Angst, die Gestalt mit dem Schlapphut und dem Staubmantel könnte beim Klang seiner Stimme verschwinden.

»Alles in Ordnung mit dir, Albert?«, fragte Jack.

Albert zögerte ein paar Sekunden, bevor er antwortete. »Mir geht's gut, Jack, aber ein Freund von mir steckt in Schwierigkeiten.«

Jack nahm mit der rechten Pfote seinen Hut vom Kopf und klopfte den Staub an seinem Bein ab. »Na, dann sind wir schon zu zweit.« Er setzte den Hut wieder auf. »Ich bin in ein paar Stunden zurück. Rühr dich nicht von der Stelle.«

Jack drehte sich um und ging, und Albert bemerkte, dass er das linke Bein nachzog.

19

AUF WIEDERSEHEN, BARTON SPRINGS

Als Jack das Schloss des Käfigs aufgebrochen hatte, trieben dichte Rauch- und Aschewolken über die Straße vor dem Schuppen. Der Schuppen war eins der ersten Gebäude, das Feuer fing, und wenn Jack nicht rechtzeitig mit der Brechstange erschienen wäre, wäre Albert in seiner Zelle verbrannt. Die Kängurus hatten sich längst aus dem Staub gemacht, und die anderen Tiere waren zu sehr mit ihrer eigenen Rettung beschäftigt, um sich für Jack und Albert zu interessieren.

Jack konnte seine linke Pfote nicht gebrauchen, die er die ganze Zeit in der Manteltasche hielt. Es war deshalb nicht so einfach für ihn, das Schloss aufzubrechen, aber mit Alberts Hilfe hatte er es gerade noch rechtzeitig geschafft.

Albert war auf die Straße gesprungen und hatte Jack vom Boden aufgeholfen, als das Dach des Schuppens einstürzte und eine Wolke aus Funken und Asche in den Himmel stob. Alberts Hut und seine Leinenjacke hielten die meisten Funken ab, aber er musste ein oder zwei schwelende Holzspäne abstreifen, bevor sie sich durch den Stoff fressen konnten. Jack hatte zwei Kopftücher mitgebracht, von denen Albert sich eins vors Gesicht band und dann Jack half, seins umzubinden.

Sie kämpften sich durch den Rauch und den ständig umschlagenden Wind voran, bis sie zur Hauptstraße kamen und auf mehrere kleine Flüchtlingstrupps trafen, die alle in Richtung Norden aus der brennenden Stadt eilten. Wenn irgendwer unter den Wallabys oder Bandicoots, die Kinder hinter sich herzogen oder mit Hausrat beladene Schubkarren schoben, Albert erkannte, ließ er es sich nicht anmerken.

Gebäude zu beiden Seiten der Straße standen in Flammen, und das Banner, das einst die Straße überspannt hatte, hing in verkohlten Fetzen über den Köpfen der Vertriebenen. Einige Unverdrossene bildeten nach wie vor Eimerketten und schütteten Wasser ins Feuer, ohne die Vergeblichkeit ihres Tuns anerkennen zu wollen. Andere hatten ihre Eimer längst stehen gelassen und versuchten, ihre Habseligkeiten aus den noch unversehrten Häusern zu retten, bevor die Flammen sie erreichten.

Barton Springs war nicht sehr groß. Zehn Minuten nach ihrem Ausbruch hatten Albert und Jack die Stadtgrenze erreicht. Die bereits Geflohenen standen unschlüssig an der Straße und wussten nicht, in welche Richtung sie gehen sollten. Sie liefen ziellos umher, starrten auf das Feuer und suchten nach Freunden, um sich gegenseitig von ihrem Schicksal zu berichten.

Albert und Jack liefen so schnell sie konnten weiter nach Norden. Trotz Jacks Handikap hatten sie die Einwohner von Barton Springs bald hinter sich gelassen.

»Ich hatte nicht mit einem so starken Wind gerechnet«, sagte Jack, als er sein Tuch vom Gesicht nahm.

Albert zog ebenfalls sein Tuch vom Gesicht. »Wohin gehen wir?«

»Ich habe in den Hügeln neben der Straße ein paar Utensilien versteckt.«

Jack lief humpelnd die Straße entlang, wobei er immer wieder stehen blieb und sich nach dem über Barton Springs aufsteigenden Rauch umsah. Albert war sich nicht sicher, was Jack zugestoßen war und wie schlimm er verletzt war, und deshalb hielt er sich hinter Jack, um im Ernstfall helfen zu können.

Während sie liefen, erzählte Albert Jack von TJ, den Bandicoots und wie Bertram und Theodore mit den Dingos gemeinsame Sache machten. Jack sagte, er hätte bereits früher von Bertram und Theodore gehört, deren schlechter Ruf im ganzen Alten Australien bekannt sei. Gerüchten nach hätte das Possum mehrere Minenarbeiter in einem nicht ganz fairen Kampf getötet.

Der Marsch von der Stadt bis zu den Hügeln dauerte nicht so lange wie Alberts Weg nach Barton Springs in Fußschellen, aber dennoch dämmerte es bereits, als Jack von der Straße abbog. Er zog einen kleinen Rucksack unter einem Busch hervor und reichte ihn Albert.

»Als ich von der Hinrichtung las, wusste ich nicht, was mich in Barton Springs erwartete. Im Rucksack sind etwas zu essen, Wasser und eine Decke für dich.«

Dann griff er in seine Jackentasche, zog seinen Revolver hervor und reichte ihn Albert. »Ich hatte keine Zeit, eine zweite Waffe aufzutreiben, also nimm die hier.«

Albert zögerte. »Ich weiß nicht, Jack. Vielleicht brauchst du sie.«

»Hör zu, Albert. Wenn ich mit dir ginge, würde ich sie behalten. Aber du hast keine Zeit, einen Krüppel durch die Wüste zu schleppen, wenn du deinem Freund helfen willst.«

Widerwillig nahm Albert den Revolver. »Was ist passiert, Jack?«

»Ich weiß es auch nicht genau. Ich lief einen Hügel hinauf, und im nächsten Moment fand ich mich unten am Fuß mit einem kaputten Bein und einem halb steifen Arm wieder. Es hat mir einen Mordsschrecken eingejagt.« Jack zog einen zweiten Rucksack aus dem Gebüsch. »Erst nach einer Woche konnte ich mich wieder einigermaßen bewegen.«

Albert wusste nicht, was er tun sollte. Sowohl Jack als auch TJ waren verletzt, aber er konnte nicht an zwei Orten gleichzeitig sein. Er wusste, Jack würde sich auch ohne ihn durchschlagen können, und TJ befand sich vermutlich schwer verwundet irgendwo zwischen ihrem jetzigen Standort und dem Wasserloch. Die Entscheidung war einfach, aber deswegen fühlte Albert sich nicht besser.

»Warte hier auf mich, Jack. In ein oder zwei Tagen bin ich wieder zurück.«

Jack schüttelte den Kopf. »Das kannst du nicht wissen.«

»Man kann nie wissen, Jack.«

»Pass auf, Albert. Wenn du alles erledigt hast, treffen wir uns in Ponsby Station. Du findest mich in der Nähe des ehemaligen Ladens.«

»Ich weiß nicht, ob das eine so gute Idee ist, nachdem, was beim letzten Mal passiert ist«, sagte Albert.

»Der Ort ist inzwischen beinahe verlassen. Sie haben die Mine geschlossen, nachdem O'Hanlin und seine Männer getötet wurden.«

Jack setzte sich den Rucksack auf, hatte aber Schwierigkeiten, den Schulterriemen über seinen lädierten

Arm zu bekommen. Albert steckte den Revolver in seine Jackentasche und half Jack mit dem Rucksack.

»Du warst es nicht, oder?«, fragte Jack.

Albert nahm seinen Rucksack vom Boden. »Was war ich nicht?«

»Du hast O'Hanlin nicht getötet, oder?«

Albert schüttelte den Kopf. »Die Dingos haben ihn erwischt.«

»Da fällt mir ein Stein vom Herzen. Ich mochte O'Hanlin irgendwie.«

Jack sah in die Richtung, in der Barton Springs lag. Ein schwacher Lichtschein der brennenden Stadt lag über den Hügeln. »Ich glaube, ich gehe wieder ein Stück zurück und sehe mir das Feuer an.« Er zögerte ein paar Sekunden, bevor er sich auf den Weg machte. »Dein Freund ist vermutlich bereits tot. Setz nicht dein Leben aufs Spiel für etwas, das du nicht mehr ändern kannst.«

»Ich werd's versuchen, Jack.«

Jack humpelte zur Straße. Albert setzte den Rucksack auf und machte sich über die Hügel auf in Richtung Hölle. Erst als er bereits einige Zeit gelaufen war, fiel ihm ein, dass er vergessen hatte, Jack zu sagen, was er über den Großen Muldoon erfahren hatte.

20

„SIE HABEN ALVIN GEFRESSEN“

Es war eine mondlose Nacht, und Albert war zweimal gestürzt, einmal in einen Graben, den er nicht gesehen hatte, und einmal in ein ausgetrocknetes Flussbett. Beide Stürze hatten ihn ein bisschen die Orientierung verlieren lassen, und schon bald sah ein Stern wie der andere aus, bis er überhaupt nicht mehr wusste, in welche Richtung er ging. In seiner verzweifelten Suche nach TJ war Albert länger gelaufen, als es gut war.

Schließlich hielt er am Fuß eines flachen Hügels an. Es war durchaus denkbar, dass er dem Wasserloch nicht näher kam, sondern sich immer weiter davon entfernte. Er würde warten müssen, bis es hell wurde, bevor er weiterging.

Albert nahm eine Feldflasche und eine Decke aus dem Rucksack, den Jack ihm gegeben hatte, und bereitete sich auf die Nacht vor. Blind in der Nacht weiterzugehen wäre das Gleiche, wie sich gegen die Gitterstäbe eines Käfigs zu werfen. Er trank einen Schluck aus der Flasche und zog sich die Decke über die Schultern. Dann lehnte er sich gegen einen Felsen und blieb die restliche Nacht dort sitzen, wachsam auf jedes Geräusch achtend oder auf den Geruch von Dingos.

Beim ersten Schein des Morgens erschien der Berg

in der Ferne, und Albert wusste ungefähr, wo er sich befand. Er musste in östlicher Richtung weitergehen.

Sein Marsch in der Dunkelheit hatte ihn so weit vom Weg abgeführt, dass er erst am späten Morgen die Ausläufer des Gebirges erreichte. Zuvor hatte er versucht, direkt in nördlicher Richtung auf das Felsmassiv zuzulaufen, aber er hatte den Winkel falsch berechnet und es um mehrere Meilen verpasst. Er war am Fuß der Hügel entlanggelaufen, bis er ungefähr eine Stunde später die Stelle erreichte, an der der Pfad in die Berge führte. Am Fuß des Pfads war er stehen geblieben und hatte gelauscht.

Albert konnte nichts hören, aber er hatte einen schwachen Geruch von Dingo in der Nase. Er nahm seinen Revolver aus der Tasche und begann vorsichtig den Anstieg. Er erreichte den Scheitelpunkt und lief weiter auf den Durchbruch zwischen den Felsen zu. Immer wieder blieb er stehen und horchte.

Kurz nachdem er die Felskluft durchschritten hatte und den Weg abwärts ins Tal ging, stieß er auf einen toten Dingo. Neben dem Leichnam, der mit rotem Ocker bestreut war, lag ein Speer mit einer Steinspitze.

Vorsichtig folgte er dem Pfad zum Lager. Der Wetterschutz stand noch, und TJs Jacke lag auf dem Boden unter dem Zelttuch. Albert hob die Jacke auf. Sie war steif von getrocknetem Blut und hatte ein Einschussloch im Rücken. Er hielt die Jacke einen kurzen Moment fest, faltete sie ordentlich und legte sie zurück an ihren Platz. Albert hielt eine Pfote über die Feuerstelle. Die Asche war noch warm.

Albert zog seinen Revolver hervor und begann das Tal zu durchsuchen. Er entdeckte einen zweiten toten

Dingo, der halb im Wasser lag. Der Kadaver lag bereits eine ganze Weile dort und war von Krebsen angefressen. Er lief einmal um das Wasserloch, machte aber keine weiteren Entdeckungen.

Neben dem Stamm einer Schirmpalme fand Albert einen blutbefleckten Overall, den jemand in einen Busch geworfen hatte. Der Overall gehörte einem der beiden Bandicoots, allerdings konnte er nicht sagen, wem.

Er lief zur Quelle oberhalb des Wasserlochs, wo er einen dritten toten Dingo am Fuß des Pfads entdeckte, der zur Felshöhle hinaufführte. Abgesehen von einem ausgestochenen Auge und einer kleinen Stichwunde auf der Nase wies der Dingo keine Anzeichen von Verletzung auf. Der Pfad hinauf zur Höhle war voller Blutspritzer.

Zuletzt stieg er den Pfad hinauf und kroch in die niedrige Höhle.

Die braune Schlange lag tot neben dem Höhleneingang. Ihr Kopf war zerschmettert, und jemand hatte roten Ocker über ihren Körper gestreut. Abgefeuerte Zündhütchen lagen um eine Pfütze getrockneten Bluts verteilt, die quer über den Höhlenboden lief. Albert suchte den hinteren Teil und die Seiten der Höhle ab, konnte aber nichts Weiteres finden.

Den restlichen Nachmittag über suchte er im Tal vergeblich nach Zeichen von TJ. Ein- oder zweimal hatte er das Gefühl, am Ende des Tals eine Bewegung zu sehen, doch schrieb er es dem Schilfrohr zu, das sanft im Wind schaukelte.

Nachdem er sich von der Vergeblichkeit seiner Suche überzeugt hatte, lief Albert zurück zum Wasserloch, setzte sich ans Ufer und starrte auf sein Spiegelbild. Er wusste, dass TJ es bis ins Tal geschafft hatte. Seine blutige Jacke war dafür der Beweis. Es hatte einen Kampf gegeben, und irgendwer, vermutlich TJ, hatte die Dingos getötet. Mehr ließ sich nicht mit Sicherheit sagen. Albert blieb am Ufer sitzen und versuchte, die Einzelteile zusammenzusetzen. Erst als es dunkel geworden war, lief er zurück zum Lager.

Neben der Feuerstelle lagen noch einige Zweige, und Albert entfachte ein kleines Feuer mit den Streichhölzern, die Jack ihm in den Rucksack gesteckt hatte. Er hatte ihm auch Sardinenbüchsen mitgegeben, aber Albert konnte nichts essen.

Das Feuer konnte ihn verraten, allerdings hatte Albert bei seiner Suche im Tal kein Anzeichen von Leben entdeckt, und er wusste, dass der Feuerschein durch die ihn umgebenden Felswände nicht unten in der Ebene zu sehen war.

Albert hockte am Feuer und starrte in die Flammen, so wie er zuvor aufs Wasser gestarrt hatte. Er wusste nicht, ob TJ noch lebte. Und wenn er noch lebte, wusste er nicht, wo er anfangen sollte zu suchen.

Das Feuer war bis auf einige glühende Kohlen heruntergebrannt, als Albert in der Dunkelheit jenseits des Lagers ein Geräusch hörte. Der Wind kam von hinten, so dass er keinen Geruch wahrnehmen konnte. Er saß bewegungslos da und wartete auf ein weiteres Geräusch. Als der Wind sich drehte, roch er den Geruch abgestandenen Gins.

Ein Augenpaar, in dem sich die Glut des Feuers spiegelte, näherte sich in der Dunkelheit.

»Sie haben Alvin gefressen.« Rogers Stimme war nur ein heiseres Wispern.

Albert nahm seine Pfote von dem Revolver. »Wo ist TJ?«

»Er hat wie verrückt gebrüllt.«

Albert hörte, wie Roger sich kratzte.

»Du möchtest nicht zufällig einen Drink, Albert?«

»Nein.«

»Du hast auch nicht vor, mich umzubringen, oder?« Die Augen auf der anderen Seite des Feuers blinzelten ein paarmal.

»Ich habe mit dem Gedanken gespielt.«

»Ich habe seinen Kopf gerettet.« Rogers Stimme wurde noch leiser.

»Wessen Kopf, Roger?«

»Alvins natürlich, aber mach dir keine Sorgen, Albert. Er befindet sich an einem sicheren Ort.«

Albert machte eine Bewegung, und sofort wichen die Augen vom Feuer zurück.

»Keine Angst, Roger. Ich tu dir nichts. Ich muss nur wissen, was mit TJ passiert ist.«

Nach einem Moment kamen die Augen ein bisschen näher.

»Ich kann mich nicht mehr erinnern, Albert. Es ist so lange her.«

»Es war gestern, Roger.«

»Tatsächlich?« Rogers Kratzen wurde lauter.

»Die Dingos haben gebrüllt und geheult, und Theodore hat gezischt und nach der Höhle geschossen. Daran erinnere ich mich.«

Roger schwieg. Albert griff nach seinem Rucksack, und erneut wich Roger zurück.

»Ich habe etwas zu essen in meinem Rucksack, Roger. Möchtest du etwas?«

Roger kicherte. »Alvin und ich haben jede Menge Krebse. Ich habe einen Dingo als Köder in den Teich gelegt.«

Albert redete mit gleichmäßigem Tonfall auf Roger ein, weil er befürchtete, Roger könnte bei der leisesten Veränderung seiner Stimme zurück in die Dunkelheit flüchten. »Ich muss unbedingt wissen, was mit TJ passiert ist. Versuche, dich zu erinnern.«

»Die Dingos haben ihn mitgenommen. Das habe ich doch bereits gesagt.« Roger klang beleidigt.

»Entschuldige, Roger. Das muss ich vergessen haben. Wohin haben sie ihn mitgenommen?«

»Bertram und Theodore waren sehr wütend.«

Roger kam etwas näher ans Feuer. Albert konnte schwach seine Umrisse erkennen.

»Bertram ist nicht sehr nett. Hast du das gewusst, Albert?« Roger flüsterte wieder.

»Ich weiß es, Roger.«

»Als die Dingos TJ aus dem Tal führten, fing Bertram an, Alvin zu schlagen. Alvin konnte nichts dafür, dass die Dingos Theodore daran hinderten, TJ zu töten, oder?«

Albert musste sich anstrengen, dass seine Stimme nicht seine Gefühle verriet. »Ganz bestimmt nicht.«

»Er hatte Angst, die Dingos zu schlagen, und deshalb hat er Alvin geschlagen. Das war nicht nett, nicht wahr?«

»Nein, Roger. Das war nicht nett.«

»Bevor er ging, hat er mir die Ginflasche abgenommen. Auch das war nicht nett.« Roger kratzte sich ein paarmal.

Albert sagte nichts, und Roger kratzte weiter.

»Alvin fragt mich immer wieder, warum sie ihn und

nicht mich getötet haben, und ich weiß nicht, was ich ihm antworten soll«, sagte Roger verunsichert. »Was soll ich ihm sagen, Albert?«

»Ich weiß es nicht, Roger. Ich weiß es ganz bestimmt nicht«, sagte Albert aufrichtig.

»Sie mochten meinen Geruch nicht«, sagte Roger nach einer Weile.

»Wer mochte deinen Geruch nicht?«

»Die Dingos. Deshalb haben sie Alvin gefressen. Ich habe es dir doch gesagt.« Roger reagierte erneut gereizt.

»Entschuldigung.«

»Sie haben uns beide beschnuppert, und dann haben sie Alvin zerfleischt. Nach einer Weile hatten sie das meiste von ihm verschlungen, und dann sind sie abgezogen.« Roger schwankte weiter zwischen Wahnvorstellungen und Realität. »Hast du das gehört, Albert?«

Albert horchte angestrengt, hörte aber nichts außer dem Rauschen des Windes in den Zweigen einer Akazie. »Ich höre nichts.«

Roger scharrte mit den Füßen in der Dunkelheit. »Es sind Alvins Schreie – hörst du sie nicht?«

»Es ist bloß der Wind, Roger.«

Die Pupillen des Augenpaares schnellten vor und zurück. »Alvin braucht mich. Ich muss gehen.«

»Ich kann dich nach Ponsby Station bringen.« Albert wusste nicht, was er anderes sagen sollte.

»Uns gefällt es hier, mir und Alvin.« Roger blinzelte zweimal, bevor er seine Augen schloss und verschwand.

Albert schlief nur wenig in dieser Nacht, froh darüber, dass TJ tags zuvor nicht in der Höhle gestorben war, und beunruhigt, Roger könnte mit Alvins Kopf wiederkommen.

Beim ersten Tageslicht stand Albert auf, holte Alvins blutigen Overall und verbrannte ihn in der Feuergrube mit einigen trockenen Eukalyptusblättern, die er neben der Quelle gefunden hatte. Er hoffte, die Geste könnte eine magische Wirkung entfalten, Rogers Schmerz zu lindern. Albert wusste, dass man sich bei Magie nie sicher sein konnte, aber ein Mangel an Gewissheit ist niemals ein guter Grund, gar nichts zu tun. Albert setzte seinen Rucksack auf und verließ das Wasserloch, während der Rauch noch über dem Lager aufstieg.

21

EIN ZIRKUSZELT

Drei von ihnen standen neben einem Grevilleastrauch in einer flachen Senke siebzig Meter von ihm entfernt. Albert war noch nie einem lebenden Dingo bei Tag so nahe gekommen, eine Erfahrung, auf die er gerne verzichtet hätte.

Einer von ihnen trug ein kurzes Steinschlossgewehr; die anderen beiden waren mit Speeren und Stöcken bewaffnet. Abgesehen von Textilbeuteln über ihren Schultern waren die Dingos nackt. Ihre fuchsartigen Gesichter waren mit rötlichem Fell überzogen, auf dem die Narben früherer Kämpfe zu sehen waren. Der mit dem Gewehr war älter als die anderen beiden, und das Fell auf seiner Schnauze war fast weiß.

Noch vor kurzem hatte Albert geglaubt, ein Fell sei ausreichend Kleidung, und war beleidigt gewesen, als Jack zu ihm gesagt hatte, er sei nackt. Jetzt kam ihm die fehlende Bekleidung der Dingos primitiv vor. Das Alte Australien hatte Albert in vielerlei Dingen verändert, einige zum Besseren, andere zum Schlechteren. Albert hoffte, eines Tages in Ruhe darüber nachdenken zu können, was gut und was schlecht war.

Albert war froh gewesen, das Tal zu verlassen. Es hatte seinen Zweck erfüllt, ihm und TJ nach ihrer Flucht aus dem Tor zur Hölle Zuflucht geboten. Jetzt war es bloß ein Ort, der von Toten heimgesucht wurde.

Er war in die Ebene hinabgestiegen und geradewegs ins Zentrum der Hölle gelaufen. Sein Plan war nicht mehr als vage. Er musste TJ finden und jede direkte Konfrontation mit den Dingos vermeiden.

Wenn er TJ finden konnte, ohne entdeckt zu werden, konnte er ihm vielleicht zur Flucht verhelfen und mit ihm nach Ponsby Station zurückkehren. Allerdings wusste Albert, dass sein Plan Schwachstellen hatte. Wenn TJ noch lebte, war er höchstwahrscheinlich zu schwer verletzt, um zu fliehen. Doch darum würde Albert sich kümmern, wenn es so weit war.

Sein Geruchssinn hatte ihm mehr als einmal geholfen, und er ließ ihn auch an diesem Morgen nicht im Stich. Er roch die Dingos im gleichen Augenblick, als er in die Ebene hinaustrat. Albert lief so, dass der Wind immer von vorne kam, und wenn er Dingos roch, wich er nach links oder rechts aus und ging weiter.

Aber alle Versuche, in einer geraden Linie voranzukommen, wurden vom Geruch der Dingos oder dem Aufblitzen vermeintlicher Gewehrläufe in der Sonne vereitelt. Nachdem er eine Stunde lang im Zickzack weiter in die Wüste hineingelaufen war, flaute der Wind plötzlich ab. Albert blieb stehen, da er Angst hatte, ohne jede Ahnung dessen, was vor ihm lag, weiterzugehen. Aber es blieb windstill, so dass Albert schließlich beschloss, eine geschützte Stelle zu suchen und zu rasten. Unglücklicherweise hatte er sich für die falsche Senke entschieden.

Alberts Gedanken wurden unterbrochen, als einer der Dingos mehrmals aufheulte, den Graben entlang auf ihn zustürzte und einen Speer nach ihm schleuderte.

Er wirbelte zur Seite, und der Speer prallte von seinem Rucksack ab. Dann wandte er sich dem Dingo zu, der dem Speer hinterherrannte und gleichzeitig einen Schlagstock von der linken in die rechte Pfote schob. Albert gelang es, Jacks Revolver aus der Seitentasche zu reißen und zu spannen, bevor der Dingo bei ihm war.

Zwei Gramm Schwarzpulver spritzten dem vorpreschenden Dingo Goldstaub und Stücke von Katzengold ins Gesicht.

Der Dingo taumelte, fiel aber nicht hin. Der Schuss hatte ihn geblendet, und sein Gesicht war eine Maske aus Blut und Gold. Der Dingo lief heulend und jaulend weiter und schlug dabei mit seinem Stock nach dem unsichtbaren Feind.

Albert wich vor dem verwundeten Dingo zurück, der seinen Stock in weiten Kreisen um sich schwang und nur ins Leere traf. Die beiden anderen Dingos am Ende des Grabens sahen schweigend zu, wie ihr Gefährte seinen Stock schwang, bis er erschöpft war. Schließlich ließ der blinde Dingo den Stock sinken, hob seine blutige Schnauze in die Luft und stieß ein wehleidiges Geheul aus. Der ältere Dingo lief ein paar Meter auf den Verwundeten zu und erschoss ihn mit dem Steinschlossgewehr.

Die beiden Dingos machten keine Anstalten, sich Albert zu nähern, und ihr einziges Gewehr war jetzt nicht geladen. Albert war sich nicht sicher, was er tun sollte. Wegzurennen stand außer Frage, und die beiden Dingos mit Goldstaub zu töten war ebenfalls unrealistisch. Albert steckte den Revolver zurück in die Tasche.

Der Speer, den der Dingo nach ihm geworfen hatte, lag neben ihm auf dem Boden.

Zuerst wollte Albert den Speer aufheben und sich damit verteidigen, aber dann erinnerte er sich an den toten Dingo, den er oben auf dem Pfad zum Tal gefunden hatte. Eher instinktiv statt nach Verstand handelnd, nahm Albert den Speer auf und ging damit langsam zu dem Leichnam in der Mitte der Senke. Die beiden anderen Dingos sahen bewegungslos zu, wie Albert den Speer neben den Dingo in den Staub legte und dann ein paar Meter zurücktrat.

Einige Augenblicke sahen Albert und die Dingos einander an. Dann übergab der ältere Dingo seinem Gefährten das Gewehr und lief zu dem Getöteten. Er griff in seine Schultertasche und zog einen kleinen Lederbeutel hervor. Der Dingo öffnete den Beutel und streute roten Ockersand über den Gefallenen. Im nächsten Moment hörte der alte Dingo etwas und blickte auf zum Ende des Grabens. Albert folgte seinem Blick und sah eine massige Gestalt in einer purpurfarbenen Ringerhose am Aufgang der Senke stehen.

Der alte Dingo hob seine Pfote in Richtung der Gestalt und verschwand zwischen den Büschen im Graben, gefolgt von seinem jüngeren Gefährten. Die Gestalt in Ringerhosen warf Albert einen kurzen Blick zu, dann drehte sie sich um und verschwand hinter der Böschung des Grabens.

Albert war sich nicht ganz sicher, was passiert war, aber fürs Erste war er noch am Leben. Er lief den Graben entlang zu der Stelle, an der die in Purpur gekleidete Gestalt verschwunden war. Die Wüste am oberen Rand der Senke war dicht mit Zylinderputzern und Salzbüschen bedeckt. Albert bahnte sich vorsichtig einen Weg zwischen den Sträuchern, bis er die Spitzen von Eukalyptusbäumen auf einer Anhöhe entdeckte. Er roch Wasser in Richtung der Bäume und lief darauf zu.

Das Buschwerk wurde von einer Reihe steiniger Hügel abgelöst. Am Fuß der Hügel war ein großes Wasserloch, das von Akazien und Eukalyptusbäumen gesäumt wurde. Unter dem spärlichen Schatten eines der Bäume stand ein Zirkuszelt.

Es war ein kleines Zelt mit rot-gelben Streifen, genau wie TJ es beschrieben hatte. Ein zerrissener Wimpel mit der Aufschrift »Champion« flatterte auf der Spitze des kleinen Zelts. Die Farben waren mit den Jahren verblichen, und der Zeltstoff war so oft geflickt worden, dass es schwer war zu sagen, ob die Streifen ursprünglich einmal quer oder längs verlaufen waren.

Muldoon saß auf einem Dreifuß im Schatten eines Vordachs, das den Eingang des Zelts vor der Sonne schützte. Seine Pfoten ruhten auf seinen Knien, und seine Augen waren geschlossen.

Vorsichtig näherte sich Albert dem Zelt. Muldoon reckte lediglich ein wenig den Kopf, als horche er nach einem Geräusch in der Ferne.

Albert sagte nichts. Es war offensichtlich, dass Muldoon nicht gestört werden wollte, und gute Manieren geboten es, auf einen günstigeren Moment für ein Gespräch zu warten.

Im Zoo von Adelaide hatte es einen Tasmanischen Teufel gegeben, und wer ihn gesehen hatte, vergaß diesen Anblick nie wieder. Der Zoo hatte Tiere, die als gefährlich galten, in abgetrennten Gehegen gehalten, aber über die Jahre hatte Albert den Tasmanischen

Teufel zweimal gesehen, als er in einem Transportkäfig in einen anderen Teil des Parks gebracht wurde. Der Teufel war nicht viel größer als Albert gewesen, aber von ihm ging eine Wildheit aus, die Albert bei keinem anderen Tier im Zoo gesehen hatte. Er hatte ununterbrochen durch die Stäbe seines Käfigs nach dem Wärter geschlagen und schien gänzlich unempfänglich für den Schmerz, solange eine leise Chance bestand, dem Objekt seines Hasses eine Verletzung zuzufügen.

Irgendwann in der Vergangenheit hatte Muldoon eine furchtbare Brandverletzung erlitten. Statt Fell war eine Gesichtshälfte von einem runzligen Narbengewebe überzogen, das eine Augenhöhle und den Rest eines Ohrs bedeckte. Eine der Pfoten auf seinem Knie war entstellt und voller Narben. Das Fell auf der anderen Gesichtshälfte war mehr grau als schwarz.

Muldoons Ringerhose war noch häufiger geflickt worden als das Zelt, und an zahlreichen ausgebesserten Stellen schaute das Fell hervor. Es kam Albert so vor, als ob alles an Muldoon von ein paar dünnen Fäden zusammengehalten wurde.

Zuletzt öffnete Muldoon die Augen und sah Albert an. »Als ich zuerst hierherkam, konnte ich meine Augen schließen und die jubelnde Menge meinen Namen rufen hören.« Er stand auf und sah in die Wüste hinaus. »Inzwischen muss ich mich sehr dafür anstrengen.«

22

DER GROSSE MULDOON

Albert hatte sein Lager am Wasserloch in einiger Entfernung von Muldoons Zelt aufgeschlagen. Wie TJ gesagt hatte, war der Tasmanische Teufel ein wortkarges Wesen. Er hatte Albert gesagt, er könne gerne seine Wasservorräte auffüllen, und war in seinem Zelt verschwunden. Das war einige Stunden her, und seither hatte Muldoon sich nicht wieder blicken lassen.

Albert hatte seinen Rucksack ausgepackt und zum ersten Mal alles in Augenschein genommen, was Jack ihm eingepackt hatte. Neben TJs Jacke, die Albert aus dem Tal mitgebracht hatte, enthielt der Rucksack zwei Decken, Wasser und Streichhölzer. Außerdem hatte Jack etwas harten Zwieback, mehrere Sardinenbüchsen und eine kleine Flasche Whiskey eingepackt.

Nach seinen Erlebnissen in Ponsby Station hatte Albert keinen Schnaps mehr angerührt. Aber er wusste, dass TJ eine Schwäche dafür hatte, und er war froh, dass Jack ihm die Flasche mitgegeben hatte.

Albert aß zwei Scheiben Zwieback, machte aber keine Sardinenbüchse auf. Er würde am Morgen im See jagen. Er wusste, Muldoon mochte Sardinen, und er hoffte, seine Vorräte gegen Informationen über TJ einzutauschen. Es war offensichtlich, dass Muldoon viel mehr über Dingos wusste als Albert und ihm vielleicht helfen konnte.

Es wurde dunkel, aber immer noch kein Zeichen des Tasmanischen Teufels. Albert breitete seine Decken aus und machte ein kleines Feuer. Er war sich sicher, dass sowohl Jack als auch TJ ein Lagerfeuer in Feindesgebiet für zu gefährlich hielten, aber Albert hatte das Gefühl, das Risiko eingehen zu können. Muldoon war ganz in der Nähe und schien mit den Dingos guten Umgang zu pflegen. Außerdem wussten die Dingos, wo Albert war, und würden ihn jederzeit finden, mit oder ohne Feuer.

Die Hügel verhinderten die Sicht auf den Berg in der Ferne, aber er sah die Sterne einen nach dem anderen am Himmel erscheinen. Es waren die gleichen Sterne, die er vor gar nicht so langer Zeit am Ausgang des Tals aufgehen gesehen hatte, und er war froh, sie wiederzusehen.

Albert wollte gerade ein paar Stöcke ins Feuer schieben, als Muldoon mit seinem Dreifuß in den Feuerschein trat. Er stellte den Stuhl auf der anderen Seite des Feuers ab und setzte sich.

Muldoon hatte sich umgezogen und trug nun eine dunkle Cabanjacke und eine Rollmütze. Die Jacke war abgewetzt, und es fehlten ein paar Knöpfe. Die Mütze war an einer Seite tief ins Gesicht gezogen, um das verstümmelte Ohr und einen Teil der Narben auf seiner Stirn zu verdecken. Muldoon sah Albert mit seinem gesunden Auge an.

»Ich bin Muldoon.«

»Ich bin Albert.« Albert setzte sich auf seine Decken.

Der Tasmanische Teufel schien unschlüssig, als wüsste er nicht, was er als Nächstes sagen sollte. Nach einer Weile fragte er: »Brauchst du noch mehr Decken? Ich habe noch ein paar im Zelt.«

Albert schüttelte den Kopf. »Nicht nötig, vielen Dank. Es sieht ganz nach einer lauen Nacht aus.«

Muldoon kippelte auf seinem Dreifuß herum. »Du bist wahrscheinlich müde. Ich glaube, ich lass dich lieber allein.«

Muldoon stand auf und nahm umständlich den Stuhl hoch. Es war klar, dass er entweder schüchtern oder keine Unterhaltung gewohnt war und etwas Hilfe brauchte, um das Eis zu brechen.

»Möchtest du einen Drink?« Albert griff in seinen Rucksack und zog die Whiskeyflasche hervor. Ihm war aufgefallen, dass Freundschaft im Alten Australien praktisch immer mit der Einladung zu einem Drink verbunden war.

Muldoon stellte dankbar seinen Stuhl neben das Feuer auf den Boden und setzte sich wieder. Er nahm die Flasche mit seiner unversehrten Pfote und zog den Korken mit einiger Mühe mit der anderen heraus. Dann nahm er einen kleinen Schluck und hielt die Flasche Albert hin.

»Ich vermute, du hast hier nicht viel Gesellschaft«, sagte Albert, während er die Flasche nahm und sie in seinen Schoß legte.

Muldoon dachte einen Moment nach. »Dingos, die lassen sich öfter blicken. Aber sie reden nicht viel.«

»Ich weiß überhaupt nichts über Dingos«, versuchte Albert es.

»Dingos sind sehr seltsam.« Muldoon dachte nach. »Sie leben gerne hier draußen.«

Er versank in Schweigen. Albert reichte ihm die Flasche, und er nahm einen zweiten Schluck.

»Wie lange lebst du schon hier?«, fragte Albert.

Muldoon hielt die Flasche eine Zeitlang in der gesunden Pfote, dann trank er noch einmal. »Ungefähr acht Jahre. Ich bin hergekommen, um zu sterben, aber es hat nicht funktioniert.«

Er gab die Flasche zurück an Albert, der sie wieder in den Schoß legte.

»Du trinkst nicht?«, fragte Muldoon.

»Nein.« Albert gab die Flasche zurück an Muldoon.

»Die Dingos auch nicht. Sie können das Zeug nicht riechen.« Muldoon nahm einen kleinen Schluck und starrte vor sich ins Feuer. Die Jacke und Mütze verschluckten das Licht, aber die Narben auf seinem Gesicht glänzten im Feuerschein. Ihn umgab eine Traurigkeit, die Albert bereits am Morgen vor dem Zelt aufgefallen war und die er auch jetzt spürte, während er Muldoon über das Feuer hinweg ansah.

Der Tasmanische Teufel redete erneut. »Niemand kommt hierher, außer die Verzweifelten.«

Albert wartete einen Augenblick, ob Muldoon noch mehr sagen würde, aber er schwieg. Schließlich sagte Albert: »Kennst du TJ? Du hast ihm vor einiger Zeit den Weg aus der Wüste gezeigt.«

Muldoon nickte.

»Die Dingos haben ihn vor zwei Tagen mitgenommen, und ich versuche ihn zu finden. Er ist mein Freund.« Albert war erleichtert, endlich zur Sache zu kommen.

»Was ist passiert?« Muldoon drückte den Korken mit seiner versehrten Pfote zurück in die Flasche.

»Ich weiß es nicht genau. Ich war nicht dabei. Aber anscheinend hat es am Wasserloch, zu dem du ihn damals gebracht hast, einen Kampf gegeben. TJ hat mehrere Dingos erschossen. Er wurde verletzt und überwältigt, aber die Dingos haben nicht zugelassen, dass Theodore und Bertram ihn töten.« Die Worte sprudelten in rascher Folge aus Alberts Mund.

»Das Possum und das einohrige Wallaby; ich kenne die beiden.« Muldoon war jetzt ganz bei der Sache. »Was ist danach passiert?«

»Die Dingos haben TJ irgendwohin verschleppt, und ich vermute, Bertram und Theodore sind zurück zum Tor zur Hölle. Das ist alles, was ich weiß.« Albert schwieg und wartete auf eine Antwort von Muldoon.

Muldoon stand auf und steckte die Whiskeyflasche geistesabwesend in die Tasche seiner Cabanjacke. Er lief vor dem Feuer auf und ab.

»Bei den Dingos kann man nie sicher sein. Einen Tag machen sie das und am nächsten das genaue Gegenteil. Aber sie lieben einen anständigen Kampf und Tapferkeit. Wenn ein Dingo stirbt, legen sie ihm seine Waffen an die Seite und bestreuen ihn mit roter Erde.«

»TJ war jemand, der sich behaupten konnte«, sagte Albert mit unerschütterlicher Gewissheit.

Muldoon nickte.

»Was werden sie mit ihm tun?« Albert spürte neue Hoffnung, TJ könnte noch am Leben sein.

»Du sagtest, er wäre schwer verletzt?« Muldoon setzte sich wieder auf seinen Stuhl.

»Theodore hat ihn in den Rücken geschossen.«

Muldoon überlegte einen Moment, bevor er weiterredete. »Wenn er am Wasserloch tapfer gekämpft hat und die Kugel in seinem Rücken überlebt, könnten die Dingos ihn adoptieren.«

»Sie adoptieren andere Tiere?« Je mehr Albert über die Dingos erfuhr, desto seltsamer kamen sie ihm vor.

»Soweit ich weiß, liegt der letzte Fall acht Jahre zurück. Aber die Möglichkeit besteht immer.« Muldoon hob ein paar Zweige vom Boden und schob sie ins schwelende Feuer.

»Was war heute Morgen?«, fragte Albert.

»Du meinst, mit den Dingos?«

»Ja.«

»Sie hatten noch nie ein Schnabeltier gesehen. Wenn der junge Bursche nicht so hitzköpfig gewesen wäre, hätten sie dich vielleicht in Ruhe gelassen.«

Albert richtete sich auf, als er Muldoon *Schnabeltier* sagen hörte. »Ich bin nicht das erste Schnabeltier, dem du begegnet bist, oder?« Albert musste sich schwer zusammennehmen, um nicht laut loszubrüllen.

»Es gab eins in dem Zoo, aus dem ich stamme«, sagte Muldoon nüchtern.

»Aber nicht hier. In dieser Gegend ist dir noch kein Schnabeltier begegnet.« Albert befürchtete, die Antwort bereits zu kennen, aber er musste die Frage stellen.

Muldoon schüttelte den Kopf. »Ich habe in jeder Goldgräberstadt in der Umgebung gekämpft und ziehe seit acht Jahren durch die Wüste, aber du bist das einzige.« Nach einer kurzen Pause fügte er hinzu: »Ich bin der einzige Tasmanische Teufel in der Hölle, und du bist das einzige Schnabeltier.«

Muldoon fischte die Whiskeyflasche aus seiner Jackentasche und setzte sich auf den Dreifuß. Er zog am Korken, besann sich aber eines Besseren und warf die

Flasche Albert zu. »Du hast die Geschichten gehört, stimmt's?«, fragte er.

»Welche Geschichten?« Albert steckte die Flasche in den Rucksack.

»Die Geschichten über einen Ort, an dem sich nichts verändert hat und Australien noch so ist wie früher.«

Albert nickte. »Im Zoo von Adelaide haben alle davon geredet.«

Muldoon beugte sich zum verglimmenden Feuer. »Ist das der Ort, den zu finden du gehofft hast?«

»Nein«, antwortete Albert.

»Als ich zum ersten Mal hierherkam, dachte ich, im Alten Australien andere Artgenossen zu finden.« Muldoon stand auf und schob mit der Innenseite seines Fußes Erde über die Glut. »Jetzt bin ich mir nicht mehr sicher, *was* meine Art überhaupt ist.«

23

DINGOS

Am nächsten Morgen vor Sonnenaufgang erschien Muldoon erneut in Alberts Lager, einen Wanderstab in der Pfote und mehrere Feldflaschen über der Schulter. Er trug immer noch die Rollmütze, hatte aber die Cabanjacke gegen eine fleckige Baumwolljacke getauscht, die auch schon bessere Tage gesehen hatte.

Muldoon erklärte Albert, dass er TJ suchen wolle, und ermahnte ihn, bis zu seiner Rückkehr am Wasserloch zu bleiben. Dann ging er ohne ein weiteres Wort los und war wenig später zwischen den Büschen verschwunden.

Albert hatte Muldoon die Sardinen geben wollen, im letzten Moment aber gezögert. Er wusste, wenn er die Büchsen aus dem Rucksack zog, würde er über Jack reden müssen, und so weit war er noch nicht. Er war sich ziemlich sicher, dass Muldoons Verbrennungen von einem von Jacks Feuern stammten, und er fürchtete, mit Jack einen so wunden Punkt bei Muldoon zu treffen, dass TJs Rettung gefährdet sein könnte.

Das Wetter war heiß und die Luft so windstill, dass der Wimpel über Muldoons Zelt tagsüber schlaff herabhing. Am frühen Morgen, wenn das Wasserloch noch kühl war, jagte Albert Larven und Süßwassergarnelen. Gegen Mittag erhitzte die Sonne das Wasser so stark, dass die darin lebenden Kleinlebewesen sich im Schlamm und zwischen den Steinen am Boden verkrochen.

Die Nachmittage verbrachte Albert im Schatten einer Decke, die er einige Schritte vom Wasser entfernt zwischen zwei Eukalyptusbäumen aufgespannt hatte. Er legte sich auf den Rücken, den Kopf auf dem Rucksack, schloss die Augen und versuchte sich die Welt vorzustellen, nach der er suchte. Es würde dort andere Schnabeltiere geben. So viel war sicher. Aber er war sich nicht sicher, was diese Welt noch enthalten würde. Seine ursprünglichen Vorstellungen von kühlem Wasser und schattigen Uferbänken hatten die Zeit im Alten Australien nicht überdauert.

In der Nachmittagshitze dösend, träumte Albert manchmal davon, dass die Welt, nach der er suchte, nichts anderes als ein Zoo ohne Gitter sei, und überall an den Uferböschungen ständen unfreundliche Schnabeltiere, die Zuckerwatte in sich hineinstopften und Steine nach ihm warfen.

Das Brummen kleiner schwarzer Fliegen, die sein Gesicht umschwirrten, holte ihn aus seinem Traum in den Schatten unter der Decke zurück. Er versuchte, die Fliegen zu verscheuchen, und quälte sich mit dem Gedanken, TJ könnte schon lange tot sein.

In der kurzen Zeit der Dämmerung zwischen der Hitze des Tages und der Kälte der Nacht verwandelte sich das Wasserloch in einen magischen Ort. Im schwindenden Licht ging Albert um das Wasserloch herum zu Muldoons Zelt und betrachtete seine roten und gelben Flicken. Wenn er Glück hatte, straffte eine leichte Brise für einen Moment den Wimpel und das Wort *Champion* flatterte über dem Zelt.

Albert fragte sich, was im Inneren des Zelts zu finden war und wie es ausgesehen haben mochte, als Muldoon tatsächlich ein Champion und die Plane noch neu gewesen war. Das Zelt und Muldoon waren in Alberts Kopf eins geworden, und ihre gegenwärtige Schäbigkeit ließ den früheren Ruhm noch größer erscheinen, als er vielleicht gewesen sein mochte.

Sosehr Albert wissen wollte, wie es im Zelt aussah, machte er dennoch keinen Versuch, hineinzugehen oder durch die heruntergelassenen Vorhänge am Eingang zu spähen. Es bedeutete, in Muldoons Leben einzudringen, und so etwas machte man nur, wenn man dazu aufgefordert wurde – und mit der Gewissheit, dass man niemals in das Leben eines anderen eintrat, ohne dass einen diese Erfahrung veränderte.

Albert starrte eine Weile das Zelt an und versuchte sich vorzustellen, wie die Menge Muldoons Namen schrie, aber er hatte Muldoon nie kämpfen gesehen, und seine Vorstellungskraft reichte nicht aus, eine ganze Welt von Goldgräberlagern und blutigen Wettkämpfen entstehen zu lassen. Stets erschien der Muldoon, den er kannte: von Narben gezeichnet und auf einen Jubel wartend, von dem er wusste, dass er nie wiederkommen würde.

Dann entfernte sich Albert vom Zelt, holte seine Decke und seinen Rucksack unter einem Busch hervor, ging zurück zu seinem Lager und machte ein kleines Feuer. Er hüllte sich in die Decke ein und lehnte sich gegen den Rucksack. Wenn er noch Hunger hatte, aß er einen oder zwei Zwiebacke und starrte aufs Feuer, bis er einschlief.

Fünf Tage nach Muldoons Aufbruch wachte Albert auf und sah einen alten Dingo, der ihn vom Rand des Buschs neben seinem Lager beobachtete. Albert war sich nicht sicher, aber vermutlich war es derselbe Dingo, dem er in der Senke begegnet war.

Der Dingo kauerte Albert gegenüber auf der anderen Seite des Feuers. In der einen Pfote hielt er sein Steinschlossgewehr und in der anderen etwas, das aussah wie TJs Hut. Albert richtete sich langsam auf und schüttelte die Decke von den Schultern. Er und der Dingo beobachteten einander mehrere Minuten lang, ohne irgendeine plötzliche Bewegung zu machen.

Dann stand der Dingo langsam auf und lief auf Albert zu. Als er die Hälfte der Strecke gegangen war, legte er den Hut auf den Boden und kehrte zu seinem ursprünglichen Platz zurück. Dort hockte er sich hin und wartete.

Albert, dem Beispiel des Dingos folgend, stand langsam auf, ging zur Mitte und nahm den Hut. Dann kehrte er zu seiner Decke zurück und setzte sich. Er sah hinab auf den Hut in seinem Schoß. Es war TJs Hut, einschließlich des Kinnriemens. Albert hob eine Pfote in Richtung des alten Dingos. Der Dingo hob ebenfalls seine Pfote und stand auf. Er lief auf den Busch zu und machte Albert ein Zeichen, ihm zu folgen.

Muldoon hatte Albert gesagt, er solle auf ihn warten, aber das war mehrere Tage her. Wenn es derselbe Dingo war wie vor einigen Tagen, stand Muldoon sich gut mit ihm, und bislang hatte der Dingo sich mehr wie ein Freund denn wie ein Feind verhalten.

Albert hatte nicht vergessen, dass er den Tod eines jungen Dingos verursacht hatte und das Auftreten des alten Dingos durchaus auch eine heimtückische Falle sein konnte. Dennoch stand fest, dass er eine Verbindung zu TJ hatte, und das war für Albert genug, das Risiko einzugehen.

Er erhob sich langsam, nahm die Feldflasche aus seinem Rucksack, ging zum Wasserloch und füllte sie. Als er zurückkehrte, wartete der alte Dingo immer noch auf ihn.

Albert nahm seine Decke auf und steckte sie mit der Feldflasche und seiner Jacke in den Rucksack. Jacks Revolver ließ er in der Jackentasche. Es war zu heiß für die Jacke, und der Revolver würde ihm auch nichts nützen. Wenn der Dingo ihm eine Falle stellen wollte, müsste er sich auf seine natürlichen Waffen verlassen. Er band TJs Hut an den Rucksack, zog die Schulterriemen über und lief auf den Dingo zu.

Als er sah, dass Albert hinter ihm herkam, trottete der Dingo in die Wüste. Albert folgte in einem Tempo, das er nicht gewohnt war. Der Dingo bewegte sich leichtfüßig durchs Gelände und schien genau zu wissen, wo er zwischen dichtem Buschwerk und unwegsamem Gelände einen Pfad finden konnte.

Die frühe Morgenluft war kühl, und Albert stellte fest, dass er sich nur eng hinter dem Dingo halten musste, um genauso mühelos voranzukommen.

Allerdings hatte der Dingo einen strengen Geruch, den Albert zunächst abstoßend fand. Er erinnerte ihn daran, wie seine Mutter gestorben war, und beschwor den Zoo von Adelaide und alle anderen Schrecken herauf, die mit ihrem Tod verbunden waren.

Je länger der Geruch anhielt, desto weniger störte er ihn. Als Jugendlicher hatte er den Hund gerochen, der seine Mutter zerfleischt und den er anschließend getötet hatte. In seiner Erinnerung fehlte dem Geruch von damals jede Feinheit.

Bei dem Dingo vor ihm war das anders. Der Geruch von Hund war immer noch da, aber er war bloß ein Teil von etwas sehr viel Komplexerem. Der Dingo roch nach Akazie, nach rotem Wüstensand, nach Feuerrauch und nach Wasser und Eukalyptusbäumen in der Ferne. Der Hund hatte nach Unterwerfung und Sklaverei gerochen.

Nichts von dem, was Albert in Adelaide für selbstverständlich gehalten hatte, stimmte im Alten Australien noch. Was ihm so viele Jahre als der Inbegriff des Bösen vorgekommen war, half ihm jetzt, einen Freund zu retten.

Der Dingo verlangsamte seinen Gang mit der zunehmenden Mittagshitze. Sie liefen noch eine Weile weiter, doch bevor die Sonne den Zenit erreichte, führte der Dingo Albert zu einer Felszunge, die ihnen ausreichend Schatten bot.

Der Dingo lehnte sein Gewehr gegen einen Felsen und nahm eine Pfote getrockneter Käfer aus seinem Stoffbeutel. Er aß einige und gab auch Albert welche. Im Gegenzug zog Albert seine Feldflasche aus dem Rucksack und reichte sie dem Dingo. Der Dingo trank nicht direkt aus der Flasche, sondern schüttete etwas Wasser in seine Pfote und leckte es mit der Zunge auf.

Nachdem sie ihr Käfermahl beendet hatten, rollte der Dingo sich im Schatten zusammen und schloss die Augen. Albert stellte sich darauf ein, die Mittagshitze mit seinem neuen Gefährten abzuwarten.

Die Stille der Wüste wurde vom Flüstern eines trockenen Windes unterbrochen, der aufgekommen war, kaum dass sie den Felsvorsprung erreicht hatten. Der Wind war stark genug, die Fliegen zu verscheuchen, wofür Albert dankbar war. Der Dingo lag reglos am Boden. Nur ab und zu sträubte sich sein kurzes Fell, wenn der Wind zwischen die Felsen fuhr. Hin und wieder drehte er ein Ohr nach links oder rechts, als lausche er nach einem fernen Geräusch, oder er hob witternd den Kopf, ließ ihn wieder zu Boden sinken und schloss die Augen.

Bei seiner Ankunft im Alten Australien hatte Albert nichts von der Wüste gewusst. Alles, was er wusste, hatte er von Jack und seinen eigenen Märschen durch die Hölle gelernt. Unter der Führung des Dingos hatte Albert an diesem Morgen wieder ein bisschen mehr gelernt, aber er wusste, es war nicht genug und würde auch nie genug sein. Der schlafende Dingo neben ihm war hier zu Hause. Er gehörte hierher.

Albert wusste, dass er an einen anderen Ort gehörte. Wo dieser Ort lag, wusste er nicht, aber es gab ihn irgendwo, und er würde weiter nach ihm suchen, sobald seine Freunde in Sicherheit waren.

Ein leichter Klaps auf die Schulter weckte ihn aus seinem Halbschlaf. Er öffnete die Augen und sah den alten Dingo vor sich stehen. Die Sonne stand tief über dem Horizont, und der trockene Wind war kälter als zuvor. Der Dingo trottete zurück in die Wüste. Schnell warf Albert den Rucksack über die Schultern und eilte hinter ihm her.

Im Verlauf des Nachmittags hatte sich die Wüste verändert. Albert und der Dingo stiegen aus der Ebene auf eine Felsnase aus rotem Sandstein, die auf einen flachen

Hügelkamm zulief und etwa eine Meile in die Wüste hineinreichte. Von irgendwo jenseits des Kamms sah Albert dünne Rauchwolken aufsteigen.

Sie folgten der Felsnase etwa eine Stunde, bis sie kurz vor Sonnenuntergang den Grat erreichten. Unter ihnen lag ein kleines Dingofeldlager verstreut auf einem schmalen Sandsteinplateau. Nicht weit von ihnen entfernt rieselte aus einer Quelle klares Wasser zwischen den Felsen hinab zum Plateau. Das Wasser sammelte sich in kleinen Becken im Sandstein, trat über die Ränder und verschwand hinter einer Felskante jenseits des Lagers.

Quer über den Platz verteilt standen einfache Zelte aus Zweigen, vor denen kleine Feuer brannten. An den Feuern saßen Dingos und bearbeiteten Steinwerkzeuge oder brieten Fleisch, dessen Herkunft Albert unbekannt war. Ein paar Dingowelpen spielten im Lager Fangen, und ihre aufgeregten Schreie waren das einzige Geräusch, das Albert hören konnte.

Muldoon stand in der Mitte des Lagers, die verbrannte Pfote in der Tasche seiner Baumwolljacke. Er sah hinauf zum Hügelkamm und winkte Albert mit seiner gesunden Pfote zu.

24

WÄSCHE UND MONDSCHEIN

TJ lag bäuchlings auf einer Matratze aus abgeschnittenen Gräsern auf dem Boden in einem der Zelte des Dingolagers. Er wandte seinen Kopf leicht zur Seite, als Albert durch den Eingang gekrochen kam.

»Ich hätte es besser wissen müssen, als einem Trunkenbold zu vertrauen.«

In dem Unterschlupf war es dunkel, und das einzige Licht kam von einem Lagerfeuer in der Nähe des Eingangs. Es dauerte eine Weile, bis Alberts Augen sich an das schummrige Licht gewöhnt hatten.

TJs Brustkorb war mit einem Stoffverband umwickelt, der eine Breipackung aus Blättern über seiner Wunde im Rücken hielt. Seine blutige lange Unterhose und die Leinenhose lagen gefaltet zu seinen Füßen, und daneben stand der Jutesack mit seinen übrigen Habseligkeiten. Der Enfield-Karabiner lehnte in Griffweite an der Wand. Auf dem Boden stand eine Schale mit Wasser.

Albert setzte sich, wobei sein Hut gegen die Decke des Unterschlupfs stieß. »Wie geht es dir?«

»Besser als vor einer Woche.« TJ stützte seinen Kopf auf eine Pfote und redete mit leiser Stimme. »Und dir?«

»Ein bisschen müde.« Albert legte die Beine übereinander und beugte sich vor, um TJ besser zu verstehen.

»Was ist mit den Nagern passiert?«, fragte TJ.

»Alvin ist tot, und Roger hat den Verstand verloren.«

TJ schloss die Augen. »Kein großer Verlust, wenn du mich fragst.«

Albert veränderte seine Haltung, und sein Schatten wanderte über die gegenüberliegende Wand. »Mag sein, aber sie haben mir einmal aus der Klemme geholfen.«

TJ rollte auf die Seite. »Ich bin froh, dich zu sehen, Albert.«

»Ich dich auch, TJ. Ich wusste nicht einmal, ob du noch lebst.«

TJ lächelte. »Versuche, mich umzubringen, hat es jedenfalls genügend gegeben.«

»Was ist in Barton Springs passiert?«, fragte Albert.

»Das ist schnell erzählt. Als ich zu dem Gemischtwarenladen kam, war es bereits dunkel, und ich wähnte mich sicher. Auf dem Weg zur Hintertür hörte ich Roger plötzlich meinen Namen rufen. Bevor ich noch drei Schritte machen konnte, schoss jemand hinter mir. Ich habe mich nicht einmal umgedreht. Ich bin einfach nur gelaufen, Albert, darin bin ich gut.«

»Es war Theodore. Er hat auf dich geschossen.« Albert nahm seinen Hut ab und stopfte ihn in seine Jackentasche.

TJ schwieg für einen Moment. »Ich habe mir gedacht, es könnte das verdammte Possum gewesen sein, als ich es am Wasserloch sah. Beim nächsten Mal gehe ich auf Nummer sicher.« Er griff nach der Schale mit Wasser und nahm einen tiefen Schluck. »Tut mir leid, dass ich dich sitzengelassen habe. Ich habe erst am Stadtrand bemerkt, wie schwer ich verletzt war.«

»Schon gut, TJ. Ich habe mich durchgeschlagen.« Albert streckte den Arm aus und nahm vorsichtig die Schale aus TJs Pfote.

»Es dauerte eine Weile, aber ich hab's zurück zum Wasserloch geschafft. Ich wollte im Tal auf dich warten, wie wir es verabredet hatten.« TJ war erschöpft, und die Pausen wurden länger. »Zwei Tage nach meiner Rückkehr bekam ich unerwünschten Besuch … Es war ein höllischer Kampf, Albert. Du hättest es sehen sollen.«

Albert hielt ihm das Wasser hin. TJ schüttelte den Kopf und fuhr fort.

»Den ersten Dingo habe ich gleich beim Durchgang ins Tal erschossen. Dadurch wurden die anderen aufgehalten, und ich konnte in deine Höhle oben im Fels fliehen. Danach wurde es richtig aufregend.«

TJ hielt inne und ruhte sich kurz aus, bevor er weitermachte.

»Bertram blieb stets außer Schussweite, so dass ich ihm nichts anhaben konnte. Das Possum wagte sich ein paarmal vor, war aber ebenso schnell wieder verschwunden. Gekämpft haben nur die Dingos. Hätte ich nicht wieder zu bluten angefangen und hätte ich etwas mehr Munition gehabt, hätten die Schlange und ich die Höhle bis in alle Ewigkeit verteidigt.«

TJ schloss wieder die Augen. »Eine seltsame Geschichte mit der Schlange. Sie kam von irgendwoher gekrochen, gleich nachdem ich in der Höhle war. Sie rollte sich zwischen mir und dem Höhleneingang zusammen und blieb während des gesamten Kampfes dort. Meine Wunde war wieder aufgebrochen, als ich hinauf zur Höhle rannte, und ich hatte sehr viel Blut verloren. Gegen Abend wurde mir mehrmals schwarz vor Augen. Als Letztes erinnere ich mich noch, dass die Schlange nach einem Dingo schnappte, der auf mich los wollte.«

Albert war traurig gewesen, als er die Schlange tot im Eingang der Höhle gefunden hatte. Es tröstete ihn, dass sie tapfer gestorben war, aber das machte sie nicht wieder lebendig. Albert würde sie vermissen.

»Es war eine gute Schlange« war alles, was ihm zu sagen einfiel.

TJ schlug kurz die Augen auf. »Würdest du mir einen Gefallen tun?«

»Aber natürlich.«

»Würdest du das Blut aus meiner Kleidung waschen?« TJ schloss die Augen. »Ich kann schmutzige Kleidung nicht ausstehen.« TJ holte tief Luft und schlief ein.

Albert nahm TJs Hose und die lange rote Unterhose unter den Arm und kroch aus dem Zelt.

Muldoon saß draußen am Feuer. Neben sich hatte er Alberts Rucksack. Der Vollmond stand tief am Himmel und erleuchtete das gesamte Plateau. Die anderen Feuer des Lagers waren fast niedergebrannt und die Dingos nur noch als gelegentliche Schatten zwischen den Zelten zu erkennen.

Muldoon sah zu Albert hinüber. Im weichen Licht des Mondes sah sein Gesicht weniger schlimm entstellt aus. »Wie geht es ihm?«

Albert lief zu seinem Rucksack und öffnete ihn. »Er schläft.«

Albert nahm TJs Jacke heraus und legte sie zu den übrigen Sachen, die er aus dem Zelt mitgebracht hatte.

TJs Hut hatte wenig gelitten, so dass Albert ihn zur Seite legte. Als er den Rucksack wieder zuziehen wollte, fielen ihm die Sardinen ein. Irgendwann würde er mit Muldoon über Jack reden müssen, und die Gelegenheit jetzt war so günstig wie jede andere.

Albert griff tief in den Rucksack und zog die Sardinenbüchsen hervor. »Ich habe gehört, du magst das hier.«

Muldoon blickte auf die Büchsen in Alberts Pfote und dann in sein Gesicht. »Wer hat dir das gesagt?«

»TJ zum Beispiel.« Albert hielt Muldoon die Büchsen hin.

Der Tasmanische Teufel zögerte, streckte langsam eine Pfote vor und berührte einen kurzen Moment die Büchsen, bevor er sie wieder zurückzog. Muldoon starrte erneut ins Feuer und schwieg.

Albert hielt die Büchsen noch einen Augenblick in der Pfote, dann legte er sie neben Muldoon auf den Boden. Er nahm TJs Kleidung auf und ging zum Bach, der vom Felskamm herabfloss. Er folgte seinem Lauf vorbei an den Wasserbecken bis zum Rand des Plateaus, von wo er sich in ein Eukalyptuswäldchen einhundert Meter hinter dem Lager ergoss. Die Dingos holten ihr Wasser aus den Becken nahe beim Lager, und Albert wollte ihr Trinkwasser nicht mit TJs Blut verunreinigen.

Das Mondlicht wurde vom Wasser und den Felsen ringsum reflektiert, und es war hell genug zum Waschen. Albert hielt die Kleidungsstücke ins Wasser, rieb sie vorsichtig über den Sandstein und wusch sie anschließend aus. Nachdem er fertig war, breitete er sie auf den Felsen aus, wo sie am Morgen in der Sonne trocknen würden.

Es hatte kaum Gelegenheit gegeben, mit Muldoon zu reden. Praktisch im gleichen Moment, als Albert das Camp betreten hatte, hatte Muldoon ihn zu TJ geführt. Er hatte etwas erwähnt, von wegen mit den Dingos im Camp verwandt zu sein, aber das war es auch schon.

Von Anfang an zeigten die Dingos sich sehr an Albert interessiert. Sie starrten ihn aus der Ferne an und tuschelten, weigerten sich aber, näher zu kommen. Es war alles sehr eigenartig.

Albert setzte sich auf die Felskante und blickte über die Kronen der Bäume unter ihm. Der Mond befand sich inzwischen höher am Himmel und überstrahlte die Sterne in seiner Nähe.

Zum ersten Mal seit seiner Ankunft im Alten Australien empfand Albert so etwas wie inneren Frieden. Ganze zwei kurze Tage hatte es zwischen seiner Begegnung mit Jack und dem Feuer in Ponsby Station gegeben, an denen ihn weder jemand gejagt noch einen seiner Bekannten angeschossen oder aufgefressen hatte.

TJ lebte. Jack wartete in Ponsby Station auf ihn. Der Zoo in Adelaide lag in ferner Vergangenheit, und die Hölle erwies sich als durchaus annehmbarer Ort.

Albert beschloss, die Nacht am Wasser zu verbringen, von wo er die Bäume sehen konnte. Er wollte gerade aufstehen, um seine Decke zu holen, als er Muldoon über das Steinplateau auf sich zukommen sah.

»Sie haben Angst vor dir. Wusstest du das?«

»Wer hat Angst vor mir?«

»Die Dingos.«

Albert war überrascht von dem Gedanken, irgendwer könnte vor ihm Angst haben. Zwar hatten die Bewohner von Barton Springs respektvollen Abstand zu ihm gehalten, aber Albert hatte das auf die schlechte Presse zurückgeführt und nicht persönlich genommen. »Aber das ergibt keinen Sinn.«

»Für sie schon.« Muldoon setzte sich neben Albert, indem er sich mit seiner gesunden Pfote auf dem Sandstein abstützte. »Angefangen hat es mit deinen Fußabdrücken, und dann war da die Sache mit der Schlange.«

»Meine Fußabdrücke?«

Muldoon zuckte die Schultern. »Wie viele andere Kreaturen hier draußen haben Schwimmfüße? Keine einzige. Den Dingos entgeht nicht viel. Sie haben deine Fußspuren gesehen. Sie riechen dein Gift, und sie haben Gift bei einem ihrer Toten gerochen. Die Höhle, in der sie auf TJ stießen, war übersät mit deinen Fußabdrücken, und als die Schlange einen weiteren Dingo tötete, haben sie zwei und zwei zusammengezählt. Und dass du einem von ihnen Goldstaub ins Gesicht geschossen hast, hat ebenfalls zur Legende beigetragen. Wenn ich es nicht besser wüsste, hätte ich vielleicht auch Angst vor dir.«

»Ich habe immer gedacht, Tasmanische Teufel hätten vor nichts Angst«, sagte Albert nach kurzem Nachdenken.

Muldoon lachte. »Das habe ich auch. Dann bin ich berühmt geworden, und alles änderte sich.«

»Was änderte sich?«

Muldoon hörte auf zu lachen. »Ich hatte Angst davor, nicht mehr berühmt zu sein.« Er stand langsam auf. »Wie geht's Jack?«

Albert zögerte. »Er wird alt«, sagte er schließlich.

»Ich habe seinen Revolver erkannt, als du vor einigen

Tagen auf den Dingo geschossen hast.« Muldoon sah zu Albert herab. »Seht ihr euch wieder?«

Albert nickte. »Ich bin mit ihm in Ponsby Station verabredet.«

»Sag ihm, ich verwahre die Sardinen, bis er herkommt.«

Muldoon lief zurück zum Lager und ließ Albert allein mit dem Mondschein und der nassen Wäsche.

25

EIN ENTFESSELTES SCHNABELTIER

AUFRUF ZU DEN WAFFEN!
FREIWILLIGE FÜR EIN
NEUES REGIMENT GESUCHT

Alle tauglichen Beuteltiere werden gebraucht
für eine Strafexpedition

Denkt an Ponsby Station!
Denkt an den tapferen Captain O'Hanlin!
Denkt an Barton Springs!
Die Zivilisation ist in Gefahr!
Dingos und Schnabeltiere –
ein Verbrechen wider die Natur!

Meldung am Tor zur Hölle oder
vor dem 1. Juni
Zahlreiche Orden zu vergeben

Unterzeichner:
General Bertram, Kommandant
Oberst Theodore, Zeugwart

Albert riss das Plakat vom Baum und steckte es zu dem Steckbrief in seine Jackentasche. Seit er die Hügel nahe Ponsby Station erreicht hatte, waren sämtliche Eukalyptusbäume mit Handzetteln vollgepflastert. Die meisten riefen zur Bildung einer Freiwilligenarmee auf; der Rest waren Steckbriefe mit seinem Namen. Das Kopfgeld für ihn war auf zwanzig Pfund gestiegen. Zur Last gelegt wurden ihm die Ermordung O'Hanlins, der Brand von Barton Springs und Waffenverkäufe an Nicht-Beuteltiere. Albert war sich nicht ganz sicher, was eine Strafexpedition war, aber wie auch immer, sie war gegen ihn und die Dingos gerichtet.

Für den Weg vom Dingolager nach Ponsby Station hatte er nur zwei Tage gebraucht. Muldoon hatte Albert erklärt, dass die meisten Pfade in die Hölle über das Lavafeld führten, doch es gebe auch Abkürzungen durch die Berge, wenn man nur die richtigen Stellen kannte.

Ein junger Dingo hatte Albert bis zum Rand der Hölle gebracht. Es war ein sehr seltsamer Marsch gewesen. Der Dingo war stets vorausgelaufen, hatte Albert aber nie angesehen. Er verschwand am Abend und tauchte am nächsten Morgen wieder auf. Sobald sie die Berge erreichten, verschwand er zum letzten Mal.

Albert war froh, wieder allein zu sein. Sein stummer Begleiter hatte ihn sehr viel schneller durch die Ebene geführt, aber er hatte ihn auch daran erinnert, wie tief die Kluft zwischen den Dingos und ihm war.

Muldoon hatte Albert erklärt, dass TJ am Wasserloch tapfer genug gekämpft hatte, um von den Dingos adoptiert zu werden. Dennoch hatten sie TJ hauptsächlich wegen Albert vor Bertram und Theodore geschützt.

Sein Aussehen und seine Taten wurden an allen Lagerfeuern diskutiert. TJ und Muldoon hatten spitze Nasen und spitze Ohren, und die Dingos verstanden Tapferkeit bei Wesen, die so ähnlich aussahen wie sie.

In Alberts Fall war es für die Dingos unerheblich, ob er tapfer war oder nicht. Ihnen war klar, dass er und die Geschehnisse, in die er verwickelt war, etwas mit Magie zu tun hatten. Die Dingos hatten gelernt, dass wer einen von Alberts Freunden angriff, von einer Schlange gebissen werden konnte, oder dass wer Albert persönlich angriff, eine Ladung Goldstaub ins Gesicht bekam.

Dingos waren nicht dumm. Wenn sie niemanden zum Kämpfen fanden, kämpften sie auch gerne untereinander, aber sie waren nicht selbstmörderisch. Albert war offensichtlich zu unberechenbar und zu gefährlich, um sich leichtfertig mit ihm anzulegen. Ihm oder seinen Freunden beizustehen war ein leicht zu zahlender Preis, um sich mit ihm gut zu stellen. Nachdem er die Aufrufe zur Rekrutierung las, befürchtete Albert, der Preis könnte höher ausfallen, als die Dingos erwartet hatten.

Kurz vor Mittag erreichte er den Pfad, der ihn damals von Ponsby Station in die Lavaebene geführt hatte, und wandte sich nach Süden der Siedlung zu. Der Weg war ihm vertraut, und bis zur Dämmerung hatte Albert die Stelle ihres alten Lagers erreicht.

Albert machte kein Feuer an diesem Abend, teilweise in Erinnerung an seine und Jacks Flucht aus dem brennenden Gemischtwarenladen, vor allem aber, weil er im Alten Australien steckbrieflich gesucht wurde. Er hüllte sich in eine Decke und lehnte sich gegen seinen Rucksack, froh darüber, am Leben zu sein.

Er versuchte sich an seine Ankunft im Alten Australien zu erinnern, aber das war lange her, und das Wesen, das damals in einen Sandsturm geraten war, gab es nicht mehr. An seine Stelle war ein Wesen getreten, das einen Rucksack trug, unter Decken schlief und von dem eine unvorteilhafte Beschreibung an jedem Baum in der Umgebung hing. Er konnte sich an alle Dinge erinnern, die ihm zugestoßen waren, und auch an alles, was er gelernt hatte, aber die Ereignisse hatten ihn zu dem gemacht, der er war, und das Wesen von früher kam ihm jetzt wie ein Fremder vor. Er schlief ein und träumte von Sandstürmen und singenden Wombats.

Bevor die Sonne über den Hügeln aufging, befand Albert sich bereits auf dem Weg nach Ponsby Station. In den Löchern entlang des Grabens, der in die Stadt führte, blieb es still. Kein Pfeifen drang aus leeren Erdhöhlen, und die Blumen in den Kaffeedosen neben den Eingängen waren vertrocknet.

Die morgendliche Stille wurde nur von einem betrunkenen Gelächter unterbrochen, das aus der Dorfmitte heraufdrang. Albert eilte den Weg entlang, bis er auf dem Platz neben der Mine stand.

Die Steinfundamente des Ladens standen noch, aber das Gebäude selbst war komplett abgebrannt. Irgendwer hatte die Brandstelle aufgeräumt. Verkohlte Balken, Glassplitter und verrostetes Eisen lagen in verschiedenen Haufen neben dem Fundament. An einer Seite befand sich ein Baugerüst, und einige Träger und Querbalken standen bereits. Die Bauarbeiten mussten allerdings seit längerem ruhen, denn sämtliche Träger waren mit Steckbriefen und Handzetteln bepflastert.

Jack stand auf dem Fundament unter einem der

Balken und hatte ein Seil um den Hals. Das Seil war über den Balken geworfen und an einem Fuß des Baugerüsts befestigt. Jack versuchte die Balance zu halten, aber sein verkrüppeltes Bein drohte jeden Moment einzuknicken.

Zwei Kängurus und ein großes Wallaby standen lachend und mit Schnapsflaschen in den Pfoten vor ihm. Eins der Kängurus hatte eine Melone auf und trug eine karierte Hose. Das andere Känguru und das Wallaby trugen abgerissene Kleidung und hielten ein Gewehr in der freien Pfote. Zwei verdreckte jugendliche Bandicoots hockten gegenüber auf der Kante des Fundaments. Sie trugen Overalls und Schirmmützen auf dem Kopf.

Zwischen einzelnen Zügen aus der Flasche forderte das Känguru mit der Melone Jack auf, ihnen zu sagen, wo Albert sei. Auf Jacks Schweigen schlug das Känguru ihm ins Gesicht und trank einen weiteren Schluck. Mit jedem Schlag geriet Jack ins Wanken, und das Seil um seinen Hals spannte sich. Das Klatschen der Schläge drang zur anderen Seite des verwüsteten Ladens, und jedes Mal weiteten sich die Augen der jungen Bandicoots. Alberts letzter vernünftiger Gedanke war, dass das Känguru in der karierten Hose ihm irgendwie bekannt vorkam. Dann sah er rot.

Die Wut stieg nicht in ihm auf, so wie in der Vergangenheit. Sie war schlagartig und mit aller Gewalt da.

Er spürte, wie sein Rucksack von der Schulter glitt und zu Boden fiel. Vor ihm bewegte sich alles wie in Zeitlupe. Er sah, wie die Bandicoots auf ihn zeigten und die Kängurus und das Wallaby sich nach ihm umdrehten. Albert blickte nach unten und sah bei jedem

Schritt kleine Staubwolken aufsteigen, während er über den Platz auf das Geschäft zuraste. Als er wieder aufblickte, sah er eine Rauchwolke beim Gewehr des Wallabys und hörte, wie die Kugel an seinem Kopf vorbeipfiff.

Bevor ein zweiter Schuss fiel, flog Albert mit ausgestreckten Füßen durch die Luft. Er traf das Känguru mit dem Gewehr und spürte seine Sporne in dessen Brust eindringen. Während Albert nach hinten fiel, schlug das andere Känguru mit einem Knüppel nach ihm.

Der Schlag traf Albert an der Schulter, aber er spürte ihn nicht. Er hörte die Schreie des Kängurus, dem er sein Gift eingespritzt hatte. Das unverletzte Känguru beugte sich vor, um erneut nach ihm zu schlagen. Er trat so hoch in die Luft, wie er konnte, und seine Sporne bohrten sich in die Kehle des Angreifers. Das Känguru sah ihn erstaunt an und ließ den Knüppel fallen. Es setzte sich langsam in den Staub, wobei ihm die Melone vom Kopf fiel und über den Boden rollte.

Albert sprang auf und rannte zu dem Wallaby, das gerade eine neue Papierpatrone in sein Gewehr steckte. Das Wallaby wandte sich zur Flucht, doch Albert sprang ihm in den Rücken und trieb ihm die Sporne in die Flanken. Das Wallaby trug ihn noch einige Schritte und schlug dann mit dem Gesicht auf den Boden. Albert sprang herunter und wirbelte herum. Er und Jack waren die Einzigen, die noch auf den Beinen standen.

Die jungen Bandicoots hatten sich hinter dem Fundament verkrochen und blinzelten über den Rand zu Albert hinüber. Das Känguru, das er an der Brust getroffen hatte, schrie immer noch. Das Wallaby wand sich stöhnend im Staub. Das Känguru in der karierten Hose saß vornübergebeugt und machte gurgelnde Geräusche. Einer von Alberts Spornen hatte seine Halsschlagader erwischt, und Blut floss über seinen Oberkörper und seine Hose.

Albert stand kopfschüttelnd da und versuchte das Geschehen zu begreifen. Das Schreien zehrte leicht an seinen Nerven. Er erinnerte sich, dass der Hund am Ufer des Murray ebenfalls geschrien hatte, nachdem ihn seine Sporne getroffen hatten, und er versuchte sich vorzustellen, wie weh es tun musste, von einem Schnabeltier vergiftet zu werden. Das blutende Känguru war der Türsteher in O'Hanlins Laden gewesen.

Dann hörte das Schreien auf, und das Wallaby zuckte nicht mehr. Als auch das Känguru in der karierten Hose seinen Todeskampf beendet hatte, fiel alles in die Normalzeit zurück. Albert spürte den Schmerz in seiner Schulter. Er ging zu Jack, nahm die Schlinge von seinem Hals und half ihm, sich auf den Boden zu setzen. Jack sagte kein Wort, sondern sah nur von einem toten Känguru zum anderen.

Die Bandicoots kamen vorsichtig um das Fundament herum und blieben beim Baugerüst stehen. Sie starrten Albert eine Weile an und redeten flüsternd miteinander. Dann streckte einer die Pfote aus und riss einen Steckbrief vom Eckpfosten. Sie betrachteten ihn und redeten flüsternd weiter. Zögernd machte der Bandicoot mit dem Steckbrief in der Pfote einen Schritt auf Albert zu. Sein Freund gab ihm von hinten einen Schubs.

Der Bandicoot lief auf Albert zu und blieb vor ihm

stehen. Er griff in die Tasche seines Overalls und zog einen Bleistiftstummel hervor. Dann wischte er sich mit dem Unterarm über die Nase und hielt Steckbrief und Stift Albert entgegen.

»Mein Kumpel möchte ein Autogramm von dir.«

26

GUTE ABSICHTEN

Jack hatte mit seinem gesunden Arm den Dreifuß mit dem Feldgeschirr aufgestellt und hatte Albert angefahren, als er ihm helfen wollte. Beiden war klar, dass Jacks Zustand sich seit Barton Springs nicht verbessert hatte und auch in Zukunft so bleiben würde. Jack konnte weiter seinen Rucksack tragen und all die Dinge tun, die zum Überleben notwendig waren. Aber alles ging ihm sehr langsam von der Hand, und jedes Mal wenn er mit einer Sache kämpfte, die früher kinderleicht gewesen war, verlor er die Geduld.

Albert spürte die warme Tasse in seiner Pfote, und der Duft des Tees half den Leichengeruch zu überdecken, den er seit Ponsby Station mit sich herumtrug. Vor zwei Tagen waren sie von dort aufgebrochen und hatten seither nichts außer der flachen Wüstenlandschaft gesehen.

Muldoon hatte Albert erklärt, sobald TJ dazu in der Lage sei, würden sie zu Muldoons Lager am Wasserloch zurückkehren und dort auf Albert und Jack warten. Die Dingos würden nach ihnen Ausschau halten und sie durch die Hölle begleiten.

Bislang waren keine Dingos aufgetaucht, und Jack und Albert waren auf sich allein angewiesen, seit sie das

Hügelland verlassen hatten. Jeden Morgen lief Albert weiter auf den Berg am fernen Horizont zu. Er wusste, das Lager befand sich irgendwo zwischen ihm und dem Berg, mehr aber auch nicht.

Als Albert Jack gesagt hatte, Muldoon wolle ihn sehen, hatte Jack bloß geantwortet, er habe irgendwann damit gerechnet und seinetwegen könne es auch gleich jetzt sein. Sie waren langsam marschiert und hatten täglich nur kurze Strecken zurückgelegt. Albert war froh über das gemächliche Tempo. Es gab ihm Zeit zum Nachdenken und den Dingos mehr Zeit, sie zu finden. Jack lief mit stoischem Gleichmut voran, schonte sein kaputtes Bein und verlor kein Wort darüber, was er von der Begegnung mit Muldoon erwartete.

Über das Geschehen in Ponsby Station hatten sie nicht weiter gesprochen. Jack hatte sich bei Albert unwirsch bedankt und es dabei belassen. Albert hatte den geliehenen Revolver zurückgegeben und kurz überlegt, ein Gewehr von einem der Toten zu nehmen, sich aber dagegen entschieden. Was geschehen war, war geschehen, aber er wollte kein Andenken an das Ereignis.

Jack humpelte mit dem Feldgeschirr vom Dreifuß zu Albert herüber und schenkte ihm Tee nach. Es war später Nachmittag, und sie hatten unter Akazienbäumen ihr Lager aufgeschlagen. Eine leichte Brise wehte aus Westen. Sie verschaffte ein wenig Kühlung in der Nachmittagshitze, ohne jedoch Staub aufzuwirbeln. Albert saß gegen seinen Rucksack gelehnt, schlürfte seinen Tee und hoffte, der klare Himmel würde die Nacht über halten.

Jack hängte den Kessel zurück über das Feuer und verzog sich in den spärlichen Schatten einer Akazie. Er setzte sich auf den Boden, trank den Rest aus seinem Becher und schüttete den Bodensatz hinter sich ins Gebüsch.

»Das ist also die Hölle.«

»So steht es auf den Schildern.« Albert sah hinauf zum Himmel, wo sich keine Wolke zeigte.

»Sieht so aus wie anderswo auch. Sardinen?« Jack kramte in seinem Rucksack.

»Nein danke.«

Jack fand eine Sardinenbüchse, öffnete sie und aß sie zur Hälfte leer, bevor er weiterredete.

»Ich habe nach Muldoon gesucht, Albert. Habe ich dir davon erzählt?«

»Nein, Jack, hast du nicht.«

Jack dachte einen Moment nach und schüttelte den Kopf. »Ich hätte schwören können, davon gesprochen zu haben.« Er aß weiter seine Sardinen.

»Muldoon sagte mir, er habe Angst davor, nicht mehr berühmt zu sein«, sagte Albert, um Jack zum Reden zu ermuntern.

Jack sah zu Albert und zuckte die Schultern. »Das kommt daher, weil er nie etwas anderes außer Ruhm hatte, abgesehen von mir und ein paar Fischbüchsen.« Er starrte die Büchse in seiner gesunden Pfote an. »Muldoon kam aus der Wüste, weil er von einem Ort gehört hatte, den es aber nicht gab. Er musste sich damit begnügen, berühmt zu sein.«

Er stand auf und verschwand zwischen den Büschen, um die Sardinenbüchse zu vergraben. Anschließend stöberte er einige Minuten im Gebüsch nach Schlangen, aber er schien nur halb bei der Sache und kehrte schon bald in den Schatten der Akazie zurück. Albert verbrachte den Rest des Nachmittags gegen den Rucksack gelehnt und stand nur einmal auf, um Feuerholz für den Abend zu sammeln. Womit auch immer sie beschäftigt waren, jeder behielt seine Gedanken für sich.

Bei Einbruch der Dunkelheit machten sie ein Feuer und warteten darauf, dass die Dingos sie fanden. Bereits in der Nacht zuvor hätten die Dingos das Feuer sehen müssen. Wenn sie es auch in dieser Nacht nicht entdeckten, war irgendetwas passiert. Albert begann sich Vorwürfe zu machen, dass er das Gewehr nicht an sich genommen hatte.

Jack hatte nicht viel gesagt, als Albert ihm eröffnet hatte, ihr Ziel sei die Hölle. Er hatte nur die Schultern gezuckt und gesagt, wenn Albert und Muldoon sich dort wohl fühlten, sei es auch der richtige Ort für ihn. Etwas mehr Interesse zeigte er für die Dingos, von denen er andere immer nur im Flüsterton hatte reden hören. Nachdem Albert ihm erklärt hatte, was er über Dingos wusste, sagte Jack, er sei erleichtert zu hören, dass sie von ihnen nichts zu befürchten hätten, dass er aber dennoch seinen Revolver mit Bleikugeln laden werde, für alle Fälle.

Albert war überrascht, wie schnell er Dingos als einen natürlichen Teil seiner Welt akzeptiert hatte. Abgesehen von ihren Fressgewohnheiten, an die man sich erst gewöhnen musste, waren die Dingos geradlinige Kreaturen. Sie hatten sich als tapfer und loyal erwiesen, was mehr war, als er über die meisten anderen Bewohner des Alten Australien sagen konnte.

Muldoon hatte Albert erklärt, dass die Dingos niemals die Ebene der Hölle verließen. Wenn jemand so unvernünftig war und sich in ihr Revier begab, wurde er kurzerhand von den Dingos gefressen. Manchmal machten sie eine Ausnahme, gerade wie es ihnen passte. Muldoon, Albert und TJ waren die Nutznießer einer Dingologik, die darauf bestand, dass kein Gesetz in Stein gemeißelt zu werden verdiente.

Auch bei Theodore und Bertram hatten die Dingos eine Ausnahme gemacht, als sie das Tor zur Hölle erbauten. Das Gebäude befand sich genau auf der Grenze zwischen der Hölle und dem Rest des Alten Australien, was bei den Dingos eine gewisse territoriale Unsicherheit auslöste. Außerdem verkauften ihnen Theodore und Bertram Waffen gegen das Geld und die Ausrüstung, die sie den Eindringlingen in ihr Revier abnahmen, und lieferten ihnen Beuteltiere, die auf die Werbung und das Killerpossum hereingefallen waren. Wie TJ gesagt hatte, gab es kein intelligentes Tier, das sich nicht von einer Waffe oder einer Gratismahlzeit beeindrucken ließ.

Als Bertram sich jedoch beim Kampf am Wasserloch als Feigling erwiesen hatte und Theodore bereit war, jemanden zu töten, der unter dem Schutz eines Schnabeltiers stand, wussten die Dingos, dass es nur zu ihrem Nachteil sein konnte, wenn sie sich weiter mit so verdorbenen und skrupellosen Wesen einließen. Sie warnten Bertram und Theodore, sich nie wieder blicken zu lassen, und seither hatten die beiden das Tor zur Hölle gemieden.

Albert veränderte seine Sitzhaltung. Seine Schulter schmerzte immer noch von dem Schlag in Ponsby Station und wurde steif, wenn er längere Zeit still saß. Seit sie das Feuerholz gesammelt hatten, hatte Jack nur stumm im Schatten der Akazie gehockt, seine Pfeife geraucht und nach Fliegen geschlagen.

Als es dunkel wurde, schob Jack ein paar Zweige in die Glut unter dem Dreifuß und fachte erneut das Feuer an.

»Ich habe versucht aufzuhören«, sagt er plötzlich.

»Womit aufzuhören?«, fragte Albert.

»Brände zu legen.« Jack setzte sich unter dem Busch auf und zündete seine Pfeife neu an. »Ich dachte, nach dem, was in Winslow mit Muldoon geschehen war, würde ich es nie wieder machen.«

Er nahm einen Zug an der Pfeife. »Aber ich konnte mir nie sicher sein. Deshalb hielt ich mich so gut es ging von Städten fern. Ich betrat sie nur, um eine Karte oder einen mit Gold gespickten Stein zu verkaufen, mich mit Vorräten einzudecken und dann gleich wieder zu verschwinden. Acht Jahre lang ging es gut.«

»Ponsby Station.« Albert war ziemlich sicher, was als Nächstes kommen würde.

»Und dann kamen wir nach Ponsby Station, und ich habe den verdammten Ort abgefackelt.« Jack nickte traurig.

»Nicht alles«, sagte Albert fürsorglich.

»Lässt sich nicht mehr ändern.« Jack schwieg wieder und zog nur ab und zu an seiner Pfeife.

»Du hast das Feuer gelegt, um mir zu helfen, Jack. Du darfst dir deshalb keine Vorwürfe machen.« Albert fühlte sich ein wenig schuldig, weil er für Jacks Rückfall verantwortlich war.

Jack schüttelte den Kopf. »Ich habe alle meine Feuer mit guten Absichten gelegt. Zumindest habe ich mir das immer eingeredet. Das Problem, Albert, ist, wenn man etwas zu sehr mag, findet man immer einen Grund, es zu tun. Ich hätte Muldoon aus Winslow herausholen können, ohne das Hotel in Brand zu setzen, und vielleicht hätte ich auch dich aus Ponsby Station herausbekommen, ohne O'Hanlins Laden abzufackeln. Aber ein Feuer war immer das Erste, was mir in den Sinn kam, und danach habe ich nie nach einer anderen Lösung gesucht. Hätte ich das, wäre Muldoon vielleicht noch am Leben und auf dich wäre kein Kopfgeld ausgesetzt.«

»Muldoon ist nicht tot«, sagte Albert leise.

Entweder hörte Jack nicht, was Albert sagte, oder er ignorierte es.

»Muldoon wollte in Winslow kämpfen, aber ich war dagegen. Winslow war ein hartes Pflaster, und es war schwer herauszukommen, wenn etwas schieflief. Aber Muldoon war damals berühmt und fürchtete um seinen guten Ruf. Es gab ein ziemlich zähes Känguru in Winslow, das Muldoon zu einem Kampf mit harten Bandagen herausgefordert hatte. Das Känguru hatte zwei seiner Gegner getötet und hatte sich in der Umgebung als Ringer einen Namen gemacht. Die Einheimischen setzten große Hoffnungen auf es … ein wenig *zu* große Hoffnungen, wie sich zeigte.

Hätte Muldoon seinen Gegner eine Weile hingehalten, wäre vermutlich nichts passiert. Er wusste, wie man einen Kampf in die Länge zieht. Anfangs hatten wir mit Zusatzwetten eine hübsche Menge Geld verdient. Er und ich traten zu Schaukämpfen an und ließen es so aussehen, als ob ich ihn schlagen könnte. Dabei hätte ich ihn niemals besiegen können – niemand konnte das –, aber wir verkauften die Illusion ziemlich gut.

Wie auch immer, als Muldoon in Winslow in den Ring trat und die Menge ihn ausbuhte, hatte ich gleich ein ungutes Gefühl. Muldoon hasste es, ausgebuht zu werden, genauso wie er es hasste, wenn man Dinge nach ihm warf.

Das Känguru war spät dran, und je länger Muldoon ganz allein im Ring stand, desto schlimmer wurde das Publikum. Schon bald flogen leere Flaschen und faules Gemüse aus der Menge. Muldoon stand bloß da und rührte sich nicht, selbst wenn er getroffen wurde.

Als das Känguru endlich auflief, beruhigte die Menge sich etwas. Das Känguru kletterte in den Ring und warf Muldoon ein paar Schimpfwörter an den Kopf. Muldoon sagte nichts. Er ging einfach zu dem Känguru und brach ihm den Hals. Ich hatte so etwas noch nie gesehen, und ich wusste, das Publikum auch nicht. Es dauerte eine Weile, bis sie sich auf uns stürzten.«

Jack zog an seiner Pfeife, aber sie war ausgegangen.

»Wir gelangten gerade noch ins Hotel, bevor der Mob uns erwischte. Ich legte ein Feuer, damit wir unbemerkt aus der Stadt fliehen konnten. Die Flammen schlugen schon ziemlich hoch, als Muldoon noch einmal zurückrannte.«

Jack klopfte seine Pfeife mehrmals auf seinem Knie aus und sah hinüber zu Albert. »Ich hätte niemals gedacht, dass Muldoon noch einmal ins Hotel wollte, aber so war es. Ich wusste, die Medaillen bedeuteten ihm viel, und ich hatte sie in seinem Zimmer vergessen.«

»Medaillen?«

Jack wandte den Kopf ab und blickte ins Feuer. »Ich hatte nie viel darum gegeben. Aber Muldoon machte darum ein großes Aufheben. An unseren Einnahmen war er nie besonders interessiert. Er kaufte Sardinen, hin und wieder vielleicht einen Drink, aber das war es auch schon. Aber er mochte Medaillen, und er liebte es, auf den Schultern der Menge getragen zu werden. Er war der Einzige seiner Art, der jemals in diese Gegend gekommen war, und ich glaube, die Medaillen und der Jubel halfen ihm, sich ein bisschen weniger einsam zu fühlen.«

»Was waren das für Medaillen?«, fragte Albert.

»Na, was schon. Ein Stück Gussmetall an einem Band mit der Aufschrift ›Champion‹ oder ›Sieger‹ oder so etwas. Irgendein lokaler Würdenträger hängte es ihm nach einem Sieg um den Hals und sagte ihm, wie großartig er sei.

Ich weiß nicht, ob er glaubte, was sie sagten – er hatte nie viel Vertrauen in andere. Aber bei den Medaillen war es anders, sie waren aus hartem Material. Er konnte sie mit sich herumtragen und sie anfassen, wenn die Menge sich längst verlaufen hatte.«

Jack nahm einen kleinen Stein vom Boden und warf ihn ins Feuer. »Zumindest denke ich heute so. Wir haben danach nie wieder richtig miteinander gesprochen. Aber er hatte eine halb zerschmolzene Medaille in der Pfote, als ich ihn aus dem Hotel zog.«

»Was ist danach passiert?«

Jack zuckte die Schultern. »Das ist schnell erzählt. Er war weit schlimmer verletzt als ich, aber ich brachte ihn heil aus der Stadt, und wir schafften es schließlich zurück zu unserem Lager. Ich legte ihn in sein Zelt und pflegte ihn, so gut ich konnte. Ein paar Wochen später ging ich in eine Stadt, um Vorräte zu kaufen, und als ich wiederkam, waren Muldoon und das Zelt verschwunden.«

Jack stand langsam auf und sah in die Dunkelheit hinaus.

»Der Große Muldoon starb in jenem Feuer, und das war der einzige Muldoon, den ich je gekannt habe. Jetzt wartet dort draußen ein Schatten auf mich, Albert. Der Schatten einer lange zurückliegenden Zeit, und ich fürchte mich vor dem, was mich erwartet.«

Bevor Albert etwas sagen konnte, hörte er ein Geräusch, das wie ferner Donner klang. Er stand auf und ging hinüber zu Jack. Der Himmel über ihnen war klar, und die Sterne leuchteten hell.

Ein Lichtblitz zuckte am Horizont auf, und einige Sekunden später rollte ein zweiter Donner über das Lager.

27

BEUTELTIERE FÜR IMMER

Albert verließ Jack bei Tagesanbruch. Er hatte lediglich eine Wasserflasche bei sich und lief geradewegs in die Wüste in Richtung der Explosionen, die in der Nacht zuvor den Himmel erleuchtet hatten.

Es war klar, dass in der Hölle Dinge passierten, die nichts Gutes für Albert und seine Freunde verhießen. Nach dem, was in Ponsby Station geschehen war, ließ Albert Jack nur ungern allein. Aber sie mussten so schnell wie möglich herausfinden, was dort vor sich ging, und nur er konnte die Rolle des Scouts übernehmen. Er überließ Jack den Revolver und gab ihm genaue Anweisungen: Wenn ein Dingo auftauchte, sollte er Fragen stellen und erst schießen, wenn es nicht anders ging.

Albert lief den Vormittag über mit zügigem Schritt und stieß am Mittag auf ein Dingolager. Er durchsuchte die Überreste des Lagers, fand aber keine Überlebenden. Der Geruch von Schwarzpulver hing in der Luft, und die Zelte um das Feuer schwelten noch. Die Mittagssonne hatte die Blutlachen neben den Toten bereits getrocknet, und überall schwirrten Buschfliegen umher.

Es war kein großes Lager gewesen. Albert hatte nur zwölf tote Dingos gezählt, die meisten davon Hündinnen und Jungtiere. Es war schwer zu sagen, wer die Dingos getötet hatte. Ihre Körper waren übel zugerichtet, und allen fehlten die Ohren.

Das Lager war in der Nähe einer kleinen Quelle errichtet worden, und als Albert darauf zuging, sah er gleich, dass etwas nicht stimmte. Er wusste vielleicht nicht viel über die Wüste, aber mit Wasser kannte er sich aus.

Rund um die Quelle waren Fußabdrücke, aber keiner davon gehörte den toten Dingos. Albert beugte sich hinab und schöpfte etwas Wasser mit der Pfote. Es roch nach Großstadt und hatte die Farbe angelaufenen Kupfers. Ein paar Krebse trieben an der Oberfläche, zusammen mit einigen toten Insekten. Wer immer die Dingos getötet hatte, hatte auch die Quelle vergiftet.

Albert stand auf und wischte seine Pfote an der Jacke ab. Wasser zu vergiften war ein so abscheuliches Verbrechen, dass er es nicht begreifen konnte. Ein Schnabeltier lebte im Wasser. Es war der Mittelpunkt seiner Existenz.

Dass jemand andere Kreaturen tötete, konnte er in gewisser Weise verstehen. Er selbst hatte es getan und konnte gute und schlechte Gründe dafür nennen. Aber ihm fiel kein Grund dafür ein, etwas zu zerstören, das allen gleichermaßen geschenkt war. Die Quelle gehörte keiner Partei an. Sie stand allen offen, die zu ihr zum Trinken kamen, selbst denjenigen, die sie vergiftet hatten. Ihre Zerstörung hatte nichts mit Leidenschaft zu tun, nur mit dem traurigen Wunsch, die Zukunft zu vernichten.

Er machte sich Sorgen, jemand anderes, der sich nicht so gut mit Wasser auskannte wie er, könnte aus der Quelle trinken. Er sah sich um, womit er andere Besucher warnen konnte, als er in der Ferne eine weitere Explosion hörte.

Der Donner war nicht so weit entfernt wie in der Nacht zuvor, und Albert war überzeugt, den Ort der Explosion in kurzer Zeit erreichen zu können. Sein weiteres Vorgehen hing davon ab, was er dort vorfinden würde.

In aller Eile legte er einen Pfeil aus Steinen auf den Boden, der zur Quelle zeigte, und häufte vor der Spitze tote Krebse auf. Es war nicht viel, aber besser als gar nichts. Albert sah noch einmal zur Quelle und schüttelte den Kopf, bevor er in Richtung des Donners losspurtete, der sich nun laufend wiederholte.

Eine Meile von den toten Dingos entfernt entdeckte Albert die Quelle der Explosionen. Ein Trupp Beuteltiere hatte sich am Fuße eines flachen Hügels verschanzt, der sich knapp zwanzig Fuß über dem Erdboden erhob. Auf der Hügelkuppe luden und feuerten mehrere Kängurus mit einer kleinen Kanone. Eine kleine Gestalt kommandierte die Geschützbedienung. Sie trug eine Schutzbrille, in deren Gläsern Albert regelmäßig Lichtblitze aufflackern sah.

Albert hatte noch nie eine Kanone gesehen, aber offenbar handelte es sich um eine mächtige Waffe. Sie feuerte große Kugeln in den Busch irgendwo jenseits des Hügels.

Jedes Mal wenn eine Granate explodierte, schwenkte die Miliz in den Gräben Fahnen und jubelte. Im Wind von den Hügeln hörte Albert undeutliche Rufe nach »Tod den Dingos« und ein Lied, dessen Refrain »Beuteltiere für immer« lautete.

Von der Hügelkuppe hatte man einen guten Überblick über die Wüste, und Albert wagte nicht, noch weiter vorzurücken als bis zu einem dichten Grevilleabusch, der etwa eine halbe Meile von den Kängurus entfernt war.

Er hatte ungefähr zwanzig Minuten in dem Busch gekauert, als das Feuer plötzlich aufhörte. Er beobachtete, wie die Miliz aus den Gräben kroch und dorthin lief, wo die Kanonenkugeln gelandet waren. Theodore und die Geschützbedienung blieben bei der Kanone.

Eine Gestalt mit einem Federhut auf dem Kopf lief den Hügel hinauf und blieb neben der Kanone stehen. Sie nahm den Hut ab und schwenkte ihn über dem Kopf. Der Jubel der Geschützmannschaft schwoll an. Albert vermutete, dass es sich um Bertram handelte, aber aus der Entfernung konnte er das nicht sicher sagen.

Als er sich umdrehte, um zu Jack zurückzukehren, wäre er beinahe in einen Dingo gelaufen, der sich in seinem Rücken angeschlichen hatte. Erschrocken sprangen Albert und der Dingo zurück, hatten sich aber bald wieder gefasst.

Der Dingo war noch jung und hatte nur wenige Narben. Albert konnte sich nicht erinnern, ihn schon einmal gesehen zu haben, aber er schien Albert zu kennen. Der Dingo schob Albert zurück hinter den Grevilleastrauch und beobachtete einige Minuten lang den Hügel. Als er sicher war, dass man sie nicht entdeckt hatte, machte er Albert ein Zeichen, ihm zu folgen, und ging im Schutz vereinzelter Büsche in die Ebene hinaus.

Der junge Dingo führte Albert zunächst ein Stück von dem Hügel fort und dann in einem Bogen zurück in Richtung der Gräben. Sie kamen zu einer flachen

Senke und folgten ihr bis zu einem Akaziengehölz, nicht weit von der Stelle entfernt, von der aus Albert das Kanonenfeuer verfolgt hatte.

Die frühe Nachmittagssonne fiel durch das Laub, und das Wechselspiel zwischen Licht und Schatten ließ den Platz unter den Bäumen wie eine zweidimensionale Studie erscheinen.

TJ saß auf einem Baumstamm in der Mitte des Platzes, umringt von einem halben Dutzend schweigsamer Dingos. Die Dingos hoben ihre Pfoten, als ihr junger Gefährte mit Albert den Platz betrat, und er erwiderte ihren Gruß mit der gleichen stummen Geste.

TJ winkte Albert zu sich herüber. Er trug die Kleidung, die Albert gewaschen hatte, und der Verband war unter der langen Unterhose deutlich als Knubbel zu erkennen. TJ sah erschöpft aus, aber er lächelte, als Albert zu dem Baumstamm lief.

»Schön, dich zu sehen, Partner.«

»Dich auch, TJ.«

Der junge Dingo setzte sich zu seinen Artgenossen und wurde eins mit den Schatten der Bäume.

»Tut mir leid, dass wir nicht früher gekommen sind. Die Dingos haben deine Spuren erst vor wenigen Stunden entdeckt, und hier war einiges los.«

Albert setzte sich neben TJ auf den Baumstamm.

»Dieses Possum mag verrückt sein, aber es ist nicht dumm, so viel steht fest.« TJ tippte seinen Hut in den Nacken und wischte sich mit dem Handrücken über die Stirn. »Sie haben ein Lager etwa eine Viertelmeile von hier entfernt beschossen. Ich glaube, die meisten Dingos konnten vorher fliehen, aber ich bin mir nicht sicher.«

Albert nahm die Feldflasche von der Schulter und hielt sie TJ hin. »Wie geht es dir?«, fragte er.

TJ zuckte die Schultern und nahm die Flasche. »Ich bin noch ein bisschen schwach. Meine Logenbrüder dort drüben mussten mich den halben Weg hierher tragen.« TJ deutete mit der Feldflasche auf die Dingos. »Ich musste wissen, mit wem wir es zu tun hatten, und ich verstehe mich nicht gut auf die Dingosprache.« Er nahm einen Schluck aus der Flasche. »Die halten ihre Spielzeugsoldaten in Gruppen zusammen und geben ihnen Schutz mit der Kanone. Die Dingos haben keine Chance, dagegen anzukommen ... Obwohl, es könnte schlimmer sein.«

»Wie meinst du das?«, fragte Albert, als TJ ihm die Feldflasche zurückgab.

»Sie kommen nur langsam vorwärts und müssen jedes Mal die Kanone in Stellung bringen, wenn sie auf ein Lager stoßen. Die Dingos sind flink und können ihnen aus dem Weg gehen. Ich denke, irgendwann gehen ihnen die Vorräte aus oder sie verlieren die Lust, Dingos kreuz und quer durch die Hölle zu jagen, und sie gehen dahin zurück, wo sie hergekommen sind.«

Albert schüttelte den Kopf. »Dann ist es zu spät.«

»Warum?«

»Sie vergiften das Wasser.«

Für eine Weile sagte TJ nichts. Schließlich zog er seinen Hut nach vorn. »Nun, das setzt dem Ganzen die Krone auf.« Er stand auf. »Also los, Jungs, Zeit, nach Hause zu gehen.«

Die Dingos erhoben sich aus dem Schatten. Einer kam zu TJ und stellte sich neben ihn.

Albert sprang vom Baumstamm auf. »TJ, wir können nicht zulassen, dass sie die Quellen vergiften.«

TJ legte einen Arm über die Schulter des Dingos und stützte sich auf ihn. »Das werden wir auch nicht. Eher friert die Hölle zu, als dass ein verdammtes Possum und ein einohriges Kaninchen Terrance James Walcott aufs Kreuz legen, darauf kannst du wetten.«

26

EINE VORGETÄUSCHTE ANWESENHEIT

Jack war erschöpft gewesen, als sie Muldoons Lager erreichten. Sie hatten an diesem Tag einen langen Weg hinter sich, und selbst mit einem Führer war es ein anstrengender Marsch gewesen. Der junge Dingo war wie die meisten seiner Art den Umgang mit Krüppeln nicht gewohnt und nahm wenig Rücksicht auf Jack. Lahmes Bein hin oder her, er musste dem Tempo folgen.

Albert hatte Jacks Rucksack das größte Stück des Wegs getragen, aber dennoch befand sich Jack weit hinter ihm, als er das Lager betrat. TJ und einige Dingos waren schon da, und um das Wasserloch herrschte reges Treiben. Albert brachte die beiden Rucksäcke eilig zu der Stelle am Seeufer, wo er zuvor geschlafen hatte. Als er zurückging, um Jack zu holen, kam Muldoon aus seinem Zelt.

Im gleichen Moment stolperte Jack aus dem Busch am Rand des Wasserlochs, den linken Fuß hinter sich herziehend und sich mit Mühe aufrecht haltend. Er und Muldoon sahen sich ungefähr gleichzeitig. Nach einem kurzen Zögern straffte Jack die Schultern und lief auf Muldoon zu, wobei er sein Hinken zu vertuschen suchte.

Muldoon verschwand kurz in seinem Zelt und kam mit einer Wasserflasche und zwei Stühlen wieder hervor. Er stellte die Stühle neben den Zelteingang und wartete auf Jack, die Wasserflasche in der gesunden Pfote haltend. Muldoon machte keine Anstalten, Jack zu helfen, sondern ließ ihn den Weg zum Zelt alleine gehen.

Jack ließ sich schwer auf einen Stuhl fallen, dann blickte er auf zu Muldoon. »Lange nicht gesehen.«

Muldoon gab Jack die Wasserflasche. Der Korken steckte noch darin, und Jack und Muldoon hatten zusammen nur zwei heile Pfoten. Jack hielt die Flasche, und Muldoon zog den Korken mit seiner gesunden Pfote heraus.

Jack nahm einen Schluck. »Habe ich etwas verpasst?«

Muldoon schüttelte den Kopf.

»Gut zu wissen«, sagte Jack und reichte Muldoon die Flasche.

Albert entfernte sich von Muldoons Zelt, um für sich und Jack ein Nachtlager einzurichten. Anschließend hielt er sich so weit vom Zelt entfernt, dass er nicht hören konnte, was Muldoon und Jack miteinander redeten, aber er sah auf seinem Weg durch das Lager immer wieder zu den beiden hin.

Jacks Schuldgefühle hatten immer nur in seiner Einbildung existiert. Wenn Muldoon sich verletzt fühlte, konnte er dafür allein sich selbst und die Ereignisse der Vergangenheit verantwortlich machen, die ihn in den Ring in Winslow getrieben hatten. Albert war überzeugt, dass beide das so sahen, aber er konnte sich nicht sicher sein.

Als Jack später zu Alberts Lager kam, war er zu müde,

um viel zu sagen. Bevor er sich schlafen legte, erklärte er Albert, er sei froh darüber, hergekommen zu sein, und es sei für ihn wie für Muldoon wichtig gewesen.

Jack hatte recht mit seiner Behauptung, der Muldoon, den er kannte, sei in dem Hotel gestorben, aber was er dabei verschwieg, war, dass der Jack aus jener Zeit genauso tot war. Der Jack, der Albert gerettet hatte, war ein anderer als derjenige, der in Muldoons Lager gehumpelt war, und er würde erneut ein anderer sein, wenn er es wieder verließ.

Albert hatte immer mehr den Eindruck, er hätte in der Wüste neben der Eisenbahnlinie sterben können, so wie TJ auf der Schiffsplanke in San Francisco hätte sterben können, und alles, was vor ihnen lag, war die Aussicht, zu einem anderen Zeitpunkt und an einem anderen Ort zu sterben. Vielleicht war es schon morgen früh so weit, und die Lichtung, auf der er saß, war der vorbestimmte Ort.

Jack und Muldoon saßen seit Sonnenuntergang unter dem Vordach von Muldoons Zelt. Wenn sie etwas sagten, flüsterten sie, und Albert konnte es nicht verstehen.

Die Begegnung zwischen Jack und Muldoon in der Nacht zuvor war nicht so gewesen, wie Albert sie sich vorgestellt hatte. Er wusste, sie hatten sich acht Jahre lang nicht gesehen, und diese acht Jahre waren für beide eine harte Zeit gewesen. Er hatte geglaubt, die schmerzhaften Erinnerungen an Winslow hätten zwischen beiden eine Verlegenheit entstehen lassen, aber die Zeit hatte ihrer einstigen Vertrautheit nichts anhaben können.

Das einzige Licht in dieser Nacht kam aus Muldoons

Lager und von den Lagerfeuern der Miliz auf einem Hügel eine halbe Meile entfernt. Zwei Tage nach Alberts und Jacks Ankunft in Muldoons Lager hatte TJ die Nachricht in der Ebene verbreiten lassen, in den Dingolagern jenseits des Wasserlochs keine Feuer zu machen, und seither hatte es in der Hölle kein anderes Feuer gegeben.

TJ hatte vermutet, der Feuerschein hätte die Miliz auf die Lager aufmerksam gemacht, und er hatte recht behalten. Die Feuer, die die ganze Nacht über vor Muldoons Zelt brannten, hatten die Milizarmee zum Wasserloch gelockt, und wenn sich das Schema der vorangegangenen Überfälle wiederholte, würde der Beschuss kurz vor Anbruch der Dämmerung beginnen.

Der Schein der Feuer, der sich auf dem Wasser, dem Zelt und dem unregelmäßigen Blätterdach der Eukalyptusbäume spiegelte, verbreitete im Lager eine Art Theateratmosphäre, die auf die Ereignisse des kommenden Morgens einstimmte.

In wenigen Stunden würden die Dingos die Feuer ausgehen lassen, und alle im Lager bis auf Albert würden sich außer Reichweite der Kanone in den Busch zurückziehen. TJ hatte gesagt, er hätte lieber jemanden mit längeren Beinen genommen, aber Albert sei ihre einzige Chance.

In den beiden vorangegangenen Überfällen seien die Milizsoldaten nach dem anfänglichen Beschuss aus ihren Gräben gekrochen und in die verlassenen Lager eingedrungen, um das Wasser zu vergiften und Trophäen von den Toten zu nehmen. Es gebe keinen Grund anzunehmen, dieses Mal könnte es anders sein.

Man musste den Milizionären einen Grund geben,

sich so weit über ihr Lager hinauszuwagen, dass sie ihre Kanone nicht mehr beschützte. TJ hoffte, ein kurzbeiniges Schnabeltier, das tot oder lebendig zwanzig Pfund Sterling einbrachte, wäre Grund genug.

Wenn er den Beschuss überlebte, sollte Albert so lange im Lager bleiben, bis die Miliz ihn erblickte, und dann in den Busch flüchten, aber so, dass Bertrams Truppen die Verfolgung aufnahmen. Je länger sie ihn jagten, desto besser. Bislang hatten sie noch keine Gegenwehr erlebt und waren vermutlich überzeugt davon, unbesiegbar zu sein.

TJ hatte ursprünglich vorgehabt, ein paar Dingos als Köder zu benutzen. Sie waren tapfer genug für die Aufgabe, und sie konnten sehr viel schneller rennen als Albert. Aber sie sahen ziemlich gefährlich aus, und TJ befürchtete, die Milizsoldaten könnten sich es zweimal überlegen, bevor sie ihnen in den Busch folgten. Er würde sie als Reserve bereithalten, falls Albert beim Beschuss des Lagers umkommen sollte.

Albert hatte sich zum Schutz vor den Kugeln einen flachen Graben entlang des Ufersaums gebuddelt. Er hatte alle eingesammelten Steckbriefe an verkrüppelte Bäume zwischen dem Wasserloch und dem Lager der Miliz geheftet, damit die herannahenden Beuteltiere auch wussten, dass die Jagd auf ein Schnabeltier ein lohnendes Unterfangen war. Albert hatte getan, was er konnte, und wenn es nicht ausreichte, würde er sich in einem anderen Leben darüber den Kopf zerbrechen.

Er hockte allein in der Mitte des Lagers. Er würde seinen Rucksack TJ und den Dingos mitgeben und nur seine Wasserflasche bei sich behalten. TJ wollte nicht, dass der Miliz irgendetwas Nützliches in die Hände fallen konnte. Er hatte Muldoon gefragt, ob er sein Zelt abbrechen und es außer Reichweite der Kanone in Sicherheit bringen wolle, aber Muldoon hatte bloß den Kopf geschüttelt, und TJ hatte die Sache auf sich beruhen lassen.

TJ und einige ältere Dingos hatten sich am Rand des Lagers versammelt und besprachen sich mit Zeichen und knappen Kommandos. Zwischendurch tauchten junge Dingos aus der Dunkelheit auf und überbrachten neue Informationen, bevor sie von TJ oder einem der Alten mit einer Anweisung wieder fortgeschickt wurden.

Jack und Muldoon sprachen noch immer miteinander, auch wenn die Pausen in ihrem Gespräch im Laufe der Nacht immer länger geworden waren. Albert sah, wie der eine oder andere den Kopf zur Seite legte oder etwas mit der Bewegung einer Pfote unterstrich und dabei wandernde Schatten auf die Zeltwand warf.

Die Dingos legten kein Holz mehr in die Feuer, und die Lichter um das Wasserloch erloschen eins nach dem anderen. Jack setzte seinen Rucksack auf, und Muldoon kam mit seiner Cabanjacke aus dem Zelt. Er hatte seine Ringerhose zu einem Bündel zusammengeschnürt und es sich unter den gesunden Arm geklemmt.

Alles Notwendige war am Nachmittag gesagt worden, so dass Jack und Muldoon mit einer kurzen Handbewegung aufbrechen konnten. Zwei Dingos, von denen einer Alberts Rucksack trug und der andere TJs Karabiner, stützten TJ auf dem Weg in die Nacht. Albert war nun ganz allein im Lager.

29

DIE SIEGER

Die erste Granate ließ eine Fontäne in der Mitte des Wasserlochs aufspritzen, und die zweite traf Muldoons Zelt. Danach achtete Albert nicht mehr auf die Einschläge. Die Morgenluft war totenstill, und der Rauch der Explosionen hing dicht über dem Boden. Schon nach kurzer Zeit konnte Albert nicht mehr als ein paar Fuß weit über den Rand seines Grabens hinaussehen.

Die Schüsse kamen in gemessenen Abständen, so dass Albert genügend Zeit hatte, seine Überlebenschancen abzuwägen. Er wünschte sich, die Abstände wären kürzer, damit er weniger Zeit hatte nachzudenken. Er konnte nicht mehr tun, als unter rot-gelben Leinwandfetzen begraben in seinem Graben zu liegen, auf das Pfeifen der Granaten zu hören und zu hoffen, sein Glück würde ihn wieder einmal nicht im Stich lassen.

Während der Morgen voranschritt, gewöhnte er sich an den Lärm der Kanone in der Ferne und an das Pfeifen und den Einschlag der Granaten. Ein- oder zweimal regnete es Erde auf ihn, als Granaten unweit seines Grabens einschlugen, aber er blieb unverletzt. Fatalismus trat an die Stelle von Furcht, als er erkannte, dass nur ein direkter Treffer ihn töten würde.

Weit mehr Sorgen machte er sich darüber, was passieren würde, wenn der Beschuss aufhörte. Es ging keinerlei Wind, und der Rauch war noch dichter geworden. Wenn nicht das Wasserloch gleich hinter ihm gewesen wäre, hätte Albert nicht die leiseste Ahnung gehabt, in welche Richtung er sah und von wo aus sich die Milizionäre nähern würden. Zwischen den Detonationen horchte er, ob sich irgendwo etwas bewegte, doch hörte er nichts außer dem Klingeln in seinen Ohren.

Es dauerte eine ganze Weile, bis Albert bemerkte, dass das Kanonenfeuer eingestellt worden war. Er streckte seinen Kopf über den Rand des Grabens und sah in einen grauen Schleier hinaus. Irgendwo hinter dem Rauch hörte er schwach den Klang von Musik.

Er krabbelte aus dem Erdloch und stand auf. Die Musik war nicht besonders gut – bloß Schlagzeug und Trompete, falsch und ohne jedes Taktgefühl –, aber sie vermittelte ihm eine ungefähre Vorstellung, aus welcher Richtung die Soldaten anrückten. Wenig später konnte er neben dem Trommeln bereits einzelne Stimmen hören.

Jeden Moment würde er losrennen müssen, allerdings mussten ihn die Milizionäre zunächst sehen. An den Rauch hatte TJ nicht gedacht; er machte alles schwieriger und verringerte seine Überlebenschancen beträchtlich.

Albert roch das Wasser hinter sich, und der Instinkt unzähliger Generationen von Schnabeltieren sagte ihm, dass er dort sicher wäre. Er hatte am eigenen Leib erfahren, dass man im Alten Australien niemals sicher war, aber der Drang, ins Wasser zu tauchen, wurde immer stärker. Ehe sein Instinkt den Sieg davontragen konnte, warf Albert sich in den Rauch und stürmte in Richtung der Musik.

Keine zehn Meter von seinem Graben entfernt rannte er mit seinem Schnabel geradewegs in ein Känguru, das eine Muskete trug. Beide sprangen erschrocken zurück.

»Schnabeltier!«, schrie das Känguru.

Albert drehte sich um und lief zwei Schritte in den Rauch, als das Känguru seine Muskete feuerte. Der Schuss ging daneben, löste aber eine Kettenreaktion aus. Von allen Seiten waren Schüsse zu hören, gefolgt von Schmerzensschreien und weiteren Schüssen.

Albert war nur wenige Schritte gelaufen, als er in ein Wallaby rannte, bis an die Zähne bewaffnet mit einem Gewehr, einer Pistole und einem Schwert. Das Wallaby war über die Begegnung so sehr erschrocken, dass es nicht dazu kam, sein Schwert zu schwingen, bevor Albert schon wieder verschwunden war. Hinter sich hörte er das Wallaby schreien: »Hier ist noch eins!«

Von allen Seiten ertönten Schüsse und Schreie. Albert rannte durch den Rauch und stieß immer wieder gegen Beuteltiere. Er versuchte, in einer geraden Linie zu rennen, aber jede Kollision warf ihn aus der Bahn und löste weitere schrille Warnschreie aus.

Gewehrfeuer knatterte durch den Rauch, und die Kugeln schossen kreuz und quer. Hin und wieder sah Albert mattes Mündungsfeuer durch den dichten Rauch und veränderte seine Richtung, um dem Schützen auszuweichen.

Der Warnschrei »Schnabeltier!« kam aus Richtungen, in denen Albert nie gewesen war, und nach jedem Schrei nahm das Gewehrfeuer zu.

Die Kanone hatte wieder zu feuern begonnen, und Albert konnte die Granaten über seinen Kopf pfeifen und irgendwo hinter dem Lager explodieren hören. Der Kanonendonner gab Albert eine vage Orientierung zurück, und er rannte in die entgegengesetzte Richtung.

Er stolperte über einen toten Bandicoot mit einem Speer im Leib und lag einen Augenblick neben dem Leichnam im Staub. Im Rauch ringsum hörte er das Jaulen der Dingos und den dumpfen Schlag von Stöcken neben den Pistolen- und Gewehrschüssen. Dicht am Boden war die Luft klarer, und Albert sah jede Menge Füße an sich vorbeihasten, die Dingos und Beuteltieren gehörten. Ab und an sank in seiner Nähe ein Körper zu Boden und wand sich wimmernd oder würgend im Dreck.

Es war klar, dass TJs Plan nicht aufgegangen war und der Kampf sich nicht außerhalb der Reichweite der Kanone abspielte. Alberts Mission als Köder ließ sich schlecht an, und er hatte keine Ahnung, was er als Nächstes tun sollte. Während er am Boden lag und auf eine Eingebung hoffte, meldete sich der Instinkt wieder, den er den ganzen Morgen über unterdrückt hatte. Der Geruch des Wassers war nur sehr schwach und vermischt mit dem Gestank von Blut und Schwarzpulver um ihn herum, aber er reichte aus.

Wenn er die Augen schloss, konnte Albert das Wasser erahnen. Langsam kroch er vorwärts. Zwischendurch öffnete er kurz die Augen, um nicht gegen einen Leichnam zu stoßen. Wenn der Weg vor ihm frei war, schloss er sie wieder und ließ sich von seinem Geruchssinn leiten. Der Lärm der Waffen und die Schreie der Sterbenden verklangen, und vor ihm erschienen idyllische Bilder vom Fluss seiner Kindheit. Albert kroch schneller.

Er sah seine Mutter auf der anderen Uferseite, und er wusste, wenn er sie erreichte, wäre alles wieder gut und er wäre für immer in Sicherheit. Er sprang auf und rannte vorwärts. Als er das Flussufer erreichte, stolperte er über irgendetwas und fiel kopfüber ins Wasser.

Als Albert die Augen öffnete, befand er sich im Wasserloch, und sein Hut trieb neben ihm. Eine Granate explodierte über seinem Kopf, und die Splitter spritzten vor ihm über das Wasser. Albert schnappte seinen Hut, steckte ihn unter seine Weste und tauchte unter.

Er schwamm dicht über dem Boden bis zur anderen Seite. Dort tauchte er auf und sah sich nach Muldoons Lager um. Bis auf vereinzelte graue Schleier, die über dem Wasserloch trieben, blieb der Rauch an Land hängen. Albert sah den toten Dingo, über den er gestolpert war, am Ufer liegen.

Im Lager wurde immer noch gekämpft. Er hörte Schüsse und sah Mündungsfeuer, aber die Schüsse wurden spärlicher. Ein leichter Wind war aufgekommen und vertrieb den Rauch. Albert konnte einzelne Gestalten erkennen, die sich am gegenüberliegenden Ufer bewegten, und hielt es für ratsam, sich außer Schussweite zu begeben, bevor sie ihn entdeckten.

Er kletterte ans Ufer und rannte durch ein Eukalyptuswäldchen zu den Hügeln auf der anderen Seite des Wasserlochs. Weiter vor ihm explodierte eine weitere Granate, und er sah den Rauch der Detonation. Wenn es unter seinen Freunden noch Überlebende gab, hatte die Granate vermutlich ihnen gegolten, und er rannte in die gleiche Richtung weiter.

Hundert Meter von den Bäumen entfernt traf er auf die ersten toten Dingos. Sie waren auf offenem Feld überrascht worden, als sie sich in die relative Sicherheit des von Rauch eingehüllten Lagers retten wollten. Sie waren getötet worden, noch ehe sie zum Schlag ausholen konnten, und würden nach Dingotradition ohne Zeremoniell an Ort und Stelle liegen bleiben. Mit der Zeit würde die Wüste ihre Leichname aufnehmen.

Eine weitere Granate zischte über seinen Kopf, und Albert folgte ihrer Flugbahn. Sie schlug vor einem großen Felsbrocken auf, der zu einem in die Wüste hineinragenden Felsvorsprung gehörte. Kaum hatte sich der Staub der Explosion gelegt, kletterte TJ auf den Felsblock und schwenkte seinen Hut. Sein Auftritt wurde mit einer zweiten Granate beantwortet. TJ hatte gerade noch Zeit herunterzuklettern, als das Geschoss auf einem der umliegenden Felsen einschlug. Steinsplitter spritzten durch die Luft. TJ kletterte erneut auf den Gesteinsbrocken und schwenkte seinen Hut.

Albert hörte das Donnern der Kanone, aber das Pfeifen in der Luft und der Einschlag der Granate blieben aus. Eine Minute später feuerte die Kanone ein letztes Mal, danach blieb alles ruhig.

TJ zögerte und ließ seinen Hut sinken. Er sah angestrengt in die Richtung der Schützengräben. Schließlich hockte er sich auf den Felsklotz und setzte seinen Hut wieder auf. Jack humpelte hinter dem Felsen hervor. Er hatte Muldoons Cabanjacke über die Schulter geworfen und trug TJs Enfield-Karabiner in seiner gesunden Pfote. Er lehnte das Gewehr gegen den Felsen, setzte sich auf den Boden und legte Muldoons Jacke über seinen Schoß.

Albert zwängte sich so schnell er konnte durch den Busch bis zu den Felsen. Er blieb neben Jack stehen, der zu ihm aufsah und ihn traurig anlächelte, aber kein Wort sagte.

TJ atmete immer noch schwer nach seinem Katz-und-Maus-Spiel auf dem Felsen. Er sah zu Albert herab. »Ich war mir nicht sicher, dich wiederzusehen.«

Albert blickte sich um. »Wo ist Muldoon?«

TJ deutete mit seiner Pfote zu den Schützengräben. »Er ist irgendwo da drüben.«

Albert sah zum Wasserloch und dem dahinter liegenden Hügelkamm. In den Bäumen beim Wasserloch konnte er Bewegungen erkennen, aber auf dem Kamm war alles ruhig.

»Haben wir gewonnen?«, fragte Albert.

TJ zuckte mit den Schultern. »Keine Ahnung. Ich stecke seit Beginn der Schießerei hier zwischen diesen verdammten Felsen fest. Aber es war ein höllischer Kampf.«

Albert spürte zum ersten Mal an diesem Tag die Hitze der Sonne. Er zog seinen Hut unter seiner Weste hervor und setzte ihn auf. Über sich hörte er einen dünnen Schrei und sah zum Himmel auf. Eine Krähe flog über die Felsen in Richtung des Hügelkamms. Albert sah dem Vogel hinterher, bis er ihn nicht mehr erkennen konnte, dann blickte er zu TJ, der sich unsicher auf dem Felsen erhob.

»Reich mir doch bitte eine Pfote, Albert.«

Albert entdeckte hinter dem Felsbrocken einen Steinhaufen. Er kletterte zu TJ auf den Felsen und half ihm herunter. TJ blieb einen Augenblick auf ihn gestützt.

»Seit die Schießerei in Muldoons Lager losging, habe

ich keinen Dingo mehr gesehen. Es hörte sich an, als sei da unten die Hölle losgebrochen, und da gab es für sie kein Halten mehr. Als dann die Kanone wieder einsetzte, verschwand Muldoon auch noch. Ich habe versucht, die Kanoniere abzulenken, aber ich weiß nicht, ob das viel gebracht hat.«

Albert sah zu Jack hinüber. Der alte Wombat sah sehr erschöpft aus, lächelte aber dennoch. »Ich hab ihm gesagt, ich würde auf seine Jacke aufpassen, Albert. Das war alles, was man für Muldoon tun konnte.«

TJ nahm seine Pfote von Alberts Schulter. »Wer weiß, vielleicht haben wir diesen verdammten Kampf am Ende noch gewonnen.« TJ streckte seine Pfote aus und half Jack auf. »Du gehst schon mal vor, Albert. Jack und ich kommen nach.«

»Wenn es dir nicht geheuer erscheint, kommst du zurück. Gut davongelaufen ist besser als schlecht gekämpft, vergiss das nicht«, fügte er mahnend hinzu.

Albert nickte und lief rasch den Hügel hinunter auf Muldoons Lager zu. Einmal noch drehte er sich um, um sich zu vergewissern, dass Jack und TJ ihm nachfolgten, dann verschwand er im Busch.

Eine zweite Krähe flog über seinem Kopf und landete in der Krone eines Eukalyptusbaums neben dem Wasserloch. Sie begann heiser zu schreien, und Albert folgte ihrem Ruf. Als er zum Wasserloch kam, sah er einige Dingos zwischen den verstreut am Boden liegenden Leichen umherlaufen. Immer mehr Krähen versammelten sich in den Bäumen und beobachteten mit unverwandtem Interesse, wie unter ihnen die Dingos die Waffen der Gefallenen einsammelten.

Albert eilte am Lager vorbei. Er hatte so viele Tote

gesehen, dass sie keine Faszination mehr auf ihn ausübten. Er wusste, auf der Hügelkuppe warteten weitere Leichname auf ihn, und das war schlimm genug.

Kleinere Trupps Dingos suchten nach überlebenden Milizsoldaten. Sie schienen ihn nicht zu beachten und liefen ohne jede Kenntnisnahme an ihm vorbei.

Er erreichte den Fuß des Hügels und machte sich an den aufgegebenen Stellungen vorbei an den Aufstieg. Im ersten Schützengraben sah er ein paar tote Kängurus und Wallabys, aber der gesamte Hang bis hinauf zur Kanone auf der Kuppe war mit toten Dingos übersät. Muldoons Leiche lag vor dem Geschützstand unmittelbar hinter dem letzten Schützengraben.

Albert lief langsam hügelaufwärts, wobei er den Toten auswich, so gut er konnte. Wenige Schritte vor Muldoons Leiche blieb er stehen. Der letzte Schuss aus der Kanone hatte Muldoons lahmen Arm weggerissen, aber die Explosion so nahe vor der Mündung hatte die gesamte Geschützmannschaft getötet. Theodores Leichnam lag hinter der Kanone, zum Teil bedeckt von blutverschmierten Kängurus.

Ein leichter Wind wehte über die Hügelkuppe und kräuselte das Fell, das aus den Löchern in Muldoons purpurfarbener Ringerhose hervorschaute. Er lag auf dem Rücken und hatte den Kopf zur Seite gedreht, so dass Albert die Verbrennungen in seinem Gesicht nicht sehen konnte. Bis auf die furchtbare Verletzung, die seinen Arm und seine Schulter weggerissen hatte, sah er ganz so aus wie der Muldoon von früher.

Die Dingos, die an seiner Seite den Hügel erstürmt hatten, waren alle tot. Niemand lebte mehr, der Muldoons letzten Kampf gesehen hatte. Wenn es Jubelschreie gegeben hatte, hatte Albert sie nicht gehört. Muldoon war mit den stummen Gefährten gefallen, mit denen er die letzten acht Jahre verbracht hatte. Zu guter Letzt war er nicht einsam gestorben.

Albert sah etwas Glänzendes an Muldoons Hals, aber bevor er sich danach bücken konnte, hörte er ein zischendes Geräusch. Er hob den Kopf und sah in die Gläser einer Schutzbrille und den doppelten Lauf einer Schrotflinte.

Theodore stand neben der Kanone, seine Schrotflinte auf Albert gerichtet. Er begann gackernd zu lachen, und Schaum trat in seine Mundwinkel.

»Zoo!«, flüsterte er. Dann kicherte er und spannte die Hähne der Flinte.

»Zoo!«, brüllte er, während der Speichel auf seine Uniform tropfte. Er kicherte erneut.

Albert hörte den Knall des Gewehrs, noch ehe die Kugel an seinem Kopf vorbeizischte. Die Miniékugel traf Theodore in der Brust, und er stolperte rückwärts gegen die Lafette. Das Kichern erstarb, und Theodore sank neben der Kanone in den Staub.

TJ nahm den Enfield-Karabiner von der Schulter und ließ sich von Jack den Hügel hinaufführen. Es dauerte eine ganze Weile, bis sie um die Gräben und Toten herum waren, aber zuletzt erreichten sie Albert und Muldoon.

Schweigend standen sie beieinander. TJ nahm seinen Hut vom Kopf und verbeugte sich vor dem Toten. Jack beugte sich zu Muldoon hinab und schob ihm die Cabanjacke unter den Kopf. TJ setzte seinen Hut wieder auf.

»Hat jemand eine Pistole?«, fragte er.

Jack griff in seine Jackentasche und zog den Pepperbox-Revolver hervor. TJ tauschte das Gewehr gegen den Revolver, ging zu Theodore und feuerte fünf gezielte Schüsse auf ihn ab.

Albert beugte sich zu Muldoon hinab, um den glänzenden Gegenstand zu betrachten, der ihm zuvor aufgefallen war. Eine unförmige Metallscheibe hing an einem alten Band um Muldoons Hals. Albert senkte den Kopf noch tiefer und sah genauer hin. Auf der Medaille war »Sieger« eingraviert, aber einige Buchstaben waren nur schwer zu entziffern.

Dingos waren aus dem Busch getreten. Sie kamen den Hügel herauf und streuten rote Erde auf diejenigen, die beim Ansturm auf den Hügel ihr Leben gelassen hatten. Albert hoffte, dass wo auch immer Muldoon sich jetzt befand, die rote Erde ihm mehr bedeutete als die Medaille um seinen Hals.

30

EINE LEKTION IN GESCHICHTE

Das Tor zur Hölle war dunkel bis auf ein trübes Licht, das hinter einem staubigen Fenster an der Rückseite des Gebäudes flackerte. Albert wartete, bis TJ sich neben der Hintertür aufgestellt hatte, dann ging er um das Gebäude herum zum Vordereingang.

Unter seinem Arm trug er Theodores Schrotflinte. TJ hatte sie ihm nach dem Kampf am Wasserloch gegeben. Albert war nie ein guter Schütze gewesen, und TJ glaubte, er hätte mehr Glück mit einer Waffe, die nachsichtiger war als eine Pistole.

Muldoon war seit über einem Monat tot, und TJ war ungeduldig, das zu Ende zu bringen, was Bertram mit seinem Einmarsch in die Hölle angefangen hatte. Bis auf einen Federhut, der in einem Schützengraben lag, hatte es nach dem Kampf keine Spur des Wallabys gegeben.

An dem Tag des Gefechts hatte niemand davon gesprochen, nach Bertram zu suchen. Eine Traurigkeit hatte sich über das Wasserloch gesenkt und bei den meisten die Erleichterung darüber verdrängt, noch am Leben zu sein. Selbst die Dingos waren schweigsamer als gewöhnlich gewesen und hatten sich rasch und ohne jede Siegesfeier zurück in den Busch aufgemacht. Sie waren einfach fortgegangen und hatten die Toten, sowohl Freund wie Feind, den Krähen zum Fraß überlassen, die sich immer zahlreicher in den Bäumen eingefunden hatten.

TJ hatte sich während des Kampfes vollkommen aufgerieben und war froh, dass Albert ihre Sachen zusammensuchte und ihn weit genug in die Wüste hinausbegleitete, wo die Geräusche und Gerüche des Wasserlochs bloß noch eine Erinnerung, aber keine Realität mehr waren.

Jack war bei Muldoons Leichnam geblieben, während Albert ihre Rucksäcke von den Felsen auf der anderen Seite des Wasserlochs geholt hatte. Dann verließ auch er zum letzten Mal das Schlachtfeld und humpelte am späten Nachmittag hinter Albert und TJ hinaus in die Ebene.

Sie kamen nur langsam voran, unbekümmert darum, wohin sie gingen und wann sie dort ankommen würden. Als es zu dunkel zum Weitergehen wurde, schlugen sie an Ort und Stelle ein Lager auf, denn jeder Platz war so gut wie der andere.

Albert machte ein Feuer, holte Decken aus den Rucksäcken und verteilte sie. Am Boden seines Rucksacks entdeckte er die Whiskeyflasche, die er Muldoon gegeben hatte. Stumm reichte er die Flasche an Jack weiter. Jack nahm einen Schluck und gab sie TJ.

Albert setzte sich neben Jack und trank aus seiner Feldflasche. Es gab nichts zu bereden; sie hatten an diesem Tag die Rollen erfüllt, die man ihnen zugewiesen hatte, und die Aufgaben für den nächsten Tag konnten bis zum Morgen warten. Einer nach dem anderen schliefen sie ein.

Bei Tagesanbruch zogen sie in der gleichen Weise wie am Vortag weiter, und auch an den folgenden beiden Tagen, bis sie an einen Wasserlauf kamen. Aus einer kleinen Quelle floss Wasser in ein Becken und ergoss sich von dort in einen Bach, der mit Akazien und Eukalyptusbäumen gesäumt war.

Sie machten Rast mit der unausgesprochenen Übereinkunft, dass sie die unmittelbare Vergangenheit weit genug hinter sich gelassen hatten und es Zeit war, wieder in der Gegenwart zu leben und den Blick nach vorn zu richten. Die Aufgaben, die sie schon unzählige Male verrichtet hatten, gingen ihnen wieder mit einer gewissen Leichtigkeit von der Hand, weil sie ihnen die Flucht in das Alltägliche und Vertraute ermöglichten.

Albert sammelte Feuerholz und jagte im Wasser nach Krebsen. Jack spähte im Busch nach Schlangen, und als er sicher war, dass sie nichts zu befürchten hatten, stellte er den Dreifuß auf und kochte Tee. TJ kurierte immer noch seine Verletzung aus, aber er brachte die Energie auf, seine Kleidung zu waschen und sicherzustellen, dass sämtliche Waffen geladen waren und einwandfrei funktionierten.

Mit den Wochen entwickelte sich eine Routine im Lager. Sobald alle Aufgaben erledigt waren, ruhten sie sich im Schatten aus, schwammen im Wasserloch und unterhielten sich am Abend bei Tee und Krebsen. Mehrere Male bekamen sie Besuch von Dingos, die mit ihnen Käfer und Raupen teilten und dafür etwas von dem bekamen, was TJ am Feuer gebraten hatte.

Sie blieben nie lange, aber sie machten TJ Zeichen, die er zu verstehen schien, und waren so plötzlich verschwunden, wie sie gekommen waren. TJ sagte, die

Dingos hätten die Kanone für ihn sichergestellt, und sobald die Geschichte mit Bertram zu Ende gebracht sei, würde er die Kanone mit zur Küste nehmen. Vielleicht würde das Schiff noch einmal auftauchen, und dann würde er versuchen, es in seine Gewalt zu bringen, und Pirat werden. Es war etwas, das er noch nie gemacht hatte, aber er verspürte den Drang, es einmal auszuprobieren.

Jack rauchte seine Pfeife und erzählte von den Abenteuern, die er und Muldoon vor langer Zeit in den Provinzkäffern überall im Alten Australien erlebt hatten. Öfter geriet er durcheinander und erzählte ein und dieselbe Geschichte mehrere Male. TJ und Albert taten immer so, als hörten sie sie zum ersten Mal.

In jeder von Jacks Geschichten kam Muldoon vor, aber es war der Muldoon vor dem Kampf in Winslow. Sie waren beide jung in den Geschichten, und Muldoon hatte seine große Zeit noch vor sich. In jenen Tagen verhieß jede Stadt ein neues Abenteuer, nicht eine Tragödie, die auf sie lauerte.

Albert hörte TJ und Jack zu, aber erzählte nie eigene Geschichten. Er hätte nur von seiner Zeit in Adelaide sprechen können, aber das waren finstere Tage gewesen, die einer verblassenden Erinnerung angehörten. Er hoffte, eines Tages würde er mit neuen Freunden zusammensitzen und ihnen von den Dingen erzählen, die er im Alten Australien gesehen und erlebt hatte. Aber diese Hoffnung lag in einer ungewissen Zukunft, und fürs Erste war er zufrieden, vertraute Stimmen von Orten erzählen zu hören, die er selbst nie gesehen hatte.

Je mehr TJs Wunde verheilte, desto unruhiger wurde er. Zuerst lief er ein Stück weit den Fluss entlang und rastete im Schatten der Bäume. Dann wurden seine Ausflüge länger und die Ruhepausen weniger. Schon bald nahm er sein Gewehr mit und verschwand für Stunden in der Wüste. Eines Tages, nachdem er vor Sonnenaufgang aufgebrochen und erst nach Einbruch der Dämmerung ins Lager zurückgekehrt war, erklärte er Albert und Jack, es sei Zeit, sich zum Tor zur Hölle aufzumachen.

Die Dingos hatten berichtet, sie hätten Licht im Gebäude gesehen, und die Chancen standen gut, dass Bertram zurückgekehrt war. Selbst wenn sie Bertram nicht antrafen, konnten sie seine Druckerpresse zerstören und das Gebäude niederbrennen.

Sie brauchten vier Tage für den Marsch zum Tor zur Hölle. Jack zog immer noch sein linkes Bein hinterher, was ihr Tempo beträchtlich verlangsamte. Doch wie lange sie auch für die Strecke brauchen würden, es hatte immer außer Frage gestanden, dass Jack mitkommen würde. Er hatte Albert in Barton Springs gerettet, und er hatte am Wasserloch unter Feuer gestanden. Er hatte ein Recht darauf, das Ende des Tors zur Hölle mitzuerleben.

Albert war sich ziemlich sicher, dass Jack Bertram nicht für Muldoons Tod verantwortlich machte und ihm in gewisser Weise sogar dankbar dafür war, Muldoon indirekt jene Erlösung verschafft zu haben, nach der er sich sehnte. Aber er wusste, wenn es ein Feuer gab, würde Jack es nur ungern verpassen.

Ein großes Plakat zur Rekrutierung der Miliz hing über dem Schild neben der Tür, aber ansonsten sah die Frontseite des Tors zur Hölle genauso aus, wie Albert sie in Erinnerung hatte. Der Wind hatte die Kanten des

Plakats zerrissen, und der Leim begann sich an einigen Stellen zu lösen.

Albert nahm die Schrotflinte in seine rechte Pfote und drückte mit der linken die Tür einen Spalt weit auf. Er horchte einen Moment und hörte ein leises Kratzen im Innern des Gebäudes. Er schlüpfte durch die halb geöffnete Tür hinein.

Bertram saß in der Mitte des Raums am Tisch. Er trug eine Uniformjacke mit Goldlitzen und schrieb mit einem Kugelschreiber auf einem Bogen Kanzleipapier. Vor ihm lag ein Papierstapel, und daneben standen eine Kerze und ein volles Schnapsglas. Auf dem Tisch lag keine Tischdecke, und das Geräusch des Kugelschreibers war in der Stille deutlich zu hören.

Bertram blickte kurz auf, als Albert durch die Tür kam. »Im ersten Moment habe ich geglaubt, es sei Theodore.«

»Auf den würde ich an deiner Stelle nicht warten.« Albert blickte quer durch den Raum und sah TJ am anderen Ende in der Dunkelheit stehen, den Enfield-Karabiner im Arm.

»Das habe ich befürchtet. Er war eine tapfere und edle Kreatur. Ich werde ihn vermissen.« Bertram sah auf das Blatt vor sich und fing wieder an zu schreiben. »Es steht alles hier drin. Theodores tapferer Kampf. Sein tragisches Ende. Wie wir das Alte Australien vor den Dingos und ihren Helfershelfern bewahrten. Außerdem habe ich noch ein Kapitel eingefügt, das von meinem Aufstieg aus bescheidenen Verhältnissen zum General in der Armee des Alten Australien berichtet. Ich hoffe, es wird anderen eine Inspirationsquelle sein.«

»Ich hoffe, du stehst kurz vor dem Ende«, sagte TJ leise.

Bertram wandte sich zu TJ um und zuckte die Schultern. »Ich habe den Teil schon fertig, in dem ich zum letzten Mal betrogen und kaltblütig von einem Ausländer und einem Schnabeltier ermordet werde.« Er legte den Stift weg und trank aus dem Schnapsglas. »Ihr werdet längst vergessen sein, wenn mein Name noch in aller Munde ist. Ein Märtyrer für den Erhalt der Lebensart der Beuteltiere. Auf jedem Platz wird eine Statue von mir stehen.«

TJ tippte seinen Hut an, so dass er, vom Kinnriemen gehalten, vom Kopf in den Nacken fiel. Er kratzte sich am Ohr. »Daran habe ich nie gedacht«, sagte er.

Bertram lächelte. »Weil du im Gegensatz zu mir keine Vorstellungskraft hast.«

TJ kratzte sich weiter am Ohr. »Vielleicht sollten wir dich laufen lassen. Was meinst du, Albert?«

Albert war verwirrt. Er wollte Bertram nicht davonkommen lassen, aber ihm missfiel der Gedanke, ihn kaltblütig umzubringen. »Ich weiß nicht, TJ. Er hat versucht, uns zu töten.«

Bertram lächelte weiter. Er nahm den Bogen Papier, den er gerade beschrieben hatte, und legte ihn vorsichtig auf den Manuskriptstapel. Dann faltete er die Seiten und steckte sie in seine Jackentasche.

»Das stimmt, Albert, aber er hat sich dabei nicht besonders geschickt angestellt«, sagte TJ. »Ich sehe die Sache so. Als Sheriff kann Bertram sich zugutehalten, dass eine ganze Stadt niedergebrannt wurde. Als General hat er den Untergang einer ganzen Armee zu verantworten. Wenn wir ihn laufen lassen, wird er in ein Staatsamt gewählt, und binnen einer Woche gibt es im Alten Australien kein lebendes Beuteltier mehr.« Er fing an zu lachen.

Zum ersten Mal wurde Bertram sichtlich wütend. »Glaubst du, das wäre irgendwie von Bedeutung?« Er stand auf, griff in seine Jackentasche und zog das Manuskript hervor. Er fuchtelte damit vor TJ in der Luft. »Das hier ist von Bedeutung. Die Geschichte zählt.«

TJ nahm das Gewehr aus der Armbeuge. »Du redest zu viel, Bertram. Verschwinde, bevor ich es mir anders überlege.«

Bertram griff nach dem Schnapsglas, trank es leer und schleuderte es in eine Ecke des Raums. Dann ging er zur Eingangstür, sah Albert an und zögerte. Er drehte sich auf dem Absatz um und lief an TJ vorbei.

»Ich glaube immer noch nicht an Dämonen«, murmelte er, während er aus der Hintertür trat und sie hinter sich zuwarf.

TJ stöberte in dem Gerümpel im hinteren Teil des Raums. »Vielleicht finden wir hier was Brauchbares. Hilf mir beim Suchen.«

Albert hängte die Schrotflinte über die Schulter und ging zu TJ. »Bist du sicher, dass es klug war, Bertram gehen zu lassen?«

TJ lächelte. »Mach dir keine Sorgen, Albert. Wenn er an dir vorbeigelaufen wäre, hätte ich ihn erschossen, bevor er aus der Tür gewesen wäre. So warten am Hinterausgang unsere Freunde auf ihn.«

Albert und TJ stöberten in den Stapeln von Möbeln, Fässern und Kisten, die rund um die Druckerpresse an der Rückwand standen. Sie waren immer noch damit beschäftigt, als Jack durch die Hintertür kam. Er winkte mit der Pfote und begann dann ebenfalls, im hinteren Teil des Ladens herumzuwühlen.

Die meisten Fässer und Kisten waren leer, und die Stoffballen waren von Motten zerfressen. TJ entdeckte ein paar Bleibarren und steckte sie in seine Tasche. Albert hoffte, seinen alten Rucksack wiederzufinden, den er bei seinem ersten Besuch im Tor zur Hölle verloren hatte. Er war sich sicher, das gestohlene Geld wäre längst ausgegeben, aber er vermisste den Rucksack.

Albert schob eine staubige Kiste zur Seite, in der einmal Ersatzteile für die Druckerpresse gewesen waren. Hinter der Kiste sah er etwas schwach im Licht der einsamen Kerze im Raum glänzen. Er bückte sich, um genauer hinzusehen. Auf dem Boden lag die Limonadenflasche, die er aus Adelaide mitgebracht hatte.

Er nahm die Flasche auf und wischte mit dem Ärmel seiner Jacke den Staub ab. Er hatte die Flasche ganz vergessen. Er brauchte sie nicht mehr, aber sie war alles, was er von seiner Zeit in Adelaide zurückbehalten hatte. Als er die Flasche in seine Jackentasche steckte, roch er Paraffin.

Jack humpelte mit einem großen Blechkanister Lampenöl durch den Raum. Er goss Öl auf alles, das irgendwie entflammbar aussah. Als der Kanister leer war, warf er ihn in Richtung des Vordereingangs und suchte nach einem neuen. TJ rannte zum Tisch und schnappte sich die Kerze, bevor die Dämpfe sie erreichten, und brachte sie zur Hintertür. Albert hielt sich nahe bei der Tür und wartete, bis Jack auch den zweiten Kanister überall auf dem Boden verteilt hatte.

»So viel Zeit habe ich noch nie gehabt«, sagte Jack. »Das nimmt der Sache irgendwie den Spaß.«

TJ öffnete vorsichtig die Hintertür, bevor er Jack die Kerze überreichte. »Wenn du nicht aufpasst, hast du mehr Spaß, als dir lieb ist.« Er sprang aus der Hintertür, dicht gefolgt von Albert. Sie waren fünfzig Fuß von dem Gebäude entfernt, als das Paraffin mit einem fauchenden Geräusch Feuer fing. Als sie sich umdrehten, sahen sie Jacks Silhouette in der Tür und Flammen aus allen Fenstern schlagen. Jack starrte eine Weile in die Flammen, bevor er sich umdrehte und zu Albert und TJ humpelte. Er schleppte sich einige Schritte an ihnen vorbei, setzte sich in den Wüstensand und betrachtete das Feuer. TJ und Albert setzten sich neben ihn auf den Boden.

Die Flammen hatten das Tor zur Hölle binnen Minuten eingehüllt, und die Schindeln auf dem Dach begannen zu glühen. Drinnen erreichte das Feuer die Leuchtraketen, die nacheinander losgingen. Einige flogen durch das brennende Dach in den Himmel, andere schossen durch Fenster und die brennende Hausverkleidung und zischten über den Boden, explodierten irgendwo in der Dunkelheit der Hölle oder schlugen gegen Felsbrocken und wurden von dort in den Nachthimmel des Alten Australien geschleudert. Brennende Trümmerteile des Tors zur Hölle stoben in den Himmel und wurden vom Wind weit hinaus über die Wüste getrieben.

Nicht weit entfernt hörte Albert, wie die Dingos Bertram verspeisten. Das Geräusch machte ihm weit weniger aus als damals, als sie O'Hanlin gefressen hatten. Andererseits hatte Albert nie viel für Bertram übriggehabt.

31

DER FERNE BERG

Albert sah TJ und zwei Dingos einen flachen Hügel hinaufgehen, unweit der Stelle, an der sie sich getrennt hatten. Ohne das blaue Tuch um seinen Kopf hätte Albert TJ nur schwer von seinen Gefährten unterscheiden können.

Sie hatten das letzte Lager bei Tagesanbruch verlassen. Zwei junge Dingos hatten sie begleitet – nicht weil es notwendig gewesen wäre, sondern damit sie etwas zu tun hatten. Die Luft war frisch und der Weg angenehm. Der Berg zeigte sich immer noch am Horizont und schien nicht näher als zuvor. Noch ehe die Sonne hoch am Himmel stand, kamen sie an den Rand der Hölle, und die Dingos blieben stehen. Es gab keine Markierungen im Wüstensand, die anzeigten, dass der eine Flecken Erde zu diesem und der andere zu jenem Gebiet gehörte, aber die Dingos wussten, dass ihre Welt hier zu Ende war.

Die drei Freunde hatten an der Grenze zu einer neuen Welt gestanden und zum letzten Mal voneinander Abschied genommen. Jack und Albert schüttelten TJ die Pfote und wünschten ihm alles Gute an der Küste. TJ wiederum bat Albert, sollte er jemals jemandem aus Kalifornien begegnen, ihm einen Drink zu spendieren mit den besten Grüßen von Terrance James Walcott.

Sie hatten darüber gesprochen zusammenzubleiben, aber Albert wusste, dass er kein guter Pirat sein würde, und es war nur schwer vorstellbar, dass TJ sich irgendwo wohl fühlen würde, wo Schießereien nicht zum Alltag gehörten.

TJ hatte versucht, Jack dafür zu begeistern, mit ihm das geheimnisvolle Schiff zu kapern. Er hatte Jack erklärt, sein Hinken könne im Piratengeschäft nur von Vorteil sein. TJ hatte gehört, einige der besten Piraten hätten ein Holzbein, und ein lahmes Bein käme gleich hinter einem Holzstumpen.

Jack hatte TJ für das Angebot gedankt und gesagt, er sei ein wenig zu alt, um über Deck zu hüpfen und andere mit einem Entermesser zu jagen. Außerdem habe er vor, schon bald die Lavaebene zu durchqueren und wieder ins Goldgeschäft einzusteigen.

Albert wusste, dass er keine andere Wahl hatte, als die Reise fortzusetzen, die er vor langer Zeit begonnen hatte. Er würde weiter auf den Berg zumarschieren, der ihm seit seinem ersten Aufbruch von Ponsby Station als Orientierung gedient hatte. Wenn Muldoon recht hatte und jeder, der weit genug lief, im Alten Australien landete, würde er vielleicht, wenn er noch weiter lief, irgendwann an den Ort gelangen, nach dem er suchte. Die Dingos hatten TJ erklärt, dass die Hölle weit vor dem Berg endete. Wenn dem so war, konnte es durchaus sein, dass es dort draußen ein anderes Schnabeltier gab, dem die Dingos nie begegnet waren.

Albert hatte Jack gefragt, ob er ihn auf dem Marsch zum Berg begleiten wolle. Er wusste, dass Jacks Tage im Schürfgeschäft vorbei waren und dass es keine gute Idee war, den alten Wombat mit den Dingos allein zu lassen. Jacks Stolz ließ es nicht zu, Alberts Angebot sogleich anzunehmen, aber nach ein paar Tagen willigte er ein.

Jack und Albert machten ein großes Aufheben darum, was sie mitnehmen wollten und was dableiben musste. Tatsächlich besaßen sie kaum mehr als ein paar Habseligkeiten und hätten binnen einer Stunde aufbrechen können. Aber sie mussten sich an den Gedanken gewöhnen, sich für immer von TJ zu trennen, und die langen Vorbereitungen vor der Reise machten ihnen den Abschied leichter.

TJ blieb einen Augenblick auf dem Hügelkamm stehen und sah zu Albert herüber. Er hob seine Pfote zum Dingogruß. Albert grüßte zurück. Dann verschwand TJ zum letzten Mal, und Albert wandte sich wieder dem Berg zu.

Jack und Albert liefen den ganzen Mittag über, mit vielen Pausen, damit Jack sich erholen konnte. Allmählich veränderte sich die Landschaft. Der Boden nahm eine rostbraune Farbe an, die Landschaft wurde felsiger, und die Akazien wichen verkrüppelten Bäumen. Jack nahm keine Notiz von der neuen Umgebung, aber hin und wieder drehte er sich um und sah in die Richtung, in der Muldoons letzter Kampf stattgefunden hatte.

Einige Stunden vor Sonnenuntergang sagte Jack zu Albert, er könne nicht mehr weiter. Albert setzte seinen Rucksack ab und half Jack dabei, seinen abzunehmen. Er ließ beide Rucksäcke auf dem Boden stehen und trug Jack zu einigen schützenden Felsen ein paar hundert Meter vor ihnen.

Als Albert mit den Rucksäcken zu den Felsen zurückkehrte, lehnte Jack zusammengesackt gegen einen großen Felsen. Er hatte versucht, seine Pfeife anzuzünden, aber die Anstrengung war zu groß gewesen. Er hockte da mit der Pfeife in der einen und einer Schachtel Streichhölzer in der anderen Pfote.

Albert nahm die Pfeife und die Streichhölzer und legte sie neben Jack auf den Boden. Er holte eine Decke aus seinem Rucksack und legte sie über Jacks Schultern. Jack bedankte sich und sagte, in ein paar Minuten könne er weiter. Dann schloss er die Augen und schlief ein.

Über Jacks Kopf sah Albert das Bild eines Tiers in den Fels geritzt. Er betrachtete es genauer, aber Wind und Sand hatten das Bild zerfressen, und er konnte nicht genau sagen, was für ein Tier es war. Albert sah sich um und entdeckte überall Felszeichnungen: Strichmännchen, die Umrisse von Kängurus, Bandicoots, Dingos, Wombats und Hunderter anderer Tiere, von denen er einige kannte und andere noch nie gesehen hatte.

Albert wanderte an den Felsen vorbei und studierte sorgfältig die Bilder, aber es war kein Schnabeltier darunter. Immerhin bestand die Möglichkeit, dass es eine Zeichnung gegeben hatte und der Wind sie ausradiert hatte.

Er setzte sich an eine Stelle, von der aus er Jack beobachten und zugleich den Berg in der Ferne sehen konnte. Selbst wenn kein Schnabeltier hier vorbeigekommen war, lag der Ort, den zu finden er sich aufgemacht hatte, als er aus dem Zoo ausgebrochen war, immer noch vor ihm. Er war sich sicher, eines Tages dort anzukommen.

Er war mit einer leeren Flasche ins Alte Australien

gekommen, und er würde es wieder verlassen, nachdem er viel über Ruhm und Freundschaft gelernt hatte. Er war nicht auf der Suche nach diesen Dingen in Adelaide aufgebrochen, aber er hatte sie gefunden. Nicht herausgefunden hatte er, warum er an diesen Ort gelangt war, den er jetzt wieder verließ, und vermutlich würde er es auch nie herausfinden. Aber er zerbrach sich über solche Dinge nicht mehr den Kopf und war zufrieden mit dem, was ihm widerfahren war. Die Limonadenflasche aus dem Zoo befand sich immer noch in seinem Rucksack, und er würde sie bis zu dem Berg in der Ferne mitnehmen, zusammen mit all den Dingen, die er in der Hölle gelernt hatte.

Die späte Nachmittagssonne tauchte die Wüste vor ihm in ein Licht, wie er es nie zuvor gesehen hatte. Felsbrocken trieben in einem blutroten Meer aus Sand. Salzbüsche tanzten für ihn auf dem ganzen Weg bis zum Berg. Albert saß inmitten der Schönheit des Nachmittags, froh darüber, Jack bei sich zu haben, und dankbar für alle kommenden Tage.

Jack starb an diesem Abend, genau in dem Moment, als die Sonne am Rande der Wüste unterging. Albert bemerkte lange Zeit nicht, dass Jack tot war. Er redete einfach weiter, beschrieb die Schatten auf dem Sand und stellte Vermutungen an, was wohl hinter dem Berg liegen mochte.

Nachdem die Wüste in der Dunkelheit verschwunden war, ging Albert zu Jack, um ihn zum Schutz vor der Kälte der Nacht fest in die Decke zu wickeln, und entdeckte, dass Jack tot war. Er zupfte die Decke dennoch zurecht. Dann setzte er sich neben den Toten und blieb die ganze Nacht bei ihm. Er erzählte Jack von seinem Leben in Adelaide, das ihm so wenig bedeutet hatte, und all den anderen Dingen, die er, Jack und TJ gemeinsam erlebt hatten und die ihm so viel bedeutet hatten. Als die Sonne aufging, war alles gesagt.

Albert legte Jack auf eine Decke, von wo aus er den Sonnenaufgang und jede fallende Sternschnuppe am Nachthimmel sehen konnte. Er schob Jacks Rucksack unter seinen Kopf und bedeckte ihn mit seinem alten Staubmantel. Dann legte er eine Sardinenbüchse neben ihn, in der Hoffnung, er werde sie irgendwann in der Zukunft mit Muldoon teilen können.

Albert packte seine Sachen zusammen, setzte seinen Hut gegen die Morgensonne auf und lief hinaus in die Wüste auf den Berg am Horizont zu. Hinter sich hörte er die Steine weinen.

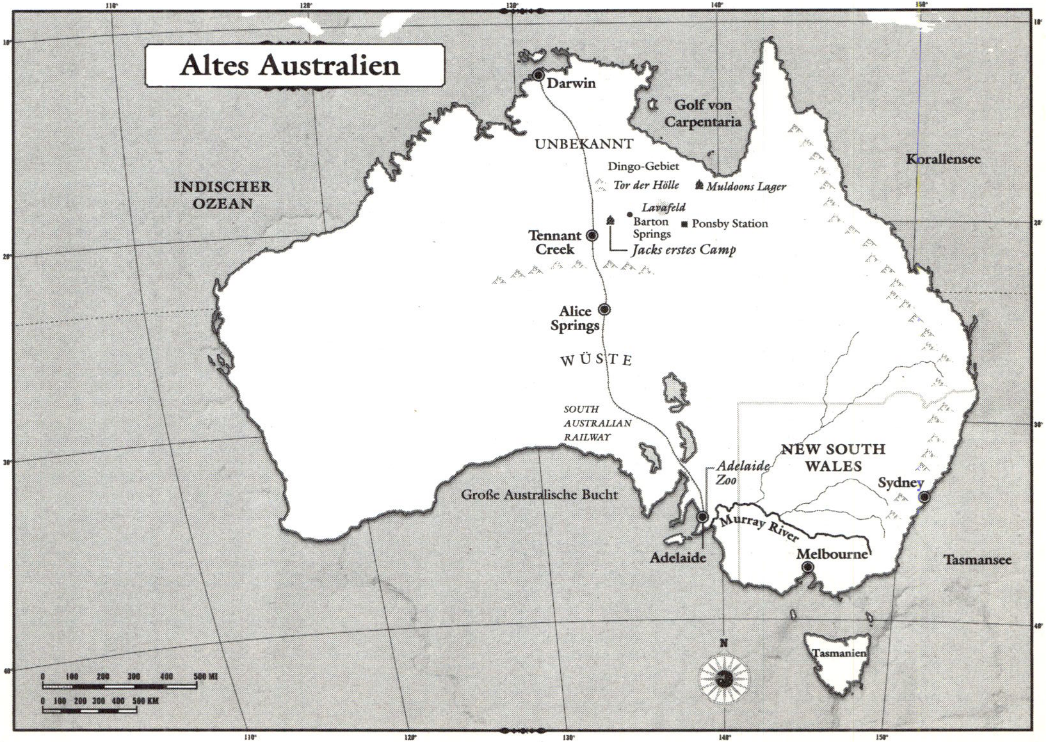
Altes Australien
Darwin
Golf von Carpentaria
UNBEKANNT
Dingo-Gebiet
Tor der Hölle
Muldoons Lager
Lavafeld
Barton Springs
Ponsby Station
Tennant Creek
Jacks erstes Camp
Korallensee
INDISCHER OZEAN
Alice Springs
WÜSTE
SOUTH AUSTRALIAN RAILWAY
NEW SOUTH WALES
Adelaide Zoo
Sydney
Große Australische Bucht
Murray River
Adelaide
Melbourne
Tasmansee
N
Tasmanien
0 100 200 300 400 500 MI
0 100 200 300 400 500 KM